c h w e i n e ö d e

carsten otte

schweineöde

eichborn. roman

1 2 3 4 05 04

Umschlaggestaltung: Christiane Hahn
Satz: Fuldaer Verlagsagentur, Fulda
Druck und Bindung: Clausen & Bosse, Leck
ISBN 3-8218-0948-5

Verlagsverzeichnis schickt gern:
Eichborn Verlag, Kaiserstr. 66, D-60329 Frankfurt am Main
www.eichborn.de

Für Friedo und Henrik

e i n s

Raimund W. Kuballa hatte die Kopie der Postkarte seit Tagen nicht mehr angesehen. Warum auch? Er kannte jedes Wort, das darauf geschrieben stand. Längst hatte er sich sogar die amtliche Nummer eingeprägt, unter der die Karte bei der Staatssicherheit registriert war. Null. Vier. Zwei. Fünf. Neun. Sechs. Das Papier lag auf einem Stapel von Briefen, die er noch beantworten wollte.

Kuballa wandte den Blick von dem Blätterstapel ab und schielte zu einer Fliege, die sich auf seiner linken Wange niedergelassen hatte. Wenige Sekunden saß er reglos da. Als Kuballa die kribbelnde Backenstelle mit seiner Zunge ausbeulte, schwirrte der Brummer davon.

Seit Tagen war es schwülwarm. Kuballa hatte das Fenster über Nacht aufgelassen, um besser schlafen zu können. Doch statt kühler Luft waren, so dachte er jedenfalls, alle bösen Kerbtiere Oberschöneweides in seine Schlafstube geströmt. Und als er, Minuten nach dem Aufwachen, langsam seinen Oberkörper aufgerichtet hatte, glaubte er sogar, von den Facettenaugen eines Stechmückengeschwaders taxiert zu werden.

Die Wadenhaut hatte gejuckt; das konnte unmöglich nur ein einziges Stechvieh gewesen sein! Zehn, zwanzig Mücken hatten ihn im Schlaf angegriffen, davon war er überzeugt, wie man eben von Dingen überzeugt ist, wenn man ein paar Stunden zu viel geschlafen hat. Kuballa hatte fast elf Stunden im Bett verbracht.

Verschwitzt war er aufgestanden, sein Pyjama müffelte. Auf dem Weg zur Toilette hatte er sich erneut von einer unsichtbaren Insektenübermacht verfolgt gefühlt;

deshalb war er, statt seine mit Nachtharn gefüllte Blase zu entleeren, endlich zum Gegenangriff übergegangen. Kuballa hatte sich an seinen ehemaligen Bonner Hausarzt erinnert, der oft davon erzählt hatte, daß er, der Fachmann für Allgemeinmedizin und Spezialist für Tropenkrankheiten, damals im Dschungel, als er noch jung gewesen sei, täglich mehrere Liter Gin Tonic getrunken habe, woraufhin das üble Dschungelungeziefer vom Geruch des stechenden Gintonicschweißes in die Flucht geschlagen worden sei.

So hatte der Juckreiz, eine merkwürdige Insektenparanoia und die Hoffnung, all dies sofort zu beenden, den vom langen Schlaf noch müden Kuballa in die Küche zu dem Regal mit den Alkoholika getrieben.

Kuballa hatte ein mit Kalkrückständen verunreinigtes Glas, eine halbvolle Pulle Gin und eine frische Flasche Tonic Water auf ein Tablett gestellt, er war ins Schlafzimmer zurückgekehrt, in dem er nicht nur schlief, sondern auch wohnte und arbeitete.

Hier saß er also im Schlafanzug vor seinem Schreibtisch, schlürfte langsam den Gin Tonic. Außerdem verdrückte er eine Handvoll Knoblauchzehen. Erst lutschte er den Knoblauch, dann schluckte er die Zehen hinunter. Er stank fürchterlich aus dem Mund. Den Tip mit dem Knoblauch hatte Kuballa von seiner Mutter, die im Sommer jeden Morgen zwei Löffel Knoblauchgranulat in ihren Tee gab, um sich vor unangenehmen Insekten zu schützen.

Kuballa atmete tief ein und wieder aus; die Stechmücken hatten sich wohlweislich längst verkrochen. Von der Insektenübermacht blieb allein die Fliege zurück, die er mit verquollenen Augen beobachtete.

Die Fliege landete auf der Tageszeitung vom vierzehnten August neunundneunzig. Das Blatt war schon ein paar Tage alt, was die Fliege natürlich nicht sonderlich interessierte; das Tierchen schien die Oberfläche des Papiers zu untersuchen. Die Seiten mit den Wohnungsanzeigen waren aufgeschlagen. Kuballa rieb sich den Schlaf aus den Augen und glaubte zu beobachten, wie die Fliege genüßlich die Druckerschwärze ableckte.

Die mag das Zeug, dachte er, die ist richtig bedröhnt. Die saugt sich Druckerschwärze in den Körper, und dann läßt sie ihre Druckerschwärzekacke auf meinen Kopf fallen.

Die Fliege aber hob nach kurzer Zeit wieder ab; die Druckerschwärze hatte sie offenbar doch nicht beduselt, und ihren Fliegendarm wollte sie auch nicht entleeren. Statt dessen umkreiste sie Kuballas Kopf, in dem der Gin Tonic zu wirken begann, und ließ sich auf seinem linken Unterarm nieder. Kuballa rührte sich keinen Millimeter vom Fleck. Das Tierchen ging zwei, drei Zentimeter über seinen Arm. Kuballa bekam eine Gänsehaut. Er mochte dieses Gefühl. Jetzt wünschte er sich, die Fliege möge immer weiter auf seiner Haut spazierengehen, über seine Armhärchen tänzeln.

Arme Fliege, dachte er nun, wie oft mußtest du schon in Träumen sensibler, depressiver Romanheldinnen auftauchen, wie oft wurdest du als Symbol für ein sonst nicht näher bestimmbares Ekelgefühl mißbraucht, wie oft warst du auch in meinen schlaftrunkenen Phantasien der Inbegriff des Bösen – dabei bist du ein harmloses Vieh.

Grünlich schimmerte der Rücken der Fliege; Kuballa registrierte jede Bewegung des Sechsbeiners. Das rastlose Insekt hangelte sich von Armhaar zu Armhaar. Fliege, sagte Kuballa nun deutlich lauter, so laut, als wollte er eine Ansprache an die Fliege halten: Du weißt nicht, daß jede deiner Bewegungen mich kitzelt, und ich weiß nicht, was dich antreibt und warum du nicht stillhältst. Warum du für eine weitere kurze Rast ein Zeitungsblatt ausgesucht und warum du daraufhin wieder Kreise durch mein Zimmer gezogen hast, um ausgerechnet auf dem größten Leberfleck meines Unterarms zu landen, aus dem schwarze Leberfleckhaare sprießen, die viel dicker und härter sind als der weiche Rest meiner Armbehaarung. Eine nervöse Romanheldin würde dich quälen, dich mit der flachen Hand plattschlagen. Hier aber bist du frei, du stolzierst in Richtung Armbanduhr, das Zifferblatt im Visier, ein flotter Salto, und dann läßt du dich über der Zahl sechs nieder, auf die der große Zeiger weist. Es ist halb drei. Fliege, vor ein paar Wochen noch hätte deine Unruhe mir ein schlechtes Gewissen gemacht. Ich bin gerade erst aufgestanden, und du surrst schon wieder durch mein dunkles Zimmer.

Weil zu keiner Tageszeit genügend Sonnenlicht in Kuballas Erdgeschoßwohnung fiel, weshalb er ohne elektrisches Licht keine Zeitung, geschweige denn ein Buch lesen konnte, hatte er in seinem Schlafwohnundarbeitsraum drei Deckenlampen, eine Schreibtischlampe und eine Stehlampe installiert. Alle Lichtquellen hatte er an einen Schalter angeschlossen. Entweder waren alle Lampen angeschaltet, oder sie waren eben ausgeschaltet. Die vierhundertzwanzig gesammelten Watt können, erklärte Kuballa – wenn Gäste sich nach dem Sinn dieser Konstruktion erkundigten, und das taten sie eigentlich immer – einen wirksamen Kunstlichtschock auslösen: Zack, sagte er, und du bist wach!

Heute aber genoß Kuballa den Dämmerzustand, den unproduktiven Übergangszustand nach dem Aufstehen. Die Lampen blieben erst einmal ausgeschaltet. Nicht nur dunkel, sondern auch ruhig war es. Ab und zu summte die Fliege. Kein Krach dröhnte durch die Wand; der Sägebetrieb im Nachbarwohnblock hatte bankrott gemacht.

Pech für den Sägemeister, flüsterte Kuballa, Glück für mich. Wie schön, daß die kreischenden Maschinen stillgelegt sind.

Auch Nachbar Florian Überreiter schien nicht anwesend zu sein; seine Stereoanlage gab jedenfalls keinen

Mucks von sich. Der Herr Überreiter war ein begeisterter Popmusikhörer. Allerdings besaß der Herr Überreiter nur wenige Musikkassetten und noch weniger Compactdiscs. Außerdem hörte sich der Herr Überreiter kein Lied bis zum Ende an.

Nach zwanzig Sekunden, dachte Kuballa, unterbricht der Herr Überreiter den Popsong, dann spielt er dieselbe Stelle noch einmal, oder er entscheidet sich für eine andere markante Stelle desselben Songs. Die Lieblingssongs des Herrn Überreiter werden zwar auch im Radio gespielt, aber der Typ hört kaum Radio. Die Überreitersongs werden zwar auch im Radio mehrmals am Tag wiederholt; der Herr Überreiter aber zieht es vor, einzelne Stellen der immergleichen Songs so oft wie möglich hintereinander zu hören. Kein Radioprogramm der Welt, dachte Kuballa, kann die Bedürfnisse des Herrn Überreiter befriedigen. Ein Wonneleben, wenn seine Stereoanlage schweigt. Ein Wonneleben in Oberschöneweide. Unvorstellbar. Hier wird es leise, und ich muß bald weggehen. Unvorstellbar, nachmittags um drei Uhr träge herumzusitzen, die Lichter nicht anzuschalten, Gin Tonic zu trinken und Knoblauch zu lutschen, und das alles nicht am Sonntag, nein, an einem Mittwoch, und nicht in den Ferien, sondern an einem Tag, an dem ich schon seit Stunden durch die Straßen Oberschöneweides hätte ziehen können, um dies oder das zu erledigen.

An diesem Tag machte Kuballa so gut wie gar nichts. Ab und zu starrte er auf die Kopie der Ansichtskarte, die mit dem Eingangsstempel der Staatssicherheit versehen war.

Kuballas Abenteuer in Oberschöneweide begann am dritten April einundneunzig. Er war soeben von einer ausgedehnten Asienreise nach Deutschland zurückgekehrt. Statt direkt nach Bonn zu seinen Eltern zu fliegen, hatte er sich für einen Zwischenstop in Berlin entschieden. Fast drei Monate war er durch Kambodscha, Vietnam und Laos gefahren, und als er in einem Berliner Hotelbett lag, dachte er darüber nach, warum ihn diese Reise eigentlich gelangweilt hatte. Er kam zu keinem Ergebnis.

Kuballa blätterte in einem Stadtmagazin und stieß auf das schlichte Inserat des Maklers Manfred Wesemüller. »Leben im Osten«, hieß es in der Anzeige, »Einraum, Zweiraum, Dreiraum – der wahre Wohnungstraum«. Von diesem Text, von diesem, wie Kuballa meinte, sakralen Werbegedicht angetrieben, machte er sich am nächsten Tag auf den Weg in Wesemüllers Büro.

Kuballa trug, als er zu Wesemüller ging, einen grauen Flanellanzug und ein schwarzes Hemd; seine schulterlangen, pechschwarzen Haare hatte er mit Gel glatt nach hinten gestrichen.

Ich sehe aus, dachte Kuballa, wie einer, den westdeutsche Trendforscher eines Tages für einen Prototyp der achtziger Jahre halten werden.

Kuballa duftete nach süßlichem Parfum. Also sah er nicht nur so aus wie ein westdeutscher Prototyp der achtziger Jahre, er roch wahrscheinlich auch wie einer. Seine Körpergröße allerdings war mit einem Meter siebenundachtzig alles andere als durchschnittlich. Außerdem wirkte Kuballa älter, als er tatsächlich war. Man schätzte ihn auf Ende zwanzig. Wenn man ihn zum ersten Mal zwei, drei Minuten reden hörte, mochte man ihn sogar für einen Enddreißiger halten. So ernsthaft sprach er, und so weltläufig gab er sich. Kuballa war aber, als er nach Oberschöneweide kam, erst vierundzwanzig Jahre alt.

Kuballa sah unsportlich aus, was besonders dann auffiel, wenn er von seinen athletischen Heldentaten erzählte. Während eines Schuljahres in Cambridge hatte Kuballa zu rudern begonnen, und solange er noch ins Gymnasium ging, ruderte er fast jeden Tag. Stundenlang war er mit dem Boot auf dem Rhein; er ruderte am liebsten allein. Damals waren seine Schultern mit Muskelpaketen ausgestattet, die mittlerweile aber, weil er nach dem Abitur das Rudern aufgegeben hatte und seitdem kaum noch Sport trieb, wie Fettpolster aussahen. Kuballa war ein ungelenker Klotz. Auf seinem etwas aus den Fugen geratenen Rumpf und dem viel zu kurzen Hals saß ein verhältnismäßig kleiner Kopf. Und dieser Kopf wurde durch die etwas zu groß geratene Hornbrille, die Kuballa zu seinem fünfzehnten Geburtstag geschenkt bekommen hatte und die er bis heute nicht durch ein zeitgemäßeres Modell ersetzen wollte, leider nicht verschönert.

Der Makler Wesemüller residierte in einer Friedrichshainer Hinterhofwohnung. Kuballa suchte fast zwei Stunden lang Wesemüllers Klingelknopf in Häusern, die unbewohnbar aussahen, und er hatte die Suche schon fast aufgegeben, als er neben einem Maschinenlager in einem Hinterhof hinter einem Hinterhof schließlich die Wesemüllerklingel und den Wesemüllerbriefkasten fand. Und schließlich auch Herrn Wesemüller höchstpersönlich.

Als Kuballa das Wesemüllerbüro betrat, nahm er an, daß dieser Makler in seinem Leben noch nie ein großes Geschäft gemacht hatte. Einer, dachte Kuballa in seiner unnachahmlich arroganten und in dieser Arroganz sehr klugen Art, einer, der wie ich in Bonn-Bad Godesberg aufgewachsen ist, also im Zentrum des Wirtschaftswunderlandes Bundesrepublik Deutschland, erkennt auf den ersten Blick, wer ein guter und wer ein schlechter Geschäftsmann ist.

Daß Wesemüller wie ein schlechter Geschäftsmann aussah, begeisterte Kuballa genauso wie die schmucklos schöne Werbegedichtanzeige in dem Berliner Stadtmagazin.

»Allein?« fragte der Makler, und als Kuballa sagte, daß er bislang bei den Eltern gelebt habe und die nächste Zeit erst mal keine Mitbewohner um sich herum ertrage, entgegnete Wesemüller, er könne ihm bestimmt die passende Wohnung anbieten. Kuballa müsse nur sofort zuschlagen. Sofort, denn man wisse ja nie, wer noch alles komme.

Der Makler las seine Angebote vor.

Lustlos, dachte Kuballa, desinteressiert.

Ein derart lethargisches Geschäftsgebaren war ihm noch nicht begegnet. Warum vertrödelt dieser Wesemüller, fragte er sich, seine kostbare Zeit mit Dienstleistungen, die ihn eher ruinieren als weiterbringen?

Wesemüller bot seinem Kunden keinen Stuhl an. Das Geschäft, mutmaßte Kuballa, muß schnell über die Bühne gehen. Ein irgendwie dubioses Geschäft. Da schwatzt man nicht drüber. Ist das überhaupt ein Makler? Ich soll, dachte Kuballa, nicht länger abwägen. Diese oder jene Wohnung, dieser oder jener Bezirk? Egal. Hauptsache ich entscheide mich endlich.

Wesemüller kam immer auf die Wohnung zurück, von der er offenbar glaubte, es sei die einzige, die Kuballa gefalle. Aber so schnell konnte und wollte sich Kuballa nicht entscheiden, und so begann der Makler doch ein wenig zu plaudern.

Prima, dachte Kuballa. Der Kerl hat doch noch herausgefunden, worauf es mir ankommt.

»Ich war Lehrer«, sagte Wesemüller, »ich war in der Partei, und jetzt wollen sie mich nicht mehr. Ich habe meine Kollegen verpfiffen.«

Wesemüller machte eine kurze Pause und sagte dann: »So ein Rhabarber. Einmal Verräter, immer Verräter. Mein Leben ist Rhabarber, und meine Rente, die ist lausig.«

Wahrscheinlich, dachte Kuballa, ist dieser Wesemüller doch kein so schlechter Geschäftsmann. Der vermutet, daß ein Bonn-Bad Godesberger Schnösel, der einen ostdeutschen Makler aufsucht, darauf versessen sein könnte, ein Staatssicherheitsopfer oder besser noch: einen Staatssicherheitstäter kennenzulernen. Recht hat er. Lehrer und Makler, dachte Kuballa, kann ich nicht ausstehen. Aber Makler, die mal Lehrer waren, und die auch noch behaupten, sie hätten für die Staatssicherheit gearbeitet, diese Kombination gefällt mir.

»Mit einem ehemaligen Mitarbeiter der Staatssicherheit habe ich noch nie gesprochen«, sagte Kuballa.

»Irgendwann ist immer das erste Mal. Und wenn Sie in den Osten ziehen, wird Ihnen das ja noch häufiger passieren.«

»Habe gar nichts dagegen.«

»Ach, wirklich?«

Der Makler schien nachzudenken und sagte nach einer Weile: »Entschuldigen Sie, ich bin gleich wieder da.«

Wesemüller verschwand im Nachbarzimmer, und Kuballa nutzte die Zeit, um sich das Büro anzuschauen. Auf zwei Postern räkelten sich zwei nackte Blondinen im Dünensand.

Etwas zu mollig, dachte Kuballa.

»Setzen Sie sich, setzen Sie sich«, sagte Wesemüller, der den Raum wieder betrat. Er hatte einen wackligen Stuhl aus dem Nebenzimmer gebracht.

»Ach, ich steh gerne«, log Kuballa. Er überlegte, was Wesemüller in der Vergangenheit alles getan haben mochte. Doch seine Neugier blieb unbefriedigt, weil Wesemüller seine Staatssicherheitsgeschichte nicht weiter ausführte und wieder auf den Wohnungsmarkt in Ostdeutschland zurückkam.

»Wer in der DDR wegen eines Verteilfehlers oder wegen guter Beziehungen stolzer Mieter zweier Wohnungen gewesen ist,« erzählte Wesemüller, als wollte er eine Schulung über das Mietwesen der Deutschen Demokratischen Republik durchführen, »der braucht heutzutage einen Makler, verstehen Sie, zur Vermittlung der Zweitwohnung. Wenn man den kostbaren Wohnraum nicht abgeben will. Wenn man etwas dazuverdienen will. Ich habe ja seit dem Rauswurf aus dem Schuldienst sonst nichts zu tun, also, ich vermittle diese Zweitwohnungen. Das wußten Sie doch, oder?«

Ist doch kein schlechter Job, dachte Kuballa, und er konnte es sich gerade noch verkneifen, diesen Spruch auch vorzutragen.

Kuballa nickte.

»Waren Sie mal vor dem Mauerfall im Osten?« fragte Wesemüller.

Kuballa nickte wieder.

»Und? Hat's Ihnen gefallen?«

»Der typische Schulausflug. Mit Besuch im Pergamon-Museum. Wir meckerten über die schlechte Luft in dem Raum, wo der Altar stand, und beschwerten uns darüber, daß das Ding so ramponiert aussah. Unsere Klassenlehrerin Böhlke meinte, der Altar sei ein imposantes Bauwerk. Schriftsteller hätten darüber geschrieben. Wir waren ganz und gar nicht beeindruckt, weil die Böhlke so ziemlich jedes Bauwerk, über das sie sich äußerte, imposant nannte; nur die Klassentrulla, die Anna hieß und die mit ihrer Ponyfrisur von vorn genauso bescheuert wie von hinten aussah, glaubte der Böhlke. Wirklich imposant, sagte die dann auch. Die Annatrulla war schrecklich naiv. Sie fragte einen Museumswärter, ob sie ihre umgetauschten Ostmark nicht für den Erhalt des Altars spenden könne, worauf der Wärter lächelnd die Hand aufhielt und das Geld einsteckte. Ihre Spende war futsch, der Ausflug ging weiter.«

Wesemüller, der offenbar nicht damit gerechnet hatte, daß der Kunde, der bislang zurückhaltend, fast wortkarg gewesen war, so ausführlich antworten würde, forderte Kuballa mit einer kurzen Handbewegung auf, doch bitte fortzufahren. »Und wohin?«

»Im Roten Rathaus diskutierten wir mit drei Mädels von der Freien Deutschen Jugend. Das heißt, wir sollten mit ihnen diskutieren. Über Menschenrechte und Freiheitsliebe. Uns fiel zu diesem Thema relativ wenig ein, um es genauer zu sagen: gar nichts. Irgendwann erklärte dann die Annatrulla, sie finde es schlimm, daß in der Deutschen Demokratischen Republik keine politische Opposition zugelassen werde. Die drei Mädels waren auf die Einwürfe der Annatrulla gut vorbereitet. Die perfekten Diskussionskader eben. Die drei Mädels erwähnten die Kommunistische Partei Deutschlands, die in der Bundesrepublik verboten worden sei. Die Annatrulla war verdutzt und fragte ziemlich abstrakt: Wie ist das bei euch, mit der Freiheit und den Menschenrechten? Die Kadermädels entgegneten: Und wie ist das bei euch, mit der Armut und der Arbeitslosigkeit? Die Annatrulla sagte: Staatssicherheit; die Kadermädels sagten: Bundesnachrichtendienst. Die Annatrulla empörte sich über: Bautzen; die Kadermädels beschwerten sich über: Stammheim. Die Annatrulla sprach von der Wassertropfenfolter; in unserem Geschichtsbuch war dieses fiese Gerät im Kapitel über die kommunistische Willkürherrschaft abgebildet. Die Kadermädels konterten mit Isolationshaft und sensorischer Deprivation. Heiliger Bimbam, das waren Wörter, die in unserem Geschichtsbuch nicht vorkamen. Wir hatten keine Ahnung. Die Annatrulla aber auch nicht so richtig, die Böhlke sowieso nicht, und deshalb beendete die Frau Klassenlehrerin den Schlagabtausch nach einer halben Stunde. Die Kadermädels lächelten. Wir trotteten davon. Zur nächsten Sehenswürdigkeit. Es ging zum Berliner Dom. Dort setzte ich mich mit zwei Freunden ab. Der Hunger trieb uns ins nächstbeste Restaurant. Und das nächstbeste Restaurant war im *Palasthotel.* Damals hatte ich keine Ahnung, daß wir in einer Ostberliner Nobelherberge landeten. Wir fragten den Mann an der Rezeption – wie ein Empfangschef sah der nicht aus –, welches Lokal er ausländischen Gästen empfehlen könne. Der Mann an der Rezeption nannte ein asiatisches Restaurant mit einem exotischen Namen, *Jade* oder so ähnlich. Der Mann an der Rezeption machte uns allerdings keine Hoffnung, daß wir dort auch dinieren dürften. Die Tische seien alle reserviert, sagte er. So entschieden wir uns für die *Grill-Bar*, die, aber das wissen Sie bestimmt, auch im *Palasthotel* untergebracht war. Dort waren alle Tische frei. Als wir die *Grill-Bar* betraten und drei freie Stühle am Tresen ansteuerten, stürmte ein Kellner aus der Küche auf uns zu und röchelte: Bitte warten, Sie werden plaziert. Wir wurden plaziert. Uns wurden drei andere Barhocker zugewiesen. Jeder von uns bestellte drei Portionen Schweinebraten mit Salzkartoffeln und einer weiteren, in diesem Fall aber schwer definierbaren Sättigungsbeilage; wir haben unsere dreifache Portion brav aufgegessen, weil wir uns von einem mürrischen Kellner beobachtet fühlten. Während der Schweinebratenorgie schrieb ich eine Postkarte an das Zentralkomitee der Sozialistischen Einheitspartei Deutschlands und bedankte mich für die Erkenntnis, wie reichhaltig das Warenangebot im Sozialismus doch sei. Nur die Kellner, habe ich geschrieben, sollten ihre Kundschaft ein wenig freundlicher bedienen. Ich habe die Postkarte mit dem Hinweis beendet, daß man unter den gegebenen Umständen die Mauer durchaus niederreißen könne. Nur peinliche Liedermacher würden aus der Deutschen Demokratischen Republik abhauen, und auf die könne man auch verzichten. Venceremos! Wir gingen zur Kaufhalle am Alexanderplatz. Wir kauften fünf Sahnetorten, um den Rest des sogenannten Zwangsumtausches zu verprassen. Die Sahnetorten waren zuckersüß. Zu süß für unseren Geschmack. Wir verschenkten die Kuchenstücke an Passanten, sobald wir die Kaufhalle verlassen hatten. Nach drei Minuten waren wir alle Tortenstücke los und das, obwohl wir keine Papptellerchen parat hatten und die Leute das Sahnezeug ohne Kuchengabeln oder Löffel essen mußten. Eine ältere Dame fragte nach dem Anlaß für den klebrigen Reigen. Die Torten seien ein Geschenk der Partei, sagten wir. Da lächelte die Frau ganz ungläubig …«

Kuballa hatte sich in einen Rederausch hineingesteigert. Er hätte noch zwei oder drei Anekdoten vom Schlage der Schweinebratenorgie oder der Sahnetortengeschichte parat gehabt. Doch Wesemüller wollte offenbar keine weitere Anekdote hören; er räusperte sich, blätterte in einem Aktenordner.

Kuballa, der am liebsten weitergeredet hätte, bemerkte immerhin, daß Wesemüller auf die Uhr schaute.

Der hat es eilig, dachte er.

Kuballa wünschte sich eigentlich, daß Wesemüller nun seinerseits loslegte. Er habe, sagte Kuballa herausfordernd, einige Bücher und Artikel über den Staatssicherheitsdienst gelesen. »Aber was steht schon in den Büchern? Die Realität«, sagte Kuballa, »sah doch ganz anders aus. Aber wem erzähle ich das?«

Doch Wesemüller reagierte nicht. Der Mann wollte wieder über das Wohnungsgeschäft sprechen.

Haben ihm, fragte sich Kuballa, meine Geschichten nicht gefallen?

Kuballa war verunsichert, und um die Verunsicherung zu meistern, wurde er leicht aggressiv: »Wie war das mit Ihren Wohnungen?«

Wesemüller holte einen Zettel aus seinem Aktenordner hervor und begann, das von ihm favorisierte Mietobjekt in Oberschöneweide erneut zu beschreiben.

Kuballa hörte nicht mehr genau zu.

»Hundertfünfzig Mark Miete im Monat«, sagte Wesemüller, »eine Wohnung in der Nähe des Müggelsees, billiger geht das nicht.«

Wäre Kuballa nicht so intensiv mit sich selbst beschäftigt gewesen, hätte er gesagt, daß ihm die Höhe der Miete vollkommen gleichgültig sei. Hätte Kuballa begriffen, daß Wesemüller ihm eine fünfunddreißig Quadratmeter große Einraumwohnung im Erdgeschoß und Hinterhof eines Oberschöneweider Mehrfamilienhauses empfahl, hätte er den Makler umgehend gebeten, ein Appartement in der berüchtigten Wandlitzer Waldsiedlung zu suchen. Auf der schönen Weide wollte er nicht wohnen. Wenn schon im Grünen, dann aber richtig: Kuballa wollte doch leben, wo das Politbüro oder eine andere, so nannte er das, geschichtsbuchtaugliche Vereinigung residiert hatte.

»Bald fährt die alte S-Bahn wieder«, sagte Wesemüller, »dann sind Sie in Null Komma nichts im Westen. Schöneweide, das sage ich Ihnen, hat Zukunft.«

Westen? In Null Komma nichts? Zukunft? In den häßlichen Osten wollte Kuballa, und die Zukunft interessierte ihn viel weniger als die Vergangenheit, und das hätte er auch in aller Deutlichkeit gesagt, wenn er nicht von dem Gefühl bedrückt worden wäre, eine mittelmäßige, möglicherweise sogar eine Geschichte erzählt zu haben, die der Makler in dieser oder in vergleichbarer Form schon einmal gehört hatte. Und so dachte er an den Schweinebraten und die Sahnetorten, statt sich mit seiner zukünftigen Bleibe auseinanderzusetzen.

Wesemüller rauchte, wie Kuballa immerhin bemerkte, die ollen Ostkarokippen; der Zigarettendunst verdunkelte Wesemüllers eh schon finsteres Hinterhofhinterhofbüro.

Wesemüller glaubte offenbar nicht mehr daran, diesem absonderlichen Kunden eine Wohnung vermitteln zu können; denn unvermittelt gab er zu, die Wohnung in Oberschöneweide sei ohnehin etwas düster, ja, dieses Loch ähnele seiner eigenen finsteren Höhle.

»Wahrscheinlich«, sagte Wesemüller, »habe ich doch nicht das Richtige für Sie.«

»Finster und düster, wirklich?« fragte Kuballa, der plötzlich wieder aufpaßte.

Wesemüller schien seine Verkaufsstrategie zu ändern. Er sagte nicht mehr Oberschöneweide, sondern nur noch: Oberschweineöde. Und als der Makler auch noch das Ober wegließ und stumpf vor sich hinlallte: »Schweineöde. Schlagen Sie zu? Das ist wirklich Osten, nicht so poliert wie dieser Prenzlberg. In Schweineöde gibt's keine Dichter, da gibt's Arbeiter. Hundertprozentig. Kein Rhabarber, alles echt«, da war Kuballa wieder hellwach, da waren die Selbstzweifel verscheucht, da nahm Kuballa das Angebot von Wesemüller an.

Als Kuballa den Vermittlungsvertrag unterschrieb, fiel

ihm auf, daß der Makler angetrunken war, und so versprach Kuballa ihm neben der mageren Maklergebühr zusätzlich einen Kasten Bier. Wesemüller versprach, die Hauptmieterin sofort zu informieren.

»Das ist reine Formsache. Sie treffen sich mit der Dame, und dann können Sie sofort einziehen«, sagte Wesemüller.

Ein paar Tage später zog Raimund W. Kuballa von der freundlichen Familienstadt Bonn-Bad Godesberg in den familienarmen Arbeiterbezirk Berlin-Oberschöneweide.

»Von der alten Hauptstadt in die neue«, sagten seine Eltern enttäuscht, als Kuballa in Bonn-Bad Godesberg verkündete, er wolle künftig in Berlin-Oberschöneweide wohnen.

Ortfried und Gisela Kuballa führten in Bonns Diplomatenhochburg Bad Godesberg ein Luxusrestaurant, das sagenumwobene *Zum Silberlöffelchen*, und weil sie befürchteten, ihren Laden schließen zu müssen, wenn die Bundesregierung demnächst von Bonn nach Berlin zöge, werteten sie die Umzugspläne ihres Sohnes als persönliche Beleidigung, als Angriff auf ihre Bonn-Bad Godesberger Identität.

»Oberschöneweide gehört nicht zur Hauptstadt«, sagte Kuballa und versuchte seine Eltern zu beruhigen.

»Noch schlimmer«, meckerten Ortfried und Gisela. »Dort wirst du es bestimmt keine Woche lang aushalten.«

»Zehn Jahre sollen es schon werden«, sagte Kuballa, ohne seine Worte allzu ernst zu nehmen.

z w e i

Die Sonne schien, und doch war es noch recht kühl an diesem elften April einundneunzig. Die Zeitungen berichteten, daß der letzte Wartburg vom Band gelaufen sei und daß demnächst auch die Produktion des Trabant eingestellt werde.

Was soll's, dachte Kuballa.

Oberschöneweide näherte sich. Gut gelaunt blickte er auf die Schornsteine in der Ferne. Die Stadtbahn fuhr in Richtung Königs Wusterhausen. Die Stationen vor Schöneweide waren Plänterwald und Baumschulenweg.

Der Bezirk, mutmaßte Kuballa, wird in einem Naturparadies liegen. Wenn der Wesemüller sich bloß nicht getäuscht hat. Plänterwald? Baumschulenweg? Schöneweide? Das hört sich nicht nach schrecklicher Ostzone an.

Der Klang der Haltestellennamen beunruhigte ihn. Kuballa blätterte im Reiseführer, den er im Buchladen am Bahnhof Zoo gekauft hatte, und las darin, daß Theodor Fontane den Ort Königs Wusterhausen beschimpft, daß der schreibende Wandersmann behauptet hatte, dieses Kaff gehöre zu den unangenehmsten und häßlichsten rund um Berlin.

Nur liegt die Wohnung leider nicht in Königs Wusterhausen, dachte Kuballa, sondern in Oberschöneweide.

Die Schornsteine kamen näher, und Kuballa beruhigte sich wieder.

Die Straßenbahn rumpelte langsam zum Rathenauplatz. Anfang der neunziger Jahre fuhr man in Schöneweide noch mit einer Bahn aus den fünfziger Jahren, was

Kuballa sehr gut gefiel. In der Tram mit den Holzbänken war jede Unebenheit auf den Gleisen zu spüren; polternd zuckelte die Straßenbahn von Niederschöneweide nach Oberschöneweide – Kuballa hielt sich die Ohren zu. Es war kalt in der Bahn, die Heizung mußte ausgefallen sein. Kuballa war glücklich.

Ein schlaksiger Mann mit Schnauzbart starrte Kuballa und seinen schwarzen langen Kaschmirmantel an. Kurz bevor Kuballa ausstieg, maulte der Schnauzbartträger: »Wir brauchen hier keinen Pfaffen.«

Verwirrt verließ Kuballa die Klapperbahn und blickte zum ersten Mal auf die backsteingelben Industrieburgen in der Wilhelminenhofstraße. Die Fabrikfassaden hatte man renoviert. Die Fenster vieler Wohnhäuser auf der gegenüberliegenden Straßenseite waren mit Holzlatten vernagelt. Das übliche Straßenbild in Ostdeutschland, dachte Kuballa. Er bog in die Rathenaustraße ein. Vor dem Haus, in das Kuballa einziehen sollte, lag ein Balkon in Einzelteilen auf dem Bürgersteig.

Solange mir kein Balkon auf den Kopf knallt, dachte Kuballa und grinste.

Er blickte zur Rathenaustraße zehn, denn dort sollte die Dame stehen, die ihm den Schlüssel übergeben wollte. Und tatsächlich, da hielt jemand Ausschau: Vor der hölzernen Eingangstür wartete Franziska Wetzlaff, die noch pünktlicher war als Kuballa.

»Hallohallohallo, willst du in meine Wohnung einziehen?« fragte Franziska. Sie lächelte, und weil Kuballa auch nach ihrem dritten *Du* sie weiterhin siezte, fragte Franziska, ob das Siezen im Westen denn üblich sei.

»Kommt darauf an«, sagte Kuballa, wobei er nicht geneigt war zu erklären, worauf es denn ankomme, einen Menschen zu siezen oder zu duzen.

»Also, ich bin die Franziska«, sagte sie und versuchte, das Thema zu einem gütlichen Abschluß zu bringen.

»Nenn mich Kuballa. Das machen alle«, sagte er.

Franziska hatte ihren Mund mit hellrosa Lippenstift

und ihre Augenlider mit hellblauer Schminke eingefärbt. Kuballa hielt das für eine ostzonale Geschmacksverwirrung und war stolz, eine solche entdeckt zu haben.

»Vor drei Jahren«, sagte sie, »habe ich hier auch mal gewohnt.« Franziska war aber, so erfuhr Kuballa, nach drei Monaten wieder weggezogen, weil sie sich in Oberschöneweide unwohl gefühlt hatte. Denn sie promovierte über ein chemisches Thema, und bei all den seltsamen Chemiegerüchen im Laborraum wollte sie nicht auch noch in einer Gegend wohnen, in der es nach verbrannter Braunkohle aus den Heizöfen, nach Bierdüften aus der benachbarten Brauerei und säuerlichem Zeug aus der Kanalisation stank – was sie aber nicht davon abhielt, Kuballa die Behausung anzupreisen.

Klasse, dachte er.

Immerhin gab es eine Badewanne, wie Kuballa nach einer kurzen Führung durch die Wohnung erfreut bemerkte, und so unterzeichnete er den zweiten Vertrag. Der Wesemüllervertrag zähle nicht so richtig, sagte die Frau Hauptmieterin, wobei auch das Zettelchen, das Franziska ihm zur Unterschrift vorlegte, nicht so richtig zählte. Man benötigte noch eine offizielle Erlaubnis für das Vertragsverhältnis.

Franziska und Kuballa gingen also zur Köpenicker Wohnungsbaugesellschaft, wo die beiden sich als goldiges Ostwestliebespaar vorstellten.

Die Frau vom Wohnamt, eine, wie Kuballa empfand, unsympathische Sächsin, erkundigte sich, ob Frau Wetzlaff und Herr Kuballa wirklich gemeinsam in der Einraumwohnung leben wollten.

»Natürlich, natürlich!« Die Skepsis der Wohnungsbaugesellschaftsfrau brachte Franziska aus der Fassung. Sie bekam einen Heulkrampf.

»Von mir aus können Sie allein, zu zweit oder auch zu dritt in der Wohnung hausen«, sagte die Sächsin.

Franziskas Heulkrampf löste sich, und so erhielt das ungleiche Paar seinen amtlichen Segen. Die Sächsin bot dem Herrn aus dem Westen sogar eine Hausführung an. Franziska war das offenbar gar nicht recht.

»Ich mach das schon«, sagte sie.

»Das gehört zum Service«, sagte die Sächsin und schaute Kuballa an. »So heißt das doch bei Ihnen in Westdeutschland.«

Kuballa schmunzelte.

»Die soll nicht herumschnüffeln, bevor du eingezogen bist«, flüsterte Franziska. »Die weiß eh schon alles«, raunte Kuballa.

Die Hausführung dauerte nur wenige Minuten, und nach jedem erklärenden Wort warf die Sächsin einen spöttischen Blick auf Kuballa.

Als sie den bröseligen Wandputz erwähnte, der so aussah, als bestünde er aus dickem Ruß, der sich über Jahrzehnte in den Poren des Mauerwerks festgesetzt hatte, lächelte Kuballa übertrieben freundlich: Wartet die Hexe darauf, dachte er, daß ich mich über den verlotterten Zustand des Hausflurs, über die Rußablagerungen an den Wänden auslasse?

»Keine Sorge, ich bin Nichtraucher«, sagte Kuballa.

Das hat gesessen, dachte er.

»Na, da werden ja nun noch mehr von Ihrer Sorte kommen«, verabschiedete sich die Sächsin.

Nachdem ein Bonn-Bad Godesberger Möbelunternehmen Kuballas Hab und Gut, das dank der Zuwendungen seiner Eltern zu einem richtigen Hausstand angewachsen war, mühselig in der kleinen Wohnung untergebracht hatte, ließ er sich von einem Taxi zu einem Getränkemarkt in Friedrichshain kutschieren.

Der Fahrer wartete vor dem Markt, während Kuballa einen Kasten Bier besorgte. Und mit dem Bier im Kofferraum ratterte das Taxi übers Kopfsteinpflaster zu Wesemüller.

Aber Kuballa fand das Büro schon wieder nicht. Der Taxifahrer hatte ihn zwar vor dem richtigen Haus abgesetzt, aber der Name Wesemüller war nirgendwo verzeichnet. Kuballa ging zum Nachbarhaus. Wieder Fehlanzeige. Der Kasten Bier wurde schwerer, Kuballas Kehle trockener, seine Laune schlechter. Die grauen Häuser ähnelten einander. Er ging zurück und suchte noch einmal im Haus, vor dem ihn der Taxifahrer abgesetzt hatte. Im Hinterhof entdeckte er eine verrostete Schubkarre und alte Baumaschinen, an die er sich erinnerte: Das war das richtige Gebäude, der richtige Hinterhof! Nur waren Wesemüllers Namensschilder abmontiert. Der Staatssicherheitsmakler hatte sein Büro verlegt! Auch im Telefonverzeichnis waren er und seine Firma nicht aufgeführt.

Die hundert Mark Vermittlungsgebühr, dachte Kuballa, habe ich ihm bar auf die Hand gegeben. Mit dem Kasten Bier hat der Wesemüller wohl nicht mehr gerechnet. Schade eigentlich.

Der Taxifahrer hatte gewartet, hatte beobachtet, wie Kuballa von einem Haus zum nächsten gegangen war. Und als Kuballa auf die Straße ging, einmal nach rechts und einmal nach links schaute, kam der Taxifahrer wieder herbeigefahren.

»Zurück nach Oberschöneweide«, sagte Kuballa gereizt. Der Taxifahrer sah ihn entgeistert an, hielt aber seinen Mund und brachte Kuballa zu seiner neuen Wohnung.

Das Bier trank Kuballa allein. Besoffen pinselte er mit schwarzem Filzstift auf ein Stück Pappe eine Art Begrüßungsformel: *Keine Sorge, ich bin Nichtraucher.* Und darunter etwas kleiner: *Raimund W. Kuballa, der neue Nachbar.* Er dachte darüber nach, wie wenig er seinen altmodisch klingenden Vornamen Raimund mochte. Schon in der Schule hatten ihn alle nur Kuballa genannt. Das W. stand für Wisbert. So hieß sein Großvater, ein Mann, von dem Kuballa eigentlich nur wußte, daß er im Zweiten Weltkrieg von einer Granate zerfetzt worden war.

Kuballa pappte das Schild an seine Wohnungstür. Spät am Abend ging er noch einmal hinaus, um den Mülleimer zu leeren, als er bemerkte, daß seine Begrüßungstafel eine Stellungnahme provoziert hatte. Das Schild war zwar unversehrt, allerdings hatte jemand das altmodisch große Fensterchen in seiner Wohnungstür, das, wie Kuballa mutmaßte, die Ostausgabe des westdeutschen Gucklochs sein mußte, mit einem roten Papierstück zugeklebt, auf dem in schwarzen Großbuchstaben zwei unverständliche Wörter geschrieben standen: *LIEH GEIS.*

Kuballa war ratlos. War das ein Willkommensgruß? Ein ostdeutscher Geheimcode?

»Ich werde eure Geheimnisse schon noch entschlüsseln«, schrie er durchs Treppenhaus und hoffte, daß alle Nachbarn seine Kampfansage hörten.

Am liebsten wäre Kuballa nach dem sechsten Bier ins Bett gefallen, doch bevor er sich niederlegte, packte er den Staubsauger aus, reinigte die Wohnung und holte altes Spinngewebe von den Wänden.

Kuballa legte Zedernholzkugeln auf seinen dunkelgrünen Wollpullover, und er stellte seinen zwei Meter hohen und einen Meter breiten Spiegel vor den Braunkohleofen. Die Urlaubsbräune war verblaßt. Erschöpft plumpste Kuballa auf die frisch bezogene Matratze und schlief ein.

Nach stundenlangen Träumen, in denen Kuballa nach dem Sinn, nach einer möglichen Übersetzung des Wortduos *LIEH GEIS* fahndete, nach phantastischen Reisen, die ihn erst nach Nordvietnam und dann, wenige Minuten später, auf die Nordseeinsel Sylt führten – erst las er die seltsame Wortkombination auf den Straßenschildern Hanois, dann hielt er *LIEH GEIS* für einen neuen Markennamen der Surfmodenindustrie –, nach Stunden des Suchens und Nichtfindens wurde Kuballa geweckt. Es klingelte. Minutenlang.

Er trottete zur Tür, öffnete sie. Gähnend stand Kuballa vor einem Pärchen im Rentenalter.

Der Mann trug eine gebleichte Jeans mit einem braunen Gürtel; sein kariertes Baumwollhemd war ordentlich gebügelt. Und seine Begleiterin?

Burschikos, dachte Kuballa, als er ihr blaues Kunststoffkleid musterte.

Gut genährt sahen die beiden aus. Sein schütteres, weißgraues Haar und sein schwarzer, offenbar gefärbter Backenbart verliehen ihm etwas Drolliges; die Frau mit ihren großporigen rosa Wangen und hellblauen Augen wirkte auf Kuballa nicht minder komisch.

Über sechzig, dachte er. Zehn Jahre älter als meine Eltern.

»Kolb, guten Morgen«, brüllten sie im Duett, und schon standen die beiden in Kuballas engem Wohnungsflur. Sie streckten ihm ihre Hände entgegen. Schwitzig, dachte er.

Umzugskisten standen auf dem Boden. Es sah ungemütlich aus. Die Kolbs blickten den schmalen Korridor entlang, der die Küche mit dem Zimmer verband. Sie nickten zustimmend, als käme ihnen die Wohnung bekannt vor.

Statt nachzufragen, was die beiden denn umtreibe, so penetrant zu klingeln und nach der Lärmbelästigung auch noch seine Wohnung zu inspizieren, fragte Kuballa: »Wissen Sie, was *LIEH GEIS* bedeutet?« Die Kolbs schauten sich an und brüllten, wieder im Duett: »Wie bitte?«

Kuballa deutete auf den Zettel, der noch immer das Türfensterchen versperrte. Herr Kolb zögerte nicht lange und nahm das Papier von der Tür. *»LIEH GEIS?«*, nuschelte Herr Kolb und drehte den Wisch um, so daß man nun lesen und verstehen konnte, was der Verkünder der Botschaft gemeint hatte.

Der unbekannte Nachbar hatte nämlich angenommen, daß Kuballa durchs Türfensterchen schauen würde, um zu erspähen, ob die Luft rein und ein Gang durch den Flur ungefährlich sei. Dieser Blick sollte ihm, dem neuen Mieter der Rathenaustraße zehn, verwehrt werden. Statt dessen sollte Kuballa schwarz auf rot lesen, was angeblich vor der Tür zu erwarten war. Nur hatte der Botschaftsverkünder nicht damit gerechnet, daß der Neuling die schwarzen Filzstiftbuchstaben, die durchs rote Papier drückten, von der falschen Seite interpretieren und sie unbewußt entspiegeln würde.

Kuballa hatte die ungewöhnlichsten Erklärungen geträumt, die naheliegende Lösung war ihm nicht in den Sinn gekommen: die entspiegelten Buchstaben auch mal von rechts nach links zu lesen. Oder eben noch einfacher: das Blättchen umzudrehen.

Er klebte die Mitteilung wieder vors Guckloch. Die Kolbs hätten das Papier am liebsten zerknüllt und weggeworfen, aber Kuballa konnte sie davon überzeugen, daß er bestimmt eine neue Botschaft, wahrscheinlich eine noch viel drastischere, aufs Türfenster gedrückt bekäme, wenn er den alten Zettel entfernen würde.

Wenn man die Gewohnheiten, die Denkmuster der Feinde, sagte er, wenn man ihre Spielregeln kenne, habe man zumindest die Chance, sich aus der Affäre zu ziehen.

LIEH GEIS blieb hängen.

Die Kolbs, die sich für Kuballas ausgetüftelte Strategie nicht begeistern konnten, sprachen nur noch halb so laut: »Die Zeiten«, sagten sie und hielten inne. Herr Kolb stopfte sein Karohemd in die Hose, Frau Kolb lauschte der Musik, die aus einem der oberen Stockwerke herunterschallte. »Die Zeiten«, sagten sie und hielten wieder inne. Als Herr Kolb den Satz beendete, als Herr Kolb mühsam »haben sich geändert« stotterte, versuchte Frau Kolb, von den geänderten Zeiten wiederum abzulenken; sie begutachtete Kuballa und seinen Schlafanzug: »Schick, schick, Westware, wa?«

»Nö, kommt frisch aus Vietnam«, entgegnete er ihr,

was auch stimmte, denn diesen eierschalfarbenen Seidenpyjama hatte Kuballa auf einem Markt in Saigon gekauft. Wenige Tage vor seinem Abflug nach Berlin.

Die Kolbs, so schien es, wären am liebsten wieder gegangen, als er, der Neuankömmling aus dem Westen, seinen eierschalfarbenen Seidenpyjama ausgerechnet mit dem sozialistischen Bruderland Vietnam in Verbindung gebracht hatte.

Eine unangenehme Situation, dachte Kuballa.

Jeder versuchte, nichts Falsches zu sagen, und diese unangenehme Situation verschlimmerte sich noch, als die Kolbs ihm erklärten, daß sie sich schon seit Jahrzehnten um die Mieter der Rathenaustraße kümmerten und daß er, Kuballa, bei ihnen, den Kolbs, in Notfällen auch telefonieren könnte.

Die Kolbs geben sich zwar Mühe, dachte Kuballa, keinen falschen Verdacht aufkommen zu lassen. Aber alles, was sie sagen, macht sie trotzdem verdächtig.

Herr Kolb redete vom Telefon, das Kuballa, der Wessi, zwar besaß, aber nicht anschließen konnte, weil in seiner neuen Oberschöneweider Wohnung noch kein entsprechendes Kabel verlegt worden war. Außerdem schien Herr Kolb zu wissen, daß die Rathenaustraße auch in den nächsten Jahren nicht ans Telefonnetz angeschlossen werden sollte.

So war das, dachte Kuballa, in der Zone besaßen Telefone nur die Genossen, die auch etwas zu melden hatten. Und so ein Genosse steht nun vor mir. Erst Wesemüller, dann Herr Kolb. Sehr interessant.

»Sie kennen sich ja richtig gut aus hier«, sagte Kuballa so freundlich wie möglich, und nun hatten offenbar auch die Kolbs begriffen, daß ihr neuer Nachbar ihnen Kontakte zur Staatssicherheit unterstellte.

»Da sind Sie auf dem falschen Dampfer«, sagten sie schroff.

Die Begrüßungsvisite war damit eigentlich beendet, als die Kolbs zwischen Umzugskisten einen Stapel Bücher entdeckten. Ihr Blick fiel auf die blauen Bände einer Marx-Engels-Ausgabe, und plötzlich waren Kuballas Äußerungen vergessen, der junge Mann kein merkwürdiger Wessi mehr, kein Fremder, sondern der neue Nachbar, ein guter Freund. Ob er das *Kapital* denn auch gelesen habe, fragte Herr Kolb.

Kuballa dachte an seine Eltern, die über den Osten im allgemeinen und den ostdeutschen Menschenschlag im besonderen so oft gelästert hatten.

Die Kolbs warteten auf eine Antwort. Und? Hatte er das *Kapital* gelesen?

In Bonn-Bad Godesberg zählte einer zum Terroristennachwuchs, der das *Kapital* auffällig oft zitierte. Selbstverständlich hatte der Trotzkopf Kuballa das *Kapital* gelesen. Um möglichst viele Passagen vorbeten zu können, hatte er die drei Bände zigmal gelesen. Also gab er sich nun besonders viel Mühe, aus seinem Marxfundus zu zitieren.

Die Kolbs waren beeindruckt. Sie verabschiedeten sich, nicht ohne zu bemerken, daß sie demnächst wiederkämen. Und tatsächlich klingelten die Kolbs nun häufiger bei Kuballa. Es entwickelte sich schnell ein Verhältnis, das, wie Kuballa meinte, über das Nachbarschaftliche hinausging.

Frau Kolb kam am liebsten am Morgen, gegen zehn Uhr. Um die Zeitung vorbeizubringen, die, so sagte sie, nicht mehr in den Briefkasten gepaßt habe. Kuballa nahm an, Frau Kolb wolle ihn nicht länger schlafen lassen.

Herr Kolb schaute in der Regel gegen dreizehn Uhr vorbei und erkundigte sich jedes Mal, was der junge Herr Nachbar am heutigen Tag denn schon unternommen habe. Weil Kuballa sich aber nicht traute, dem Frühaufsteher Kolb zu gestehen, daß er nach dem Besuch der lieben Gattin wieder ins Bett gegangen sei und bislang lediglich ein paar Zeitungsartikel gelesen habe, erfand er diverse Reparaturen, mit denen er sich im Laufe des

Tages angeblich abgemüht hatte. Dort war eine Fensterfuge undicht, hier mußte noch etwas gestrichen werden ...

Herr Kolb schaute sich oft in der Wohnung um. Wie eine Handwerkerstube sah es bei Kuballa aber nie aus, also redete sich der vermeintliche Handwerker um Kopf und Kragen.

Die wirklich wichtigen Angelegenheiten, sagte Kuballa einmal, schiebe er nun schon seit Tagen vor sich hin. Dermaßen beschäftigt sei er. Noch immer lägen die Bücher in den Umzugskisten.

Das hätte Kuballa allerdings nicht sagen sollen, denn kaum hatte er sein Lamento angestimmt, wurde Herr Kolb aktiv. Nach einer halben Stunde waren sämtliche Kisten ausgeräumt, und nach weiteren dreißig Minuten standen die Bücher in alphabetischer Reihenfolge in den Regalen.

»Du hast ja sogar Lenin«, sagte Herr Kolb.

Der Mann weiß nun Bescheid, dachte Kuballa. Ist doch genial, der hilft mir, um mich zu kontrollieren.

Die Kolbs halfen, wo sie nur konnten; tagein, tagaus. Als Kuballa einmal beiläufig bemerkte, er sei auf der Suche nach einer Waschmaschine, standen die Kolbs am nächsten Tag mit einem etwas älteren, aber funktionstüchtigen Modell vor der Tür.

»Waschautomat sechsundsechzig heißt die Kiste, wenn das mal kein Zeichen ist. Im Januar bin ich sechsundsechzig Jahre alt geworden«, sagte Frau Kolb.

»Herzlichen Glückwunsch nachträglich und vielen Dank für die Waschmaschine.« Kuballa nahm das Geschenk nur widerwillig an. Wer dankbar ist, dachte er, ist nicht frei. Und das paßte Kuballa überhaupt nicht in den Kram. Er befürchtete, in eine, so nannte er das, emotionale Abhängigkeit zu geraten. Möglicherweise sogar erpreßbar zu werden.

Die Kolbs kamen, sie schenkten ihm dies und das, brachten Freßkörbe mit vakuumverpackten Fleischklopsen und Dosenletscho vorbei. Und sie waren neugierig. Vor allem Herr Kolb stellte unangenehme Fragen.

»Wenn du mal nicht gerade den Handwerker spielst, was machste denn dann?«

Kuballa wunderte sich, wie aufdringlich sein Nachbar mittlerweile sein konnte, ohne die Hierarchie zwischen ihnen aufzulösen: hier der jungsche Kuballa, dort der Senior Kolb.

Manchmal hätte Kuballa am liebsten die Wahrheit gesagt: Wovon ich lebe? Von meinen Zinsen. Ich bin Erbe. Ich bin reich. Habe ich mir nicht ausgesucht, mein Schicksal. Kaum zu glauben, stimmt aber. Mein Patenonkel war Banker, steinreich. Der ist vor zwei Jahren gestorben, und weil er keine Kinder hatte und seine Frau auch schon unter der Erde lag, hat dieser nette Onkel mir gut zwanzig Millionen Mark vermacht. Ist doch lustig, oder? Als die Kohle auf meinem Konto lag, habe ich mein Studium abgebrochen. Studieren? Wozu? Und weil mir der Sinn auch nicht danach steht, in einem Büro zu hocken und mein Vermögen zu vermehren, verbringe ich viel Zeit im Bett, denke nach, über dies und das. Und warte auf den nächsten Besuch meiner lieben Nachbarn.

Kuballa aber log: »Ich schreibe hin und wieder ein paar Zeitungsartikel«, sagte er in einem mehr als sachlichen Tonfall, und Herr Kolb, der die wieder mal frisch abgedichteten Fenster begutachtete, verstand diese Antwort wohl als Aufforderung, nicht weiter nachzufragen.

Der hält mich bestimmt, dachte Kuballa, für einen Spinner. Muß ein Reporter nicht ständig unterwegs sein? Herr Kolb, Aktivist der sozialistischen Arbeit, du weißt doch ganz genau, daß ich noch nie einen Artikel geschrieben habe. Bist eben ein cleverer alter Herr. Hast wohl Erfahrung in Charakterstudien. Aber ahnst du auch, daß ich nur deshalb nach Schöneweide gekommen bin, weil ich noch ein wenig von eurem Staatssicherheitsleben mitbekommen möchte?

Kuballa hatte die Lebensläufe der Kolbs in seiner

Phantasie längst komplettiert: In seinen Tagträumen leitete er aus den zerfurchten Physiognomien der Nachbarsleute herzzerreißende Schicksale ab; er stilisierte die beiden zu rücksichtslosen Agenten, die im Dienste ihres Staates über Leichen gegangen waren und die, von ihrem Dienst mental beherrscht, sogar darauf verzichtet hatten, den lange ersehnten Nachwuchs in die sich bessernde Welt zu setzen.

d r e i

Herr Kolb schlug vor, eine Bürgerwehr gegen das, wie er meinte, braune Pack zu gründen, und weil Kuballa nicht gleich mitmachen wollte, erinnerte Herr Kolb seinen Nachbarn an die Botschaft, die noch immer an seiner Tür hing: *LIEH GEIS*.

Der Mann, dachte Kuballa, wird schon wissen, wie die Bedrohung einzuschätzen ist. Aber gleich zurückschlagen? Eine Bürgerwehr formieren? Die Rechten interessieren mich nicht.

Herr Kolb war sichtlich enttäuscht, weil Kuballa zugab, als Kriegsdienstverweigerer von Patrouillengängen wenig und als ehemaliger Bonn-Bad Godesberger von Rechtsradikalen noch weniger zu verstehen.

»Du hast eben die Augen nicht aufgemacht«, sagte Herr Kolb, schien aber einzusehen, daß mit Kuballa keine Straßenschlacht zu gewinnen, daß Kuballa für eine Feierabendbrigade der falsche Mann war.

»Einen Kettenhund hätten wir jedenfalls schon gehabt«, sagte Herr Kolb. Der Kettenhund entpuppte sich allerdings als brave Promenadenmischung. Das Böseste an dem Hund war noch sein Name. Die Kolbs nannten ihn Greif. Der Hund sollte zum Wachhund abgerichtet werden. Greif, brüllte Herr Kolb, lauf! Greif faß! Doch Greif biß nie, und er lief äußerst ungern. Greif wollte seine Ruhe haben. Was Kuballas Nerven schonte. Die Wohnung eines echten Kettenhundbesitzers hätte er wahrscheinlich nicht betreten. So aber lernte er die Kolbs den Sommer über noch besser kennen. Statt in Kreuzberger oder Prenzlberger Biergärten zu sitzen, wurde er in Oberschöneweide allabendlich mit Leberwurst, Bautz'ner

Senf und Spreewaldgurken gefüttert. Greif schlummerte friedlich in der Ecke, und die Kolbs hielten stundenlange Referate über ihre Vergangenheit. Sie berichteten von den siebziger Jahren, als in Oberschöneweide noch richtig gearbeitet wurde, von den Betriebsausflügen, von Solidarität und den Skatgruppen. Sie erzählten von den achtziger Jahren und dem langsamen Niedergang der Kombinate in Oberschöneweide; vom Plan, der nicht mehr erfüllt wurde; von den Betriebsausflügen, die nicht mehr stattfanden, und der Solidarität, die nachließ. Über die Hauptfeinde des realexistierenden Sozialismus witzelten sie: Das seien Winter, Frühling, Sommer und Herbst gewesen. Das Ende des Realsozialismus interpretierten sie immerhin nicht als große Wetterkatastrophe, sondern verwiesen auf die Krisengesetze eines renommierten Politökonomen.

Wenn Kuballa sich spät in der Nacht verabschiedete, sagten sie: »Bis morgen. Wieder um sechs.« Die Kolbs duldeten keinen Widerspruch und keine Verspätung. Und so kam er Sommerabend für Sommerabend in ihre mit rustikalen Eichenmöbeln, Marke Eigenbau, und Schrankwandkomponenten, Marke Wiwema, vollgestellte Dreiraumwohnung, die sich im fünften Stock des Vorderhauses befand. Gerahmte Fotografien von Menschen in Uniform hingen an den Wänden, die mit hellbraun-dunkelgrün melierter Tapete beklebt waren. Auf den rotbraunen Dielen lag abgewetzte maisgelbe Auslegeware. Die hohen Altbaudecken hatten sie mit breiten Holzpaneelen abgehängt.

Wenn ihm die düsteren Räume aufs Gemüt drückten, und das taten sie oft, stellte sich Kuballa an das Fenster der Kolbschen Küche, von dem aus man optimal beobachten konnte, was unten auf der Rathenaustraße geschah. Das heißt, man konnte beobachten, daß dort unten fast gar nichts passierte. Auffällig wenige Menschen betraten die Rathenaustraße. Auffällig wenig Autos fuhren die Rathenaustraße entlang. Und auffällig viele

Nachbarn saßen am Fenster und schauten hinab auf die tote Straße, die nur wiederbelebt wurde, wenn ein Besoffener aus einer Kneipe stolperte und grölend von dannen zog.

Hoch oben bei den Kolbs ging es ein wenig gesitteter zu. Ob Kuballa, der kundige Kapitalleser, denn ein modernes Buch kenne, in dem die moderne Welt in gut verständlichen Sätzen marxistisch-leninistisch analysiert und erklärt werde, fragten sie. Nein, ein solches Buch kannte er nicht und wollte er auch nicht kennen.

Kuballa aß noch eine Spreewaldgurke, trank noch ein Bier. Er überließ den Kolbs das Erzählen und versank in seine eigene Vergangenheit. Denn die Geschichten der Kolbs erinnerten ihn an die Vorträge seiner Eltern, in denen die freiheitlich-demokratische Grundordnung genauso glorifiziert wurde wie in der Kolbschen Welt die Errungenschaften des Realsozialismus.

Abend für Abend waren seine westdeutschen Wirtshauseltern über die roten Horden hergezogen, sie hatten den kleinen Kuballa vor den schrecklichen Agitatoren aus dem Osten und den nicht minder schrecklichen Agitatoren im Westen gewarnt: Schriftsteller und Journalisten zumeist. Die ewige Infiltration konnte natürlich nicht gutgehen: Der kleine Raimund war keine siebzehn, als er den Reden der Eltern etwas entgegenstellen wollte. Also war er durchs Edelrestaurant seiner Eltern marschiert und hatte seine marxistisch-leninistische Kampfgruppenperspektive ausgebreitet.

In Schöneweide hatten sich zwar die Fronten geändert, die Feindbilder blieben aber bestehen. Die Kolbs beschimpften die konterrevolutionäre Propaganda der bundesrepublikanischen Großbourgeoisie und die Lakaien des internationalen Monopolkapitals: Schriftsteller und Journalisten zumeist.

Diese Ähnlichkeiten, dachte Kuballa, machen mich fertig. Ich spreche hier von persönlichen Freiheiten, von der Entfaltung des Individuums gegen alle Parteivorschriften, ich wiederhole die Weltanschauung meiner Eltern, schrecklich. Dabei will ich wissen, wie das mit ihrer Karriere bei der Staatssicherheit gewesen ist. Staatssicherheit?

»Davon haben wir wirklich keine Ahnung«, sagten die Kolbs.

Die lügen, dachte Kuballa, wie meine Eltern. Ich erinnere mich nur zu gut daran, wie die damals, als die Mauer noch stand, immer und immer wieder gesagt haben: Dort drüben gibt es keine Südfrüchte, dafür aber graue Fassaden und eine gemeingefährliche Geheimpolizei. Wenn ich mich über die überdrehten und maßlosen Bonn-Bad Godesberger beschwert habe, die das Restaurant meiner Eltern besuchten, hieß es: Geh doch nach drüben! Wenn ich mich über die großkotzigen Restaurantgäste mokiert habe, die einer Kellnerin schon mal augenzwinkernd einen Hunderter Trinkgeld mit der Bemerkung hinlegten, sie solle sich einen schönen Abend machen, hieß es: Geh doch nach drüben. Habe ich darüber gelästert, daß die besonders feisten Restaurantgäste immer besonders viele Gänge bestellten, hieß es: Geh doch nach drüben. Habe ich mich geweigert, in den Keller zu gehen, solange dort die Hummer frei herumliefen, hieß es: Geh doch nach drüben. An Weihnachten stopften meine Eltern Schokolade, Kaffee und Seife in ein Päckchen und schickten es nach drüben. Die können einem, haben sie gesagt, schon leid tun, und weil mich der zitternde Tonfall, in dem meine Eltern ihr Mitleid geäußert haben, jedes Jahr aufs neue erschreckt hat, habe ich mir in den stillen Gebeten der Weihnachtsgottesdienste gewünscht, daß mich niemand auf der Welt jemals bemitleiden soll. Dem Mitleid meiner Eltern mit denen dort drüben waren freilich klare Grenzen gesetzt. Einmal packte meine Mutter eine Flasche Wein ins Päckchen, die mein Vater mit der Begründung wieder herausnahm, man könne ja nicht sicher sein, ob der edle Tropfen dort drüben überhaupt ankäme. Und nun sitze ich bei den

Kolbs, höre mir an, wie die Großbourgeoisie trotz Mauerfall doch noch zu besiegen ist.

»Warum interessiert dich diese Stasikiste überhaupt so sehr?« fragte Herr Kolb.

»Darüber hat man ja so viel gehört bei uns im Westen«, sagte Kuballa.

»Alles Lügen, das schwör ich dir«, sagte Frau Kolb.

Alles Lügen, dachte Kuballa, diese Sprüche kenne ich. Als die Deutsche Demokratische Republik zusammenbrach und meine Eltern tagelang vor dem Fernseher gesessen und sich darüber unterhalten haben, daß jetzt Schluß sei mit den Lügen, daß nun auch im Osten die Westmark eingeführt, die Südfrüchte importiert und die Fassaden angestrichen würden, als richtig was los war in Deutschland, da habe ich meine Rückenmuskulatur trainiert, bin ich mit dem Ruderboot den Rhein flußaufwärts und flußabwärts geschippert. Es war kalt, und es hat geregnet, aber ich war trotzdem auf dem Rhein. So oft und so lang wie möglich. Der Mauerfall ging mir am Arsch vorbei. Erstaunlicherweise verschwand die Freude meiner Eltern über die Öffnung der deutsch-deutschen Grenze genauso schnell, wie sie gekommen war. Als die Gespräche über den Import der Südfrüchte und die Einführung des Westgeldes nachließen, wurde ständig über die Staatssicherheit gesprochen. Leise und geheimnisvoll. Das hat mich interessiert. Staatssicherheit, das war doch sowas wie ein Monster, das in weiter Ferne sein Unwesen trieb. Plötzlich machte dieses Ungeheuer auch meine Eltern nervös. Sehr lustig. Einmal betrat ich den Weinkeller, als sich meine Eltern über dubiose Abhörprotokolle unterhielten. Ich habe nur ein paar Wortfetzen mitbekommen. Aber ich weiß, daß es um einen Gast ging, der untergetaucht war. Und als meine Eltern mich bemerkten, unterbrachen sie umgehend ihre geheime Beratung und taten so, als hätten sie nicht über Abhörprotokolle, sondern über die neuen Etiketten ihres Lieblingswinzers geredet. Alles Lügen, habe ich damals gedacht.

»Woran denkst du«, fragte Frau Kolb.

»Mir ist nur aufgefallen, daß die Gurken gut schmekken«, sagte Kuballa, und so ging es weiter mit den Berichten über die Kolbsche Vergangenheit und mit der glanzvollen Geschichte Oberschöneweides. Die schöne Weide, erfuhr Kuballa, wurde im Jahre siebzehnhundertdreiundsechzig zum ersten Mal in den amtlichen Annalen erwähnt.

Die Kolbs führten ihr Archiv vor, das ziemlich umfangreich war; sämtliche Wohnzimmerregale waren mit Aktenordnern gefüllt.

»Da steht alles über Schöneweide drin«, sagte Herr Kolb und deutete auf seinen Schatz; jeden Abend las er aus einer neuen Akte vor.

Kuballa aber fühlte sich weniger in einem heimatkundlichen Archiv als in einem Aktenzentrum der Staatssicherheit, und immer wenn er zwischen den Kolbschen Unterlagen saß, kamen ihm die Fernsehbilder der aufgebrachten Meute in den Sinn, die das Berliner Hauptquartier der Staatssicherheit gestürmt und – wie sich später herausstellte – eher unwichtige Dokumente vor laufenden Kameras verbrannt hatten. Die wirklich spannenden Akten waren bekanntlich besser versteckt.

Die langweiligen Dokumente zeigen sie mir, dachte Kuballa. Stadthistorische Aufzeichnungen, Urkunden und Zeitungsartikel. Die wichtigen kommen hier nicht auf den Tisch. Dafür ein mehrblättriges Schriftstück, dessen Deckblatt mit dem Slogan *Schöner unsere Städte und Gemeinden – Mach mit!* verziert ist, prima, dazu die ausführliche Begründung, warum das Haus der Kolbs kurz vor dem Ende der Deutschen Demokratischen Republik die *Goldene Hausnummer* erhalten hat. Sehr aufschlußreich.

Wo aber liegen die verräterischen Schriftstücke, die Abschriften der inoffiziellen Berichte, in welchem Ordner sind die Quittungen für die Schnüffelhonorare abgeheftet? Wo sind die vielen kleinen Zettelchen zu finden, die das bislang Verheimlichte ausführlich dokumentieren?

Kuballa hatte Kopfschmerzen. Und Herr Kolb gab ihm leider nur die zerknitterte Kopie eines uralten Regierungspräsidentenerlasses, der Oberschöneweide zur Landgemeinde erkor.

Des Königs Majestät höchstselbst haben mittelst allerhöchsten Erlasses vom 16. März d. J. zu genehmigen geruht, daß diejenigen im Kreise Niederbarnim belegenen Grundstücke, welche in der nachstehenden Nachweisung vom 7. Februar d. J. unter No. 1-122 und unter B No. 1-27 mit einem Flächeninhalt von 142,9566 ha aufgeführt sind, von dem forstfiskalischen Gutsbezirk Cöpenick und der Landgemeinde Marzahn abgetrennt und zu einer Landgemeinde mit dem Namen Ober-Schöneweide vereinigt werden. Potsdam, den 7. April 1898. Der Regierungspräsident.

Genervt überflog Kuballa den königlichen Erlaß, den er schon deshalb nicht mochte, weil er so viele Zahlen und Abkürzungen enthielt. Herr Kolb legte das vergilbte Blatt wieder zurück in einen Ordner. Der Wisch des Regierungspräsidenten aber war nur der Anfang. Sozusagen die Ouvertüre zu einer Oper, deren Libretto Kuballa gründlich mißfiel.

Kuballa war ein enthusiastischer Operngänger, wobei sein Enthusiasmus beängstigende Ausmaße angenommen hatte: Wenn einmal etwas nicht nach seiner Vorstellung verlief, wenn ihn irgend etwas aufregte oder verstimmte, katapultierte er sich augenblicklich in die Welt des Musiktheaters. Hier fühlte er sich gleich wohler, hier war er Komponist, Dirigent, Regisseur und Kritiker zugleich – und damit unangreifbar. So auch in diesem Fall.

Eine biedere Sangesdarbietung, dachte Kuballa, der durchschnittlich hohe Sopran von Frau Kolb und der gewöhnliche Baßbariton von Herrn Kolb, lauter mittelmäßige Arien, und ich bin der disziplinierte Zuhörer; Zwischenfragen sind nicht erlaubt.

Kuballas Gedanken schwirrten wieder ab, wie die Gedanken eben abschwirren, wenn man in einer Oper sitzt, die dauert und dauert: In welcher Akte sind die geheimen Berichte abgelegt? Nirgendwo? Ach wirklich? Was will der Herr Archivar denn verbergen?

In Schöneweide, trällerten die Kolbs, habe man einstmals so viel Wäsche gewaschen, daß die kleine Hausansammlung an der schönen Weide auch Berliner Waschküche genannt worden sei.

»Die Schöneweider haben vom Wäschewaschen gelebt, bis ihnen die großen Fabriken mit ihren rußenden Schornsteinen das Geschäft verdarben. Das war der Emil Rathenau, der kaufte hier ein Gelände in der Größe von rund zwanzig Fußballfeldern.«

Der Rathenau habe, meinte Herr Kolb, die Fortschritte der Technik bis in die entferntesten Winkel der Erde tragen wollen.

Waschküche, Technik, Rathenau. Kuballa wollte eigentlich wissen, ob Herr Kolb ein Denunziant gewesen sei. Ob er Informationen für die Staatssicherheit gesammelt habe. Rußende Schornsteine und deutsche Industriegeschichte ödeten ihn an.

Frau Kolb brachte frische Wurstbrötchen. Stumm saß Kuballa da. Er nahm eine belegte Schrippe und verschlang sie.

»Das Transformatorenwerk in Oberschöneweide, das kennste doch, und das Kabelwerk, die sind in die Geschichtsbücher eingegangen. Und weeßte auch warum? Weil unser Kabelwerk die ersten Telefonleitungen auf die Zugspitze verlegt und die ersten Fernsehkabel für eine Liveübertragung in Deutschland geliefert hat. Aber die größte Sensation, die kam später. Das war eine sozialistische Wirtschaftssensation. Vor hundert Jahren haben in Oberschöneweide eintausendvierhundert Arbeiter geschuftet. Bei uns zu Ostzeiten waren es bis zu fünfundzwanzigtausend Leute, die in den Großkombinaten ihren Lohn verdient haben. Verstehste? Heute sind es wieder nur noch tausend.«

Herr Kolb reihte Zahlen auf, sprach vom Arbeitswillen und Arbeitsmut.

Grauenhaft, dachte Kuballa.

Er erhob sich, um aufs Klo zu gehen.

Vorhang. Pause. Der erste Akt, dachte Kuballa, ist überstanden.

Welch ein Irrtum! Denn als Kuballa auf dem Weg zur Toilette sagte, er sehne sich nach Verhältnissen mit totaler Vollautomatisierung, in denen Arbeitsmut und Arbeitswillen nicht mehr nötig seien, er freue sich auf neue Robotergenerationen, die sich endlich um Ärgernisse wie Fensterputzen und Müllwegbringen kümmern könnten, als Kuballa dieses Lob der Zukunftstechnologie abgab, da saß plötzlich ein Mann vor ihm, der ihn verständnislos anstarrte. Kuballa war zu weit gegangen. Die Pausenunterhaltung wurde zum Fiasko. Das Pinkeln mußte sich Kuballa erst mal verkneifen.

Herr Kolb drückte seinen Ärger mühsam aus sich heraus: »Du bist ein Parasit«, sagte er, stand auf, schnaufte und verschwand. Seine Frau ebenso.

Kuballa hätte am liebsten losgelacht. Du bist also ein Saubermann, dachte er. Und ich bin der Parasit. Vor den Schmarotzern haben mich auch meine westdeutschen Wirtshauseltern gewarnt. Der Parasitenvorwurf ist aber noch eine Steigerung, das ist lupenreiner Zonenjargon. Nun ist endlich bewiesen, wo ihr steht, welche Ausbildung ihr genossen habt: Staatssicherheit, Schild und Schwert der Partei, das ist euer Laden, das ist eure Heimat. Das ist euer Denken. Die kranken Teile aus dem gesunden Körper schneiden, das beherrscht ihr aus dem Effeff. Inoffiziell oder hauptamtlich? Dumme Frage. Kolb, Sicherheitsgenosse, du hast es nicht verlernt, jederzeit und überall feindlich-negative Kräfte auszumachen, Parasiten, Menschen ohne Arbeitswillen und ohne Arbeitsmut. Ungeziefer, das weg muß. Das hat die Partei gesagt. Die Partei, die immer recht hat. Auch wenn es die Partei nicht mehr gibt. Herr Kolb, du wirst noch erleben, wie aktiv und arbeitswütig ein Parasit sein kann.

Kuballa schwieg und saß eine Zeitlang allein im Wohnzimmer.

Die werden schon wieder auftauchen, dachte er.

Kuballa ärgerte sich über seine Langeweile, und in seinem Ärger gab er seinen Nachbarsleuten, die so gern von der Disziplin im Realsozialismus sprachen, unfreundliche Spitznamen – die er ihnen natürlich nie verriet: Kuballa nannte die beiden Herr und Frau Oberst.

Es verging eine halbe Stunde, ohne daß sich die Kolbs in ihrem Wohnzimmer blicken ließen. Endlich ging Kuballa aufs Klo. Er kam wieder, aber die Kolbs zeigten sich immer noch nicht.

Jetzt können die aber auch mal wiederkommen, murrte Kuballa. Doch der zweite Akt der Oper wurde verschoben, weil der männliche Hauptdarsteller sich krank gemeldet hatte und sich im Schlafzimmer versteckt hielt. Frau Kolb übernahm die Verabschiedung.

Ohne Verbeugung, dachte Kuballa, ohne Entschuldigung. Daß ich mir das gefallen lassen muß! Unverschämtheit, mittelmäßige Aufführung, miserabler Abgang. Mein halbes Taschengeld habe ich im Bonner Opernhaus ausgegeben. Ich bin bessere Darbietungen gewohnt als dieses schmierige Arbeiterundbauernfragment. Herr und Frau Oberst, woher kommt bloß euer schlechtes Benehmen?

Kuballa und die Kolbs vertrugen sich bald wieder. Schon am nächsten Tag. Sie taten einfach so, als wäre nichts geschehen. Die Kolbsche Arie wurde fortgesetzt. Über Wochen. Herr Kolb hatte immer neue Legenden und Histörchen auf Lager, so zum Beispiel die ruhmreichen Erlebnisse beim Kampfgruppenbataillon Karl Liebknecht.

Sein Baßbariton klang dabei immer ein wenig pastoral: »Ich war entschlossen, mit der Waffe in der Hand die Arbeit der fortschrittlichen Werktätigen vor allen imperialistischen Angriffen zu schützen.«

Wie im Lehrbuch, dachte Kuballa. Ernst und feierlich klingt diese Losung. Anrührend und grotesk.

Herr Kolb stand auf und gab sein Kampfgruppengelöbnis zum besten, das er im benachbarten Park, in der Wuhlheide, vor Jahrzehnten abgegeben hatte. Seine Stimme wurde dünner, die Erinnerung überwältigte ihn.

Ich bin bereit,
als Kämpfer der Arbeiterklasse
die Weisungen der Partei zu erfüllen,
die Deutsche Demokratische Republik,
ihre sozialistischen Errungenschaften
zu jeder Zeit, auch im Schlaf,
mit der Waffe in der Hand zu schützen
und mein Leben dafür einzusetzen.
Das gelobe ich!

In der Wuhlheide, wo einst die Kampfgruppen aufmarschiert waren, lebten mittlerweile alternative Schrebergärtner, die in Wohnwagen hausten und sich Rollheimer nannten und die, wie Kuballa längst herausgefunden hatte, in ihren rollenden Heimen das beste Haschisch in Oberschöneweide verkauften. Die Rollheimer lebten in unmittelbarer Nachbarschaft zu einer ehemaligen zentralen Abhörstation der Staatsicherheit, Hauptabteilung Auslandsaufklärung, Unterabteilung elektronischer Kampf. In diesem Haus, ein Gebäude fast ohne Fenster, war zu Ostzeiten auch der militärische Geheimdienst der Sowjetunion untergebracht. In der Presse las man nicht viel über diesen hochsensiblen Bereich der deutsch-sowjetischen Freundschaft. Kuballa allerdings war über die Anlagen bestens informiert, und mit den Haschischrollheimern freundete er sich auch deshalb an, weil er glaubte, über sie noch mehr über die elektronischen Lauscher herauszubekommen. Kuballa vermutete nämlich, daß die Abhöranlagen noch immer in Betrieb waren. Und tatsächlich geisterten die wildesten Gerüchte durch die Schrebergartensiedlung. Die Rollheimer erzählten, die Russen würden jedes Wort in der Siedlung mitbekommen: Wenige Minuten, nachdem eine neue Fuhre Haschisch eingetroffen sei, komme stets ein Russengesandter vorbei, um ein Päckchen abzuholen, sozusagen als Schutzgeld.

Herr Kolb konnte die Rollheimer nicht ausstehen. Kuballa wußte das, und so nahm er sich vor, keine Bemerkung über sie zu verlieren. Er wollte seinen väterlichen Freund nicht noch einmal provozieren. Zumal Kuballa weiterhin hoffte, demnächst etwas über den Kolbschen Geheimdienstauftrag zu erfahren. Da müsse man, dachte er, äußerst feinfühlig vorgehen.

Kuballa und Herr Kolb kamen sich im wahrsten Sinne des Wortes schrittweise näher, und zwar auf den von Herrn Kolb akribisch ausgetüftelten Ortsbegehungen. Der alte Haudege war offenbar froh, einem jungen Kerl jenen Kiez zu zeigen, der sein Leben geprägt hatte, und so wanderten sie mit ihren unterschiedlichen Erwartungen, Hoffungen und Wünschen durch Oberschöneweide. Als sie durch die Wuhlheide gingen und zum ehemaligen *Pionierpalast* kamen, der mittlerweile schlicht und einfach *Freizeit- und Erholungszentrum* hieß, begann Herr Kolb eine lange Haßtirade gegen die, wie er sagte, Kolonisation des Ostens durch den Westen. Es regte ihn furchtbar auf, daß im Ostteil Berlins unablässig die Straßennamen geändert wurden, daß die zumeist westdeutschen Straßennamenverwalter die Karl-Marx-Straßen im Osten umbenannten, gar mit der Begründung, Karl Marx komme im Westberliner Straßenbild ohnehin schon genügend vor. Herr Kolb, der im Oberschöneweider Stadtteilrat saß und, wie er sagte, die allerbesten Verbindungen zum Bezirksbürgermeister pflegte, Herr Kolb also meinte, man müsse ein Zeichen setzen und in Oberschöneweide, wo es bislang keine Karl-Marx-Straße gegeben habe, eine solche einführen. Er werde, sagte er, eine Eingabe machen, woraufhin Kuballa ihm vorschlug, sich besser für eine Straße der Freundschaft, eine Straße des Friedens oder eine Straße des Feierns einzusetzen, weil diese Straßennamen allemal besser klängen als eine gewöhnliche Karl-Marx-Straße.

»Wir wollen mal nicht übertreiben«, sagte Herr Kolb. »Eine Karl-Marx-Straße würde schon reichen.«

Sie wanderten die Straßen auf und ab, sie schlenderten zur Wuhlheide, durchmaßen jeden Winkel der Grünanlage und machten, wie Kuballa glaubte, um die sowjetische Abhörstation nicht ganz zufällig einen großen Bogen.

Einmal gingen sie zum alten Kabelwerk Oberspree, zur ehemaligen Transformatorenfabrik; hier hatten die Kolbs ein Leben lang gearbeitet, von der Lehre bis zur Rente. Wehmut ergriff Herrn Kolb, und er zog Kuballa zur Villa Rathenau, die mit weniger Erinnerungen behaftet schien. Sie besuchten schließlich den sogenannten Behrensturm, eine Sehenswürdigkeit in Oberschöneweide, die, wie Herr Kolb sagte, des Sehens tatsächlich würdig war: Deutschlands Nationale Automobilgesellschaft, so erfuhr Kuballa, hatte das in Oberschöneweide wie ein Fremdkörper wirkende Fabrikschloß neunzehnhundertsiebzehn bauen lassen. Und durch diese wuchtige Kulisse zogen die beiden Schöneweidewanderer in den dritten Akt einer Oper, die mittlerweile etwas moderner anmutete. Zwischenfragen waren erlaubt, und der Zuhörer Kuballa durfte mit auf die Bühne.

Sie schritten durch die rechteckige, von einem Oberlicht erhellte Treppenhalle. Über vier Geschosse zog sich das Entree in die Höhe. Der Innenraum wirkte wie ein Außenraum, was am großen Oberlicht und an den Bogenfenstern der drei Galerien lag. Sie stiegen höher, blickten andächtig von den Arkaden hinab in die steinerne Halle, die mit einer stechend riechenden Reinigungsflüssigkeit geputzt worden war.

Der Chlorgeruch trieb vor allem Kuballa in die Höhe. Die beiden stiegen auf bis zur Aussichtsplattform des Behrensturmes, und Herr Kolb erzählte dort oben vom ruhmreichen Volkseigenen Betrieb für Fernsehelektronik. Über die Häuser und Fabriken Oberschöneweides schauend, berichtete Herr Oberst, daß die Russen nach dem Zweiten Weltkrieg die besten deutschen Bildröhrenspezialisten abgezogen hätten, daß die Oberschöneweider Spitzentechniker jahrelang in russischen, vollkommen altmodischen Bildröhrenfabriken hätten arbeiten müssen, daß im ruhmreichen Volkseigenen Betrieb für Fernsehelektronik aber trotz der widrigen Umstände insgesamt siebzehn Millionen Schwarzweißbildröhren und fast fünf Millionen Farbbildröhren produziert worden seien, unter anderem die Bildröhren für den Fernsehempfänger Leningrad.

Der Name gefällt mir, dachte Kuballa.

Herr Kolb lobte die Farbbrillanz des Modells Leningrad.

Die staatssozialistischen Warentitel, dachte Kuballa, klingen nicht nach Staatssozialismus. Was schön klingt, will man kaufen, besitzen und gernhaben; Leningrad klingt einfach schöner als irgendein Fernseher von Grundig mit der Nummer B-Sieben-W-Fünf-Sechs-Drei-Eins. Leningrad, dachte er, taugt zum Fetisch.

Obwohl Kuballa sich in der kapitalistischen Markenwelt, mit den Artikelnamen und den Statuswerten der Waren, recht gut auskannte, spielten diese Dinge keine allzu große Rolle in seinem Leben. Er kaufte zwar grundsätzlich nur die teuersten Markenartikel, genauso grundsätzlich entfernte er bei seinen Hosen und Pullovern aber auch die Markenschildchen. Hatte er seine Klamotten erst einmal entschildert, baute er zu den Stücken eine Art Liebesbeziehung auf. Er pflegte seine Kleidung, weil er meinte, daß Leute, die mit Hemden und Hosen schlecht umgingen, sich auch Menschen gegenüber lieblos verhielten. Er trug seine Kleidung, bis sie auseinanderfiel. Und er gab den Sachen neue Namen. Bluejeans beispielsweise nannte er Plenzdorfhosen.

Den Leningradfernseher hatte Kuballa, ohne ihn jemals gesehen zu haben, augenblicklich lieb gewonnen; allein des Namens wegen.

»Leider war der Leningrad fast nie zu bekommen«, sagte Herr Kolb.

Kuballa änderte seine Meinung und dachte: Dann lieber doch den Apparat B-Sieben-W-Fünf-Sechs-Drei-Eins.

»Dieses Lieferproblem haben wir mit unserem neuen Philips nicht gehabt«, sagte Herr Kolb.

Kuballa nickte. –

Applaus. Der Schluß eines skurrilen Bühnenwerkes: Zuhörer und männliche Hauptrolle, dachte Kuballa, haben sich im Verlauf der Inszenierung auf ein neues Libretto mit versöhnlichem Finale verständigt.

Die Sonne ging unter, Herr Kolb und Kuballa hatten sich diesmal nicht zum Abendbrot verabredet. Kuballa saß allein in seiner Küche vor einer Käsestulle und sinnierte über den Opernvergleich, der ihn in den vergangenen Tagen begleitet hatte. Mit niederschmetterndem Erfolg: Die Stulle schmeckte ihm nicht, und der Opernvergleich ging ihm auf die Nerven.

»Schluß mit dem Theater«, sagte Kuballa, während er seine Schuhe putzte. Ein hellgrauer Staubfilm hatte sich über das schwarze, etwas brüchige Rindsleder seiner italienischen Slipper gelegt.

v i e r

Kuballa stand vor dem Spiegel und rasierte sich. Fast eine halbe Stunde lang. Seine Augenlieder waren noch immer geschwollen; müde schaute er in den Spiegel.

Bartstoppeln machen mich nervös, dachte er.

Kuballa besaß nicht nur einen Bartrasierer, sondern auch noch einen Nasenhaarentferner, diesen kleinen Stab mit den winzigen Schermessern an der Spitze, mit dessen Hilfe er keineswegs nur seine Nasenhaare rasierte, sondern auch den wuchernden Flaum in der Ohrmuschel beseitigte.

Wenn ich Angst habe, dachte Kuballa, dann wachsen die Haare besonders stark. Aber ich habe jetzt keine Angst mehr. Ich weiß ganz genau, was passieren wird. Sie werden kommen, um mich abzuholen. Es gibt einen kleinen Skandal, meine Eltern werden den Kontakt zu mir abbrechen, und in ein paar Jahren ist die Geschichte vergessen.

Kuballa ging zurück zu seinem Schreibtisch, auf dem die Briefe lagen, die er noch beantworten wollte. Die Umschläge, in denen er Rechnungen vermutete, warf er ungeöffnet in den Papierkorb. Die Köpenicker Wohnungsbaugesellschaft hatte ihm wahrscheinlich eine Mahnung geschickt, denn er hatte ohne Ankündigung den Dauerauftrag für die Miete schon im Juni neunundneunzig storniert. Also war er mit zwei Monatsmieten im Verzug.

Kuballa blickte zu seinen Regalen, die mit dicken Büchern über die Staatssicherheit vollgestellt waren. Und er trank noch einen Gin Tonic.

Der Winter einundneunzig rückte näher, und schon die kühlen Herbsttage deuteten an, daß es demnächst wohl sehr kalt werden würde. Herr und Frau Kolb hatten Kuballa vor den Berliner Wintern gewarnt, sie hatten ihn mehrfach ermahnt, er solle genügend Kohle kaufen, doch mit schwarzbraunem Ofenruß wollte Kuballa nicht in Berührung kommen, und so legte er sich einen graugrünen Ölradiator zu, der nicht gerade vertrauenserweckend aussah. Viel wichtiger als die Zimmertemperatur war ihm in diesen Tagen ohnehin die Hitze in seiner Seele und das Brodeln im Bauch. Hitze in der Seele? Brodeln im Bauch? Mit diesen Worten hatte der *Neue Berliner Bote* die Sehnsucht junger Männer beschrieben, in den Herbstmonaten mit einem, so lautete die Formulierung in dem Blatt, Weibe anzubändeln. Und damit hatte die Zeitung durchaus ins Schwarze getroffen. Seit gut einem Jahr war Kuballa solo, und seit Monaten war er auf der Suche nach einer Gefährtin für die einsame Winterzeit. Eigentlich suchte er seit dem Tag, an dem Lili ihm den Laufpaß gegeben hatte. Und wäre die andere Sehnsucht nicht dazwischen gekommen, nämlich die, so nannte Kuballa seinen Spleen, unersättliche Staatssicherheitsleidenschaft, gewiß hätte Kuballa sein Liebesleben nicht auf diese für sein Seelenleben sehr ungesunde Weise vernachlässigt.

Auch das Ende der Lililiebe war eine quasipolitische Angelegenheit gewesen. Lilis Oma war nämlich in Bonn-Bad Godesberg kurstadtbekannt, weil sie, die überzeugte Kommunistin, ominöse Kinderferien in Ostdeutschland organisiert hatte. Schon in den fünfziger Jahren warf man ihr landesverräterische Beziehungen zu dem geächteten zweiten deutschen Staat vor; sie wurde deshalb sogar ins Gefängnis geworfen. Als Lilis Oma ihre Strafe abgesessen hatte, war sie vom Kommunismus keineswegs geheilt. Im Gegenteil. Sie machte mit der Kinderverschickung weiter, bis man sie wieder einlochte. Als Kuballa Lilis Großmutter kennenlernte, war sie eine alte

Frau. Sie war traurig und verbittert. Die Kinderverschickung hatte sie aufgegeben, doch für den Kommunismus warb sie noch immer. Sonntags stand die wackere Kämpferin in der Godesberger Fußgängerzone und verteilte Aufkleber.

»Die Oma betritt unser *Silberlöffelchen* auf keinen Fall«, hatte Kuballas Vater einmal gesagt, und als seine Mutter das Verbot in Lilis Gegenwart wiederholte, war die Liebe dahin. Daß Kuballa die Ansichten seiner Eltern ablehnte, schien Lilis Ärger nicht zu mindern. Sie wolle, sagte sie beim Trennungsgespräch, nie wieder mit einem Kuballa etwas zu tun haben.

Mochten Kuballas Eltern mittlerweile noch so weit weg sein, die Erfahrung mit Lili hinterließ ihre Spuren: Die nächste Frau, dachte Kuballa, muß unbedingt auf ihre Belastbarkeit hin getestet werden.

Und wie sollte dies geschehen? In Oberschöneweide?

Das nötige Material lieferte die Presse. In den Zeitungen mehrten sich Tabellen und Graphiken mit ulkigen Zuordnungen, die gravierende Mentalitätsunterschiede in Ost und West aufschlüsselten. Und Kuballa beschloß, jedes noch so profane deutsch-deutsche Diagramm auszuschneiden und aufzuheben. Zighundert Zeitungsausschnitte vermüllten seinen Schreibtisch, als er begann, die einschlägigen Ergebnisse dieser statistischen Untersuchungen mit lila Farbe auf die weißen Wände seiner Wohnung zu pinseln.

Die Räume waren thematisch geordnet. In der Küche hatte er seinen Lieblingsspruch verewigt: *Beim Wessi ißt das Auge mit, beim Ossi der knurrende Magen.* Über seinem Bett sollten Gäste darüber informiert werden, daß die Ossis zwar häufiger vögeln als die Wessis, daß die Geschlechterbeziehungen der Vielvögler aber auch spannungsärmer, also langweiliger seien als die der notgeilen Wessis. In der Toilette ging es schließlich ans Eingemachte:

Der Ossi an sich ist ein Idealist, dem die Moral und das Zusammengehörigkeitsgefühl wichtiger ist als das individuelle Fortkommen. Der Wessi an sich ist ein Realist, dem es darauf ankommt, die gesteckten Ziele zu erreichen. Ossis sind ehrlich und heben die Gemeinsamkeiten hervor; Wessis verstehen sich aufs Rollenspiel und bemerken die Unterschiede. Ossis sind von der Aggressivität der Wessis betroffen; Wessis halten Ossis für humorlose Feiglinge. Ossis jammern über das, was fehlt; Wessis reden lieber übers Wetter, wenn's ihnen schlecht geht. Ossis glauben, sie seien im Durchschnitt kinderfreundlicher als die Westdeutschen; Wessis glauben hingegen, die oft zitierte Kinderfreundlichkeit der Ostdeutschen sei ein Vorurteil. Die meisten Ostler ärgern sich darüber, daß die meisten Westler die oft zitierte Kinderfreundlichkeit der Ostdeutschen für ein Vorurteil halten, und die Wessis wiederum sind über diesen Ärger der Ossis hellauf empört. Die Westempörung über den Ostärger führt dazu, daß der Durchschnittsossi meint, die Durchschnittswessis hätten es darauf angelegt, das ostdeutsche Volk zu beleidigen. Das westdeutsche Volk aber hält den Vorwurf der kollektiven Ostbeleidigung für eine unverschämte Übertreibung und fühlt sich seinerseits auf den Schlips respektive den Schwanz getreten. Und so weiter und so fort.

Die Liste der deutsch-deutschen Differenzen verlängerte sich täglich, wobei die Quintessenz aller Tabellen auf die These hinauslief, daß der Ossi an sich das Gegenteil vom Wessi an sich sei. Die ausgefallensten Sätze hatte Kuballa diversen sozialpsychologischen Schriften entnommen, in denen hochwissenschaftliche *Typologien der Einstellungs- und Verhaltensmuster von Ost- und Westdeutschen* entfaltet wurden. Ein westdeutscher Seelendoktor entdeckte bei seinen Ostpatienten durchweg eine *narzißtische Kränkung in Verbindung mit dem komplementären Phänomen hysterischer Wut aufgrund der ökonomischen Benachteiligung,* und diese Diagnose notierte Kuballa über dem Braunkohleofen. Ein ostdeutscher Psychoanalytiker wollte bei den Wessis, die er untersucht hatte, ohne Ausnahme einen *Vaterkomplex und eine Autoritätsneurose mit den in diesen Fällen dazugehörenden cholerischen Anfällen* festgestellt haben. Kuballa verewigte dieses Krankheitsbild neben dem Sicherungskasten. Am Kühlschrank hing eine Collage von Witzen, die er dem Buch *So lachte man in der Deutschen Demokratischen Republik* sowie einem Standardwerk über bundesdeutsche Komik entnommen hatte.

Was ist der Unterschied zwischen einem Fuchs und einem Wessi?
Der Fuchs ist schlau und stellt sich dumm, der Wessi macht es andersrum.

Was ist der Unterschied zwischen einem Fuchs und einem Ossi?
Der Fuchs ist schlau und stellt sich dumm, der Ossi macht es andersrum.

Was ist der Unterschied zwischen einem Fuchs und einem Wessi?
Der Fuchs ist schlau und stellt sich dumm, der Wessi macht es andersrum.

Was ist der Unterschied zwischen einem Fuchs und einem Ossi?
Der Fuchs ist schlau und stellt sich dumm, der Ossi macht es andersrum.

Was ist der Unterschied zwischen einem Fuchs und einem Wessi?
Der Fuchs ist schlau und stellt sich dumm, der Wessi macht es andersrum.

Was ist der Unterschied zwischen einem Fuchs und einem Ossi?
Der Fuchs ist schlau und stellt sich dumm, der Ossi macht es andersrum.

Die meisten Leute, die Kuballas großformatige Konzeptkunstdiagramme sahen, hielten nicht nur die Diagramme, sondern auch den Konzeptkünstler für schwachsinnig. Zumal er seinen Werken Titel wie *Originalität durch Serialität* gab. Besonders verschnupft reagierte die erste Testperson: jene Dame, der Kuballa allmonatlich die Miete überwies. Man hatte sich am dritten Dezember zum Abendessen verabredet. Als sie kam, stand das Mahl bereits zum Verzehr bereit. Kuballa hatte Pasta mit Pesto auf den Tisch gestellt, weil er glaubte, dieses Gericht sei bei den Ossis noch nicht bekannt. Franziska hatte eine Flasche bulgarischen Rotwein mitgebracht, weil sie wiederum annahm, daß ihr Mieter wohl noch nie in seinem Westleben einen Bulgarenwein getrunken habe.

Leider war es fürchterlich kalt in Kuballas Bude, was daran lag, daß der Gastgeber vergessen hatte, die Zeitschaltuhr seines Ölradiators einzustellen – wohl auch deshalb, weil es in ihm brodelte.

Doch Franziska fror ohnehin nur kurz. Ihr Blut und alle Magensäfte kochten, weil sie sich über Kuballas Wandbemalung aufregte. Als ordentliche Vermieterin hätte sie sich, wie Kuballa meinte, durchaus über das nicht abgesprochene Geschmiere an den frisch tapezierten Wänden beschweren können. Aber nein, Franziska mokierte sich über den Inhalt der Konzeptkunstdiagramme.

Sie, die stolze Rostockerin, habe nie gejammert. Und sie, die Humorvolle, lehne Wessiwitze ab; ein ostdeutsches Kollektivgefühl interessiere sie, die Kosmopolitin, nicht die Bohne. Kinder könne sie nicht ausstehen, und Kuballa sei ein blöder Spinner. »Richtig übel ist das hier«, sagte sie erbost. Als sie vor Kuballas Bett stand, verstummte Franziska.

»Ich nehme an, du sprichst nicht gerne über Geschlechtsverkehr«, sagte Kuballa.

Franziska hatte am Vortag via Telegramm angefragt (ein Telefon besaß Kuballa immer noch nicht), ob sie bei ihm übernachten könne – der Weg zurück in die Stadt sei doch recht weit. Kuballa hatte ihr umgehend mitgeteilt, und zwar ebenfalls per Telegramm, daß er eine zweite Matratze besitze und daß sie sich keine Sorgen machen solle. Er war sich ziemlich sicher, daß man und frau diesen Abend gemeinsam unter einer Bettdecke beschließen würden.

Als Franziska die Sprüche an den Wänden sah und Kuballa ihre Empörung beim besten Willen nicht nachvollziehen konnte, war der Abend allerdings gelaufen. Das Rotweintrinken überließ sie ihm. Sie aß zehn Nudeln, und weil während des Essens beziehungsweise Nichtessens partout kein Gespräch aufkommen wollte, verließ sie seine bekritzelte Wohnung gegen halb zehn.

Franziska Wetzlaff sah er nicht mehr wieder. Ein Jahr wohnte Kuballa bei ihr zur Untermiete, als sie ihm in einem Brief mitteilte, sie wolle den Mietvertrag umgehend lösen. Franziska hatte einen Posten bei der Technischen Universität Hamburg erhalten, und sie befürchtete, ihr illegales Nebengeschäft könnte ihr die Karriere vermasseln. Also bat sie die Wohnbaugesellschaft, den Mietvertrag nur noch auf Kuballas Namen laufen zu lassen. Und wenn man bedenkt, daß Franziska sowieso nur fünfzig Mark pro Monat für ein Untermietverhältnis einstrich, das ihr, wie Kuballa herausgefunden hatte, bis zu fünftausend Mark Strafe hätte einhandeln können, war ihre Entscheidung mehr als verständlich.

Kuballa hatte seine Vermieterin falsch eingeschätzt. Er war sich sogar sicher, sie bald wiederzusehen. Noch an dem verkorksten Abend hatte er angenommen, daß sie demnächst bestimmt vorbeikäme, um das Nudelessen zu wiederholen. Was vielleicht auch daran lag, daß Kuballa gar keine Zeit hatte, über ihren raschen Abgang ernsthaft nachzudenken. Denn kurz nachdem sie davongeeilt war, stand plötzlich Marek Akuszewski vor Kuballas Tür. Das war der Nachbar, der über ihm wohnte.

Die Kolbs hatten gesagt, der Marek sei ein Pfundskerl. Ein anständiger Bauarbeiter. Also lud Kuballa diesen anständigen Pfundskerl kurzerhand zu Pasta mit Pesto und Rotwein ein. Von Franziska erzählte er ihm nichts.

Auch Marek Akuszewski studierte die Tabellen an den Wänden. Und auch ihm verging der Appetit. Oder der Humor. Auf jeden Fall sagte Akuszewski nach seinem Wohnungsrundgang, daß er schon gegessen habe und noch mit einer Freundin verabredet sei.

Kuballa blieb nichts anderes übrig, als die Pestonudeln allein zu verdrücken. Was er auch tat.

Akuszewski kam allerdings – ganz im Gegenteil zu Franziska – schon am nächsten Tag wieder vorbei. Diesmal ging er schnurstracks in die Küche.

»Haste Nutella?« fragte Akuszewski.

»Habe ich nicht«, antwortete Kuballa.

»Ich dachte …«

»Was hast du gedacht?«

»Daß du Nutella hast, habe ich gedacht.«

Hat auch der Akuszewski, überlegte Kuballa, soziologische Schriften gewälzt, Diagramme ausgeschnitten, Typologien studiert? Möglicherweise sogar Romane gelesen? Westromane von Westschriftstellern, in denen jeder zweite oder dritte Held ein Nutellaschleckmaul war.

»Verarsch mich nicht«, sagte Akuszewski, »Wo ist das Zeug?«

»Da bist du bei mir an der falschen Adresse. Nutella kommt mir nicht ins Haus.«

Kuballas Zähne waren so empfindlich, daß er Süßigkeiten grundsätzlich mied. Nach einer fünfjährigen kieferorthopädischen Behandlung hatte er nie wieder ein Stück Schokolade gegessen. Die Kieferorthopädie, sagte er, habe seine Zähne zerstört.

»Na denn ...«, maulte Akuszewski. Und zog erneut ab.

Die sind doch alle bekloppt, dachte Kuballa.

Als Kuballa seinen Nachbarn das nächste Mal traf, konnte er ihn endlich zum ausgiebigen Nutellabrotemampfen einladen. Kuballa hatte nämlich eingekauft. Reichlich Nutella, zwei große Gläser. Und zwei Packungen Toastbrot.

»Dachte ich mir doch«, sagte Akuszewski und schwieg eine Weile bedeutungsvoll. Sein Schweigen beendete Akuszewski schließlich mit der Bemerkung, daß er, der Ossi, nur gekommen sei, um ihm, dem Wessi, die Nußnougatcreme wegzulöffeln, und diesen Satz trug Akuszewski schnell und präzise vor, als habe er lange geübt, diesen Satz und vor allem den Begriff *Nußnougatcreme* schnell und präzise vorzutragen.

Ein Freund aus Bonn, erwiderte Kuballa, vertilge bei jedem Besuch ein Glas Marmelade: »Das ist schon in Ordnung, erst mal Nutella oder Marmelade zu essen, bevor man etwas sagt.«

Akuszewski kam nun häufiger. Stets ging er zum Küchenregal, wo ein neues Nutellaglas auf ihn wartete. Einmal kaufte Kuballa eine billigere Variante, Nusspli oder so ähnlich, und Akuszewski verzichtete auf sein Ritual.

»Nusspli schmeckt wie Nudossi«, sagte der verstimmte Nachbar und erklärte dem staunenden Kuballa, daß Nudossi eine Art realsozialistische Nußnougatcreme gewesen sei.

Ab sofort gab es bei Kuballa nur noch Nutella. Wahrscheinlich hätten Akuszewski und Kuballa gute Freunde werden können. Sie trafen sich regelmäßig, nicht nur des Nutellas wegen, sondern auch um sich gemeinsam zu besaufen. Einer Männerfreundschaft stand also nichts im Wege. Es kam aber alles ganz anders. Denn obwohl die beiden einige Monate prächtig miteinander ausgekommen waren, änderte sich das Verhältnis schlagartig, als Akuszewski wieder mal arbeitslos wurde. Und das war im Herbst zweiundneunzig.

Kuballa stand am Bahnhof in Schöneweide. Er warf ein funkelnagelneues Fünfmarkstück in den Schlitz des Fahrkartenautomaten, und als das Einzelbillett gedruckt wurde, bemerkte er griesgrämig, daß die Preise schon wieder erhöht worden waren. Über die Preise der Berliner Verkehrsbetriebe konnte Kuballa stundenlang schimpfen. Nicht etwa, weil er knapp bei Kasse, sondern weil er ein überzeugter Bus- und Bahnfahrer war und weil er hinter jeder Preiserhöhung im öffentlichen Personennahverkehr die gemeinen Lobbyisten der Automobilindustrie vermutete.

»Jetzt also drei Mark fünfzig«, pflaumte Kuballa das Gerät an, als spräche er zu einem Angestellten am Schalter.

Das Wechselgeld steckte er in die Taschen seines Mantels. Genaugenommen legte er das Einmarkstück in die linke und das Fünfzigpfennigstück in die rechte Manteltasche. Während er auf dem Bahnhofsvorplatz von Schöneweide auf- und abging, drehte Kuballa mit Zeigefinger, Daumen und Mittelfinger die Münzen in beiden Taschen schnell um eine Achse, als wären diese Münzen zwei Kreisel, die er gleich loslassen könnte, um sie eine Weile selbständig über den Boden rotieren zu lassen. Mit Münzen, dachte er, kann man nicht ordentlich kreiseln.

»Vermißt du deinen Fahrschein?«

Ein alkoholisierter Mann im grünen Anorak hatte sich vor Kuballa aufgebaut. Er wiederholte seine Frage. Kuballa wollte nicht gestört werden, er schaute den Mann nicht an, realisierte aber, daß dieser ihn vor drei Minuten schon einmal angesprochen hatte. Kuballa meinte sich zu erinnern, daß er daraufhin mehr ablehnend als zustimmend »ja, ja« gesagt hatte und münzendrehend weggegangen war.

Der Mann mit dem grünen Anorak gab nicht auf und hielt Kuballa eine Fahrkarte vor die Nase: »Die habe ich im Automaten gefunden. Die gehört doch dir!«

Kuballa sagte diesmal »nein, nein«, und nach zwei Sekunden sagte er noch mal »nein«, wobei er sogar den Kopf schüttelte. In diesem Augenblick kam die Straßenbahn, die Türen öffneten sich, der Mann mit dem grünen Anorak stieg in einen Wagen ein. Das Abfahrtsignal ertönte. Kurz bevor die Türen schlossen, stieg auch Kuballa ein. Kuballa wählte einen Sitz, der mit einem Warnschild gekennzeichnet war, das unmißverständlich mitteilte, daß es sich um einen Platz für kranke, alte oder behinderte Fahrgäste handelte.

Als Kuballa sich niedergelassen hatte, steckte er die Hände in die Manteltaschen und spielte weiter mit den Münzen. Schon wieder kam der Mann mit dem grünen Anorak. Kuballa schaute demonstrativ nach draußen.

»Die Fahrkarten bitte«, sagte der Mann mit dem grünen Anorak und versuchte dabei mehr schlecht als recht einen Kontrolleur zu mimen.

Kuballa blickte zu ihm auf und erkannte endlich, daß es sein Nutellanachbar Akuszewski war, der grinsend neben ihm Platz nahm. Akuszewski war ungefähr so alt wie Kuballa; an diesem Abend sah er allerdings so aus, als habe er mindestens zehn Jahre mehr auf dem Buckel. Seine Augenringe waren noch dunkler als sonst, seine Augäpfel blutunterlaufen. Aus den Gesichtsporen stachen dunkle Bartstoppeln hervor; die gewellten, dunkelblonden Haare, die vorne kurz und hinten schulterlang waren, glänzten fettig im Schein der Straßenbahnfunzeln. Unter dem grünen Anorak trug Akuszewski eine verdreckte, verschwitzte blaue Arbeitskluft; er muß, vermutete Kuballa, von der Baustelle unmittelbar in die nächste Kneipe gegangen sein.

Einem Bonn-Bad Godesberger, dachte er, macht der

Körperbiergeruch eines Oberschöneweiders angst und bange; dieser süßlichsaure Körperbiergeruch ist ein sicheres Zeichen für den Abgrund. Ich kann noch so schwitzen und noch so viel Bier trinken, ich würde niemals so widerlich stinken.

Akuszewski legte seine Hände auf Kuballas rechtes Knie, lächelte und sagte: »Du siehst ja wirklich wie ein Pfaffe aus.«

Kuballa trug einen schienbeinlangen, schwarzgrauen Kaschmirmantel. Mit den schwarzen Haaren, der schwarzen Bundfaltenhose, den schwarzen Schuhen und dem schwarzen Schal hätte man Kuballa in einem anderen Berliner Bezirk wahrscheinlich für einen Philosophiestudenten gehalten, für einen melancholischen Fotografen, einen Werbefuzzi vielleicht. Nur hier in Schöneweide wurde er immer wieder gefragt, ob er ein Pfaffe sei. Kuballa hatte seinem Nachbarn an einem der Nutellanachmittage davon erzählt, und seitdem machte sich auch Akuszewski über Kuballas Outfit lustig.

Die Straßenbahn hielt ein paar Minuten auf der Brücke, die Niederschöneweide mit Oberschöneweide verband. »Job weg«, murmelte Akuszewski noch, dann fielen ihm die Augenlider zu.

Akuszewski wurde zwar regelmäßig rausgeschmissen, aber bislang hatte er es immer wieder geschafft, einen neuen Job zu bekommen. Kuballa hatte ihm schon einmal vorgeschlagen, zu einem anständigen Friseur zu gehen, einen Anzug zu kaufen und sich bei einer Modelagentur zu bewerben. Denn Akuszewski sah, wenn er nicht gerade so erschöpft war wie heute, eigentlich sehr gut aus. Kein Gramm zu viel trug er auf den Rippen, sein hochgewachsener Körper schien muskulös zu sein. Und wenn er nicht betrunken war, konnte er charmant und schnippisch lächeln. Doch Akuszewski hielt nichts von Laufstegen. Und seine Frisur wollte er auch nicht ändern.

Die Straßenbahn fuhr weiter.

»Schweineöde«, flüsterte Akuszewski.

Das ist, dachte Kuballa, ein Privileg der Einheimischen: Schweineöde sagen zu dürfen statt Schöneweide.

Als er, der Zugezogene, sich einmal in einer Oberschöneweidebäckerei über die trostlosen Kneipen in Niederschweineöde mokiert hatte, meckerte die Bäckersfrau, daß er, der Zugezogene, kein Recht habe, Schöneweide, weder Niederschöneweide noch Oberschöneweide, zu verunglimpfen. Niemals, sagte die Bäckersfrau, dürfe er, der Wessikuballa, Schweineöde statt Schöneweide sagen.

»Eure Sprachregelung«, hatte Kuballa leise geantwortet, »ist doch Grund genug, diesen Ort zu verunglimpfen.« Doch Kuballas Replik war im Gemurmel der überfüllten Bäckerei untergegangen.

Die Bahn hielt.

»Rathenaustraße«, brüllte Kuballa. Akuszewski erhob sich langsam und verließ torkelnd die Bahn. Sie standen auf dem Rathenauplatz; vor ein paar Wochen hatte dort noch ein vietnamesischer Imbiß gestanden. Doch der war abgebrannt. In der Zeitung hatte man von Brandstiftung und einem Bandenkrieg in der Vietnamesenmafia gelesen. Die Leute in Oberschöneweide aber glaubten, der Nudelbrater habe den Imbiß selbst angezündet, um die Versicherungsprämie abzuzocken. »Der hat doch sowieso nichts verkauft«, hatten die Kolbs gesagt.

Akuszewski begann von Justine zu brummeln. Justine, so hieß Akuszewskis Freundin. Er sagte: »Justine«, machte eine Pause, sagte noch einmal: »Justine«. Wieder eine Pause. Und dann legte er los.

Da seien die Iren und die Polen auf der Baustelle, Justine, da seien noch andere Ausländer gekommen, Justine, die hätten nur den halben Lohn verlangt, Justine, da sei er einfach rausgeschmissen worden, weil er auf den ganzen Lohn bestanden habe, Justine, die Iren und die Polen die würden das neue Regierungsviertel bauen, und er, Akuszewski, der Bauarbeiter aus Schweineöde, sei wieder arbeitslos. Justine, sagte Akuszewski und schluchzte.

Ein Sozialdrama, dachte Kuballa.

Die Kolbs hatten erzählt, daß Akuszewski mit einigen tausend Mark Schulden kämpfte. Er hatte sich ein Auto, einen nagelneuen Golf, einen Fernseher, einen neuen Kühlschrank und eine Geschirrspülmaschine zugelegt. Den üblichen Klimbim eben. Und jetzt war er pleite und arbeitslos. Das Auto hatte er unter Wert verkaufen müssen. Die Geschirrspülmaschine auch. Die Schulden blieben.

Eine ostdeutsche Biographie im Nachwendedeutschland, dachte Kuballa. Wie unangenehm.

Akuszewski blickte Kuballa an, als hätte der Wessi den Ossi beleidigt. Gesagt hatte Kuballa nichts.

»Ich erzähl dir mal was«, sagte Akuszewski, und Kuballa wunderte sich, daß sein Nachbar wieder halbwegs bei Sinnen war.

»Meine Eltern haben mich vor die Tür gesetzt, fünfundachtzig war das, glaube ich, ist ja nicht schlimm, kommt in den besten Familien vor. Die Scheißer von der Kommunalen Wohnbaugesellschaft haben mir dann ein Loch in Oberschöneweide zugeteilt. Schweineöde, verstehste, der Ort war schon damals Endstation. Hier standen schon immer hundert, zweihundert, dreihundert Wohnungen leer. Die verrotteten Häuser sollten ja eigentlich alle weggesprengt werden. Für die Neubauten. Ich habe der Wohnverwaltung gesagt, ich will in die Platte. Arbeiterschließfach, na bitte, ich bin Arbeiter. Das fanden die unverschämt, und dann haben sie mich nach Schweineöde in einen Altbau geschickt. Zum Übergang, haben die gesagt. Pustekuchen, ich bin immer noch in einem Schweineöder Altbau. Gesprengt wurde hier nie was. Und ich wohne hier auch noch immer. Ich komme einfach nicht weg. Jetzt sowieso nicht. Jetzt, wo ich arbeitslos bin. Jetzt, wo die Polen und Iren am Drücker sind.«

Kuballa wußte nicht, was er sagen sollte.

»Hältste mich eigentlich für einen Nazi?« fragte Akuszewski.

Kuballa schaute verlegen in den dunklen Himmel.

»Ich sag dir mal was: Bevor ich einen doofen Polen absteche, überfalle ich eine Bank.«

»Bevor du ein Bank überfällst«, stotterte Kuballa, »kommst du erst mal bei mir vorbei, ich meine, dann gebe ich dir eine Runde Nutella aus, und wir denken drüber nach, was du sonst noch machen kannst.«

Akuszewski schüttelte den Kopf und ging.

Schwachkopf, dachte Kuballa. Zu einem Banküberfall fehlt dir ohnehin das Organisationstalent. Ein Banküberfall müßte ausgetüftelt werden, du müßtest eine Waffe besorgen, eine Strumpfmaske. Du müßtest einen Fluchtweg ausfindig machen. Du müßtest mutig sein. Akuszewski, wach auf!

Kuballas linkes Augenlid zitterte.

Bin ich, fragte er sich, denn mutig?

Wenige Wochen später, am siebten Oktober zweiundneunzig, wurde das Postamt in Oberschöneweide überfallen. Der maskierte Räuber sei, schrieben die Zeitungen, mit mehreren zehntausend Mark entkommen. Einen Teil der Beute habe der Mann auf der Flucht verloren. Die Polizei, hieß es, gehe davon aus, daß der Bankräuber sich in Oberschöneweide gut auskenne und wahrscheinlich aus dieser Gegend komme.

Nach dem Überfall ließ sich Akuszewski nirgendwo mehr blicken. Die Kolbs fragten Kuballa, wo denn der Akuszewski sei. Doch Kuballa konnte ihnen nicht weiterhelfen.

f ü n f

Einer, dachte Kuballa, weiß Bescheid: Ingo Mischnik.

Seit Jahren arbeitete Ingo bei der Post in Oberschöneweide. Man klönte gern mit diesem Postmann; jedes Gespräch mit ihm war ein Ereignis. Fragte man ihn, warum er immer so gutgelaunt sei, bekam man zur Antwort, er, Ingo Mischnik, handele seit der Wiedervereinigung nach dem Motto: *Mit der Jugend jung geblieben, Walter Ulbricht, den wir lieben.* Solche Scherze mochten die Kolbs. Und nicht nur sie. Es war nicht zuletzt Ingos Verdienst, daß die Leute in Oberschöneweide lieber zur Post als zur Sparkasse gingen, und auch Kuballa überlegte, sein Konto bei der Deutschen Bank aufzugeben. Die meisten Oberschöneweider hatten Ingo dermaßen in ihre Herzen geschlossen, daß sie ihm nicht nur ihre Ersparnisse, sondern auch Freud und Leid anvertrauten.

Der Akuszewski, dachte Kuballa, hat ein Konto bei der Post. Und Postmann Ingo ist über Akuszewskis finanzielle Misere bestens informiert. Der Ingo weiß viel mehr, als er zugibt. Der hat, das ist doch klar, der Polizei eine falsche Täterbeschreibung gegeben. Der will den Räuber nicht anschwärzen. Der Ingo ist ein guter Mensch. Und ein kluger obendrein.

Kuballa war begeistert. Von der, wie er sagte, erstklassigen Phantasie des beliebten Postmanns.

Nach Ingos Angaben war der Täter ein gedrungener Kerl mit russischem Akzent, und deshalb suchte die Polizei den Bankräuber unter den russischen Soldaten, die bislang im benachbarten Karlshorst stationiert waren und die nun ihren Abschied aus Deutschland vorbereiteten. Der Räuber hatte bei seinem Überfall angeblich eine blonde Perücke getragen und sein Gesicht hinter einer schwarzen Strumpfmaske versteckt. Die Polizei fahndete also nach einem Russen, der in letzter Zeit eine blonde Perücke gekauft hatte und möglicherweise eine Vorliebe für schwarze Strumpfhosen besaß.

Kuballa hatte Ingo Mischnik bei einem Hinterhoffest kennengelernt. Das war an einem warmen Maitag im Jahre zweiundneunzig, also gut ein halbes Jahr vor dem Postüberfall. Es kam die halbe Rathenaustraße; Justine grillte Würstchen, Akuszewski zapfte Bier. Die Welt schien einigermaßen in Ordnung. Zumindest träumte Akuszewski noch nicht vom großen Coup.

Justine hatte im Hinterhof bunte Lampions aufgehängt, und obwohl sich die meisten Gäste über Massenentlassungen unterhielten, schien die eigene Arbeitslosigkeit noch genauso surreal wie das Westgeld, das man gegen die Ostmark eingetauscht hatte. Herr Kolb meinte, man habe mit dem Westgeld immer nur ganz besondere Dinge im Intershop oder auf dem Schwarzmarkt gekauft. Nun müsse man mit dem Westgeld die Miete und die Stromrechnung bezahlen; das sei zwar selbstverständlich, aber auch unvorstellbar schwer. Weil es jahrzehntelang anders gewesen sei.

Herr Kolb hätte an dem Abend am liebsten seine Kampfgruppenlieder intoniert. Doch für das Musikprogramm war ein anderer zuständig. Akuszewski hatte im Hof eine Stereoanlage aufgebaut, aus deren Boxen eine Ostrockband nach der anderen polterte; *Karat* natürlich, auf den ausdrücklichen Wunsch Justines: die *Puhdys*, später dann die *Lachenden Dritten* und die *Eisenhüttener Frauengruppe Dreieck*.

Nachbar Überreiter, der sich als professioneller Schallplattenunterhalter ausgab (was ihm keiner glaubte), wollte poppige Westhitschnipsel hören, konnte sich aber auch nicht durchsetzen.

Es war ein lustiges Gelage, das langsam dem Höhepunkt entgegen wankte. Und der sah folgendermaßen aus: Justine vögelte mit dem besoffenen Akuszewski auf der Hinterhofbank, die Herr Kolb am Wochenende zuvor zusammengeschreinert hatte. Die beiden hatten es nicht mehr bis in Akuszewskis Wohnung im ersten Stock geschafft; die verbliebenen Gäste gaben sich verständnisvoll.

Eigentlich wollte sich Kuballa zu den Kolbs gesellen, die mit einer Frau im Jeansrock sprachen. Auf die Entfernung konnte er bis auf den Jeansrock keine weiteren Details erkennen, weil er aus Eitelkeit seine Brille nicht auf der Nase trug.

Kommt die überhaupt von hier? Bestimmt nicht, dachte Kuballa. Eine Frau im Jeansrock wäre mir aufgefallen.

Langsam näherte er sich den Kolbs und der Unbekannten, als ihn Ingo Mischnik ansprach. Für Schöneweider Verhältnisse trug der Mann ungewöhnliche Kleidung: eine rote Lederhose, eine rote Lederjacke, rote Lederschuhe und ein weißes Baumwollhemd. Außerdem hatte er einen kahlrasierten Schädel.

Kuballa dachte: Das ist der Depp, der mir die Botschaft vors Türfenster gepappt hat! Mit welchem merkwürdigen Kürzel hat der denn seinen Kopf verziert?

Kuballa entzifferte, was dort geschrieben stand: Über dem rechten Ohr waren die beiden Buchstaben I und M tätowiert.

IM? Inoffizieller Mitarbeiter? Das wird, dachte Kuballa, dann wohl doch kein rechtsradikaler Zettelkleber sein. Oder ist die Kopfgravur ein Ablenkungsmanöver? Und die rote Lederkleidung? Na, wenn ich mit meinen schwarzen Klamotten wie ein Pastor aussehe, dann wird man den Kerl bestimmt für einen indischen Sektenguru halten. Merkwürdig, merkwürdig.

Kuballa hielt den Smalltalk so kurz wie möglich: Du wohnst also auch hier, ja, du auch, nimmst du auch noch ein Bier, ja, danke, bitte. Dann kam die Schädelfrage.

Ingo Mischnik hatte darauf gewartet. Kurz nach der Wiedervereinigung, sagte er, habe er seine eh schon spärlichen Haare abrasiert, und damit keiner auf den Gedanken komme, daß er, Ingo Mischnik, ein rechtsradikaler Schläger sei, habe er sich die Initialen seines Namens auf den Kopf tätowieren lassen: IM. So wollte er auch genannt werden: Nicht Ingo, sondern IM. Und zwar in englischer Aussprache, also: Ai-Em.

»Aha«, bemerkte Kuballa.

»Gefällt's dir nicht?« fragte Ingo.

»Ehrlich gesagt, ich steh nicht auf Abkürzungen, die sind, wie soll ich sagen, die sind irgendwie häßlich.«

Daraufhin stieß nun Ingo alias IM, ein vielsagendes »Aha« aus.

Justine und Akuszewski wurden lauter. Ingo alias IM sagte, für ihn sei dieser Heterosex ziemlich exotisch.

Eigentlich wäre Kuballa jetzt wieder an der Reihe gewesen, ein »Aha« loszulassen. Was er auch besser hätte tun sollen. Denn was er sagte, wirkte plump: »Exotisch stimmt. Hinterhofpornos kenn ich auch noch nicht.«

Kuballa schaute rüber zu den Kolbs. Die Frau im Jeansrock verabschiedete sich. Sie durchstreifte den Hof mit einem gelangweilten Blick und ging. Während Herr Kolb noch ein Bier holte und die Flasche mit den Backenzähnen öffnete, stellte Frau Kolb sich neben Ingo und fragte ihn, was es Neues gebe.

»Stell dir vor«, sagte Ingo alias IM im devoten Plauderton, »wie es wäre, wenn unser neuer Freund aus dem Westen und ich auch mal ganz öffentlich, na, du weißt schon?«

Kuballa wurde nervös. Frau Kolb lachte herzhaft.

Denkt die etwa, dachte er, ich sei auch schwul?

Herr Kolb kam hinzu. »Mann«, sagte er und deutete auf die quietschenden Gastgeber, »der Akuszewski geht ganz schön ran. Das hat der noch im Sozialismus gelernt.«

An den Sozialismus hätte Kuballa bei dieser Szene am wenigsten gedacht.

Eigentlich wollte Kuballa mit einer süffisanten Bemerkung klarstellen, daß er eines nicht sei, nämlich schwul, aber ihm fiel keine süffisante Bemerkung ein. Er hätte ja sagen können, daß er Akuszewski verstehen könne, er hätte von Justines Busen schwärmen können, der aus ihrem Büstenhalter schwappte. Aber Kuballa verkrampfte, blickte nichtssagend auf den Boden und lauschte, was Ingo alias IM über den Sex im Sozialismus zu erzählen hatte.

»Wir haben damals aus Wäscheklammern kleine Tittenklemmen gebastelt«, sagte er. »Heutzutage brauche ich ja schon ein Wasserbett, um die eingebildeten Kerle zu begeistern. Ein Schwanz allein ist absolut keine Attraktion mehr. Das ist doch verrückt.«

Ingo alias IM sprach von den Vorteilen der Mangelwirtschaft, von einem Leben, das der Sohn Bonn-Bad Godesbergs nicht kannte, von einem Leben mit Tittenklemmen.

Herr Kolb umarmte seine Frau.

Wann haben sich, überlegte Kuballa, meine Eltern zum letzten Mal umarmt? Ich kann mich nicht daran erinnern.

»Du kannst dir doch heute auch noch Wäscheklammern an die Nippel klemmen«, sagte er gereizt.

»Ich kann, nur steht keiner mehr drauf«, konterte Ingo alias IM etwas pikiert.

»Die Reklamefritzen haben uns doch alle im Griff, die kontrollieren doch unsere Wünsche«, sagte Herr Kolb.

Es gibt Kritik, dachte Kuballa, die man nicht vergißt. Weil man sie selbst schon einmal vorgetragen hat. Weil sie zutrifft. Und weil sie irgendwie immer zutrifft und deshalb dann doch nicht.

Von allumfassender Bedürfnismanipulation, von nicht nachweisbarer Bedürfnisimplantation und von langfristiger Bedürfnisdestruktion hatte auch Kuballa geredet, um die Begeisterung seiner Mutter zu begrenzen, als sie mal von einem Lebensmittelseminar nach Hause gekommen war und sich über die Unterschiede zwischen zwanzig verschiedenen Knoblauchpressen ausgelassen hatte. Die Mutter war von der Kritik ihres Sohnes allerdings nicht beeindruckt gewesen; sie hatte in ihrer rheinischen und sehr wirkungsvollen Art erklärt: »Alles Theoriegedöns.«

»Alles Theoriegedöns«, sagte nun auch Kuballa.

»Nix Theorie, alles Praxis«, sagte Herr Kolb und wandte sich seiner Frau zu.

Ich kann, dachte Kuballa, den rheinischen Dialekt nur imitieren, deswegen ist er wirkungslos.

Die Kolbs verließen engumschlungen den Hinterhof. Kuballa wurde es mulmig. Seine Hände zitterten.

Und wir? IM und ich?

»Ein Glas Wein?« fragte Kuballa, nachdem er sich wieder unter Kontrolle hatte. »In meinem Kühlschrank steht noch ein Elsässer Riesling«.

»Haste keine Angst, daß ich dir an den Arsch gehe?«

»Doch, habe ich.«

»Brauchste aber nicht.«

Ingo alias IM war der erste, der Kuballas Ostwesttabellen mochte. Er könne noch einige Sätze hinzufügen, meinte er, das schwule Paarungsverhalten betreffend.

Sie saßen in der Küche, tranken Wein, tratschten über Aufklärungsrubriken in Ostblättern und Westzeitschriften und stellten fest, daß der Unterschied zwischen Dr. Bornemann und Dr. Sommer nicht besonders groß gewesen war und daß die Beratungsmuster hüben wie drüben, ob nun unter zwei, drei oder vier Augen, einander ähnelten.

Kuballa freute sich, mit einem Ossi endlich mal einer Meinung zu sein, als Ingo IM die Harmonie wieder zerstörte.

»Ich hätte mir auch zu Ostzeiten gern mal eine Tube Gleitgel und ein paar Dildos gekauft«, sagte er.

Hatte Kuballa erst noch geglaubt, sein Gast sei ein glühender Verehrer der realsozialistischen Mangelwirtschaft, nannte Ingo alias IM die Deutsche Demokratische Republik nun einen hygienefanatischen Höllenstaat.

»Das Schlimmste war doch die öffentliche Prüderie. Deshalb treiben es die beiden da draußen. Die haben Nachholbedarf.«

Kuballa konnte nicht nachvollziehen, warum Ingo alias IM nun über die ostdeutsche Prüderie herzog, die Freikörperkultur an der Ostsee einen asexuellen Freizeitausgleich nannte und immer wieder auf den hygienefanatischen Höllenstaat zurückkam. Kuballa hatte geglaubt, daß auf den ostdeutschen Ferienfreizeiten wilde Orgien gefeiert wurden, und so versuchte er nun, die Beschimpfungen nicht weiter nachzuvollziehen.

So prüde, dachte Kuballa, ging es bei uns jedenfalls nicht zu. Jahrelang habe ich die Älteren beobachtet, wie sie in den Nordseedünen lagen. Nackt natürlich. Körper an Körper. Geruckelt haben sie. Und irgendwann habe ich auch zu diesen Älteren gehört.

Ingo alias IM unterbrach Kuballas Schwelgen in Erinnerungen.

»Mein Vater hat jahrelang vor Kunststudenten posiert, damit die das Aktzeichnen lernen konnten.«

»Na und?«

»Na und? Mein Vater hat gedacht, er könne seine Erfahrungen als Nacktmodell weitergeben. Etwas Geld machen damit. Er hat eine Modellvermittlung aufgemacht, doch die haben ihm das kleine Gewerbe sofort verboten. Schweinkram taugt nicht zum Geschäft, haben die Genossen gesagt. Wir wußten damals nicht, was schlimmer war, das Geschäft oder der Schweinkram. Mittlerweile weiß ich es: Geschäfte haben sie alle gemacht, der Schweinkram war das Verbrechen.«

Kuballa sagte nichts mehr, und Ingo alias IM erzählte, wie die sozialistische Staatsmacht auch ihm eines schönen Tages mitteilte, daß er ein Mensch mit perversen Neigungen und unmoralischen Ansichten sei.

»Ich glaube, da war ich gerade mal sechzehn. Ich hatte beschlossen, nach draußen zu gehen und überall zu verkünden: Hallo, ich bin schwul. Erst ging ich zu meinen Eltern. Die meinten, das sei schon in Ordnung. Ich sollte es nur nicht jedem auf die Nase binden. Aber ich wollte nicht länger herumdrucksen. Ich wollte Leute kennenlernen, die so fühlten und dachten wie ich. Leider war das bei uns nicht so einfach, Anfang der achtziger Jahre. Selbst in Berlin gab's damals keine öffentliche schwule Szene. Das muß man sich mal vorstellen, es gab fünf bis sechs Kneipen, in den sich zu bestimmten Zeiten Schwule trafen. Aber die mußte man erst mal finden. Irgendwann erfuhr ich dann, daß es auf dem Alexanderplatz einen Strich gab. Strich, das war nicht kommerziell gemeint. Das war im Grunde genommen ein schwuler Treffpunkt. Da bin ich dann mit meinen süßen sechzehn Jahren hingelaufen, um endlich mal jemanden aufzureißen. Der Alex wurde natürlich überwacht. Noch nicht mal fünf Minuten stand ich dort, als ein untersetzter Herr im braunen Kunstledermantel mich fragte, was ich denn hier suche. Ich dachte erst, mein Gott, ein Kinderficker, der sucht Frischfleisch. Ich warte, sagte ich dem. Vielleicht war ich etwas zu aufgedonnert. Aber ich dachte: Warten, das werde ich ja wohl noch dürfen. Auf wen ich warte, wollte der dicke Kunstledermann wissen. Ich hoffe, sagte ich, es kommt bald jemand. Ich kann auch nicht sagen, auf wen ich warte, aber das ist ja wohl das Spannende hier. Das hätte ich nicht sagen sollen. Der Typ war nämlich kein Kinderficker, der war von der Polente. Mitkommen sollte ich. Auf jemanden wie Sie habe ich aber nicht gewartet, sagte ich, während er meinen Arm ergriff und mich vom Alex zerrte. In einer fensterlosen Stube beim S-Bahnhof warteten noch zwei Kollegen, die mich sofort verhörten: Wissen Sie denn nicht, daß das ein Treffpunkt von Homosexuellen ist? Ich ließ mich nicht einschüchtern und sagte: Was glauben Sie denn, warum ich da stehe? Ich vermute, die waren überrascht, daß ich so offensiv mit der Situation umging. Ehrlich gesagt, ich war von mir auch überrascht. Ich hatte mich ja erst wenige Stunden vorher dazu durchgerungen, überhaupt mal loszuziehen. Die Kunstlederleute glaubten, daß ich meinen Eltern verheimliche, schwul zu sein. Da habe ich ihnen gesagt, sie sollen umgehend bei mir daheim anrufen. Meine Eltern würden mich dann abholen. Das gebe ihnen auch die Gelegenheit, sagte ich, sich für ihr schlechtes Benehmen zu entschuldigen. Die Kunstlederleute waren vollkommen entnervt. Der Mann, der mich vom Alex gezerrt hatte, sagte: Sie sind doch pervers. Ich hatte noch nicht ganz begriffen, was dieses Dreckschwein gesagt hatte, als der mich vor die Tür setzte. Das heißt, der drückte mich durch einen schmalen Gang und warf mich auf die Straße.«

Der versteht etwas von Dramaturgie, dachte Kuballa, der gibt nicht nur Behauptungen von sich wie die von der kollektiven Arbeitsmoral, die früher angeblich besser gewesen sei. Der Herr Oberst, dachte er, hätte den Rumtreiber Ingo Mischnik in einem ungünstigen Augenblick wohl auch einen Parasiten genannt. Der Herr Oberst hat aber gesagt, daß man dem Ingo vertrauen könne. Ganz wichtig. Vertrauen, obwohl er doch schwul ist. Ingo, der liebenswürdige Postmann. Trotz IM auf der Glatze. So was macht man doch nicht, die Staatssicherheit verarschen. Nein, der Herr Oberst hat bis heute nicht kapiert, warum der schwule Ingo die sozialistische Gruppenordnung ablehnt. Typisch Staatssicherheit. Die Kollegen von unserem Herrn Oberst arbeiten heute bei irgendwelchen Sicherheitsdiensten und verschlafen jeden Einbruch. Kollektive Blindheit, das ist eine Staatssicherheitskrankheit. Vielleicht, dachte Kuballa, wäre der Ingo ein Mustersozialist geworden, wenn es im Sozialismus keine Gruppen, keine Truppen gegeben hätte.

»Gut, daß deine Eltern dich unterstützt haben«, sagte Kuballa.

»Tja, meine Eltern schon, meine Schwester aber

nicht«, erwiderte Ingo alias IM. Seine Schwester habe zu den waschechten Gruppensozialistinnen gehört.

»Ach, Himmelchen«, stöhnte Ingo alias IM, »meine kleine Thälmannpionierin. Beitragskleben, Solimarken, die ganze Schulzeit. Wie stolz sie war, als sie endlich zur FDJ kam. Aber eigentlich ist sie immer Pionierin geblieben. Meiner kleinen Thälmannpionierin wird noch heute ganz warm ums Herz, wenn sie ihr blaues und rotes Halstuch aus dem Kleiderschrank hervorkramt.«

Die Schwester sei durch die Wohnung der Eltern marschiert. Stundenlang habe sie politische Sprüche aufgesagt.

»Die waren so dämlich«, sagte er, »daß ich die meisten nicht vergessen kann. Stell dir vor, deine kleine Schwester schreitet durchs Wohnzimmer und kräht *Unser rotes Halstuch ist ein Teil der Fahne der Arbeiterklasse,* während du im Westfernsehen *Dalli Dalli* guckst.«

Wir Thälmannpioniere tragen mit Stolz unser rotes Halstuch und halten es in Ehren. Unser rotes Halstuch ist ein Teil der Fahne der Arbeiterklasse. Wir Thälmannpioniere lieben und achten unsere Eltern. Unser rotes Halstuch ist so schön rot wie das Herz unserer Eltern. Wir befolgen ihren Rat und helfen ihnen immer. Wir treten immer und überall gegen die Hetze und die Lügen der Imperialisten auf. Bei den Hausaufgaben, beim Fußballspielen und beim Duschen. Wir Thälmannpioniere halten unseren Körper sauber und gesund, treiben regelmäßig Sport und sind fröhlich. Wir rauchen und trinken nicht. Dafür singen wir und pflegen unser rotes Halstuch. Denn unser rotes Halstuch ist ein Teil der Fahne der Arbeiterklasse.

»Wir rauchen und trinken nicht«, wiederholte Ingo. »Das mit der Achtung vor den Eltern hat meine Schwester weniger ernst genommen.«

Kuballa überlegte, ob er Ingo alias IM glauben konnte. Von roten Halstüchern hatte Kuballa schon mal gehört.

Aber diese Sache mit der Hetze und den Lügen der Imperialisten schien ihm etwas unglaubwürdig, leicht übertrieben. Da mußte Ingo alias IM, dachte Kuballa, zwei, drei Worte hinzugefügt haben.

»Meine Eltern haben sich nicht getraut, ihre Stasiakte anzufordern. Und weißt du warum? Sie wollten in diesen Berichten nicht den Namen ihrer Tochter lesen. Ich kenne meine Akte, und ich habe vor allem einen Namen gefunden, und zwar den meiner Schwester.«

Im Hinterhof wurde immer noch gevögelt. Ab und zu stieß Akuszewski einen wollüstigen Schrei aus.

»Jetzt schau mal nicht so mißmutig. Soll ich dir mal ein echtes Thälmannliedchen vorsingen?« fragte Ingo alias IM. Und er sang.

Wir tragen die blaue Fahne
es ruft uns der Trommel Klang.
Stimm fröhlich ein, du Pionier
in unseren Gesang!
Wir lernen die Welt begreifen,
wir forschen auf froher Fahrt
und baun uns ein schön'res Vaterland
nach Thälmanns Sinn und Art.
Wir hören ein Leben lang
der Trommel menschliche Signale.
Gib acht, du Pionier
sing mit die Internationale!

Ingo alias IM plusterte sein schmales Gesicht auf, er schmetterte die Zeilen wie ein Chorleiter, der seinen Schützlingen beizubringen versucht, wie man Wangenknochen und Lippen eindrucksvoll und effizient bewegt. Dabei fuchtelte er mit seinen Armen so wild durch die Luft, daß Kuballa annahm, er würde nicht nur einen Chor, sondern auch noch ein vollbesetztes Thälmannjugendorchester dirigieren. Der Dirigent beendete seine Verrenkungen und kicherte.

Thälmanns Sinn und Art? Kuballa hatte zwar keine Ahnung, was damit gemeint war, aber seine Phantasie arbeitete wieder auf Hochtouren; das Thälmannlied hatte Kuballas Gedanken wieder auf Herrn und Frau Oberst gelenkt. Waren die beiden denn wirklich nur nette Hausmeister? Oder doch gemeine Blockwarte, ganz im Sinn und nach Art des Genossen Thälmann?

Ingo Mischnik erzählte weiter von seiner Thälmannschwester, und Kuballa sog die Worte ein, als würden sie ihm allgemeine Erkenntnisse über das Wesen des Spitzelmenschen liefern. Sein Herz pochte schneller als gewöhnlich, und er realisierte, wie er nach dem Verrat gierte, wie er fremden Schmerz auf sich bezog. Herr Oberst, dachte er, Genosse Abschnittsbevollmächtigter, du warst bestimmt dabei, das spüre ich doch. Du bist weiterhin aktiv, du observierst mich, du horchst mich aus!

In den folgenden Tagen widmete sich Kuballa mit Haut, Haar und jeder verfügbaren Hirnzelle seiner eigenwilligen Vergangenheitsbewältigung. Schnüffelnd ging er durch Schöneweide, dem ostzonalen Gestank auf der Spur: dort eine Brise Braunkohleheizung, hier eine Abgasschwade Trabant. Wie wohltuend!

Es war nicht leicht, in dieser Zeit noch hundertprozentig Ostzonales zu finden. Auch in Oberschöneweide erinnerte kaum noch etwas an den Realsozialismus. Die grauen und kaputten Häuser vielleicht, aber die gab es auch im Ruhrpott. Und sichere Hinweise darauf, daß die Staatssicherheit den Bezirk jemals betreten hat? Nein, die fand auch Kuballa nicht.

Das ist ja gerade der Trick dieser Typen, dachte er, die Spuren zu verwischen. Aber ich werde sie schon ausfindig machen. Das ist harte Arbeit. Und ein großer Spaß, den Schnüfflern von damals hinterherzuschnüffeln.

Jedes Indiz zählt, dachte er, alte Schilder zum Beispiel. Die Leuchtbuchstaben der *Maxim Gorki Bibliothek* sind beschädigt. Wer hat das getan? Staatssicherheit in

Schweineöde? Alles Hirngespinste? Von wegen. Es stehen so viele Wohnungen leer, daß man glauben könnte, die Verräter und Verratenen seien nach dem Ende der Verfolgung allesamt geflohen. Irrtum. Wer in Schöneweide geblieben ist, hat nichts mehr zu verheimlichen? Falsch. Und ich liefere die Beweise.

Nächtelang versuchte Kuballa, sich die Aktivitäten einer Thälmannpioniergruppe vorzustellen. Vergeblich. Er landete immer wieder bei Tick, Trick und Track sowie dem Fähnlein Fieselschweif. Er konnte seine Schablonen von der Deutschen Demokratischen Republik beim besten Willen nicht ausmalen. Da half die stärkste Staatssicherheitssehnsucht nicht; seine Vorstellungskraft versagte. Kuballa kam über Donald Duck nicht hinaus.

Er begann zu trinken. Bier zu trinken. Ostbier zu trinken. In seinem Ostbiersuff gab er sich ganz ostdeutsch und stellte allerlei Anfragen an Radio Eriwan, wobei Kuballas Varianten dieser Witze merkwürdige Pointen hatten.

»Hallo meine Freunde von Eriwan, sagt mir doch mal, warum das Ostbier besoffen macht?« brüllte er.

»Weil auch im Ostbier Alkohol ist«, lautete seine etwas peinliche Antwort.

Mit glasigen Augen starrte er auf seine deutsch-deutschen Wandtabellen, die er um so weniger ertrug, je länger sein Delirium dauerte. Die Decke fiel ihm auf den Kopf, und er glaubte, daß ein unsichtbarer Bösewicht, wahrscheinlich ein Geist der Staatssicherheit ihn beobachtete.

Das Ostbier, fieberte er, ist bestimmt nicht nach dem westdeutschen Reinheitsgebot gebraut.

s e c h s

Wahrscheinlich hätte Kuballa noch einige Wochen weiter gesoffen, wahrscheinlich wäre er wegen der Ostbierüberdosis mit einer Alkoholvergiftung ins Krankenhaus eingeliefert worden. Wenn am elften Juni zweiundneunzig nicht etwas, das heißt: die Frau im Jeansrock dazwischen gekommen wäre, jene Frau, die Kuballa zum ersten Mal auf Akuszewskis Party gesehen hatte.

Auf dem Weg zur benachbarten Klause, dem *Haus der hundert Biere*, das keineswegs hundert, sondern bestenfalls zehn Ostbiere im Angebot hatte, das Kuballa aber sogar *Haus der tausend Biere* nannte, weil er sich die Namen von Kneipen, die Namen von Straßen und Menschen, die ihm mißfielen, nur ungenau merken konnte (Herr Kolb wies ihn mehrfach daraufhin, daß Schalck-Golodkowski nicht Gold-Schakowski, sondern eben Schalck-Golodkowski hieß), auf dem Weg zum *Tausendbierhaus* also, das Kuballa in seiner Suffphase allabendlich aufsuchte, um Nachschub zu besorgen, traf er die Frau im Jeansrock zum zweiten Mal.

Kuballa wäre in diesem Augenblick gerne schlagartig nüchtern gewesen. Benommen schielte er auf die andere Straßenseite. Ihre hochhackigen Schuhe klackerten die Rathenaustraße entlang. Ihre Schritte verlangsamten sich.

Hat sie rübergeschaut?

Kuballa konnte es nicht erkennen. Wieder hatte er seine Brille nicht dabei. Ihre Schritte wurden wieder schneller. Er blickte ihr nach, sie verschwand in einer Seitenstraße.

An diesem Abend trank Kuballa ausschließlich Kamillentee.

Wer ist sie? Soll ich die Kolbs fragen? Die kennen sie. Nein, dachte Kuballa, denen traue ich nicht. Wer aber kann mir helfen?

Sein Kopf schmerzte.

Beim fünften Kamillentee war das Problem gelöst.

Mein inoffizieller Mitarbeiter wird mir helfen, dachte er. Ingo alias IM.

Ingo Mischnik begrüßte Kuballa mit dem Satz: »Die Sonne scheint, und wir sind froh. Es lebe das Politbüro!«

»Was hättest du denn gesagt, wenn's regnen würde?« fragte Kuballa.

»Trotzdem es regnet, sind wir froh. Es lebe das Politbüro!« schoß es aus Ingos Mund. Das war ein guter Einstieg in den Nachmittag des dreiundzwanzigsten Juni zweiundneunzig.

Kuballa erzählte von seinem Ostbierexzeß.

»Du hättest dich an den Ratschlag meines Musiklehrers halten sollen: Nicht jammern und picheln, sondern hammern und sicheln!«

Ingo alias IM legte eine Mappe auf den Küchentisch.

»Das ist meine Stasiakte. Ich habe sie dir kopiert. Ist doch schade, wenn die so wenig Leute lesen.«

Vor Kuballa lagen über hundert Seiten bedrucktes Papier. Gestern mittag noch wäre er über das Dokument hergefallen wie ein Krakentier. Aber seit gestern abend war alles anders. Die Akte lag zum falschen Zeitpunkt auf dem Tisch.

Aus der Spionagemottenkiste, dachte Kuballa nun, total dumpf.

Die Kopien hielten ihn davon ab, Ingo alias IM über die Frau im Jeansrock auszufragen. Es wäre, davon war Kuballa überzeugt, ungeheuer taktlos gewesen, wenn er sich nach einer Frau erkundigt hätte, solange die Staatssicherheitsakte auf dem Tisch lag, in der es voraussichtlich darum ging, wie der schwule Ingo alias IM von heterosexuellen Spitzeln traktiert worden war.

Warum ist, fragte sich Kuballa, der überhaupt so offenherzig? Will der mich vielleicht doch anmachen?

»Nun schau dir das Zeug schon an«, sagte Ingo alias IM, der, wie Kuballa erst jetzt bemerkte, seinen Kleidungsstil geändert hatte. Statt der roten Lederklamotten trug Ingo alias IM einen Pullover in Regenbogenfarben und eine verwaschene Jeans.

Kuballa überflog das Deckblatt.

I. Einleitungsbericht mit Einschätzung der Klassenlehrer, OPK, Operativplan, Befragungsprotokoll, Einspeicherung Schriftenspeicher ... II. Auszüge aus dem beruflichen Werdegang, Angaben zur Geruchsprobe, Anklage Untergrundtätigkeit ... III. IM Vorlauf ...

Kuballa legte die Unterlagen zur Seite, nahm einen Schluck Tee. »Sag mal, kann ich dich nicht Ingo nennen. Dein Namenskürzel macht mich ganz nervös, wenn ich hier von IM X, IM Y oder Z lese«, sagte er.

»Himmelchen, spiel bloß nicht den Betroffenen«, sagte Ingo alias IM.

»Betroffen bin ich nur, wenn ich ...«, Kuballa gab den Sensiblen.

»Mach, was du willst.« Kuballa fühlte sich geehrt.

Wahrscheinlich, dachte er, dürfen ihn nur seine Eltern Ingo nennen. Sonst besteht er ja hartnäckig auf dieses doofe Namenskürzel. Akuszewski kann dieses Ai-Em kaum aussprechen. Trotzdem mißachtet Ingo den armen Akuszewski, wenn der ihn freundschaftlich Ingo nennt. IM, das ist doch Abkürzungsmüll.

»Also, Ingo ...«

Kuballa blätterte weiter; wieder in Gedanken bei der Frau im Jeansrock. Ingo nahm sich auch ein paar Seiten seiner Akte zur Brust und las laut vor.

»Das hat ein Typ von der Schulaufsicht geschrieben, Hampel hieß der. Ja, das war ein Hampelmann. *Erstens: Neigungen.*«

Im Gespräch mit den Lehrlingen wurden wir auf folgende abnorme und unmoralische Verhaltensweisen aufmerksam: Der Mischnik behauptet von sich selbst, daß er homosexuell sei. In bis zur Perversität neigender und provozierender Art und Weise schildert er den Mädchen seine sexuellen Handlungsweisen, obwohl die Mädchen dies nicht hören wollen. Die Mädchen empfinden das als belästigend und dreckig. Während des Unterrichts wurde wiederholt beobachtet, daß er sich offensichtlich selbst befriedigt. Um sein abnormes Verhalten zu unterstreichen, muß noch folgender Sachverhalt geschildert werden: Er malt unentwegt, in den Augen der Mädchen, hirnlose Bilder.

»Das muß man sich mal vorstellen.« Ingo faßte sich an den Kopf. »Ich hol mir doch nicht im Unterricht einen runter. Was heißt das überhaupt: Offensichtlich? Homosexualität war abnormal, das wußte ich ja, aber als ich das mit den hirnlosen Bildern zum ersten Mal gelesen habe, dachte ich: Mein Gott, wenn hier jemand abnormal war, dann die. Das waren stinknormale Psychopathen. Ein Glück, daß die sonst nichts Schlimmes angestellt haben. Die Mädchen auf dem Schulhof, die wollten doch in aller Ausführlichkeit wissen, wie das denn ist, wer bei den Homosexuellen oben liegt und wer unten. Ich habe denen immer gesagt: Probiert's doch mal selber aus, Sex unter Frauen ist ja auch keine Schande. Und was haben wir hier? *Zweitens: politische Einstellung.*«

Die Lehrlinge Bartels und Driebusch waren der Meinung, daß es in einem sozialistischen Land fast unmöglich sei, daß ein Jugendlicher über folgende Ansichten verfüge: Der Mischnik äußerte mehrmals, daß die DDR ein militärischer Staat sei und faschistische Züge trage. Im Staatsbürgerkundeunterricht äußerte er bereits, daß bei uns ebenfalls das Staatsmonopol herrsche. Der Mischnik sagt, der Sozialismus existiere nicht, Arbeitslose gebe es auch in der DDR.

»Arbeitslosigkeit, Arbeitslosigkeit. Irgendwann war ich dann nicht mehr Lehrling, sondern hochoffiziell Facharbeiter für Postverkehr im Hauptpostamt Berlin-Oberschöneweide. Das war ja das Lustige. Die mußten mich übernehmen, obwohl sie sich alle Mühe gegeben hatten zu begründen, warum ich eigentlich untragbar war. Die haben mir natürlich gedroht. Wenn ich mir keine Mühe geben sollte als Facharbeiter, dann würden sie mich aus dem Hauptpostamt entfernen und mit einer fiesen Arbeitsplatzbindung belegen, mich bei der Müllabfuhr oder in einem Schlachthof beschäftigen, die üblichen Spielchen. Richtig arbeitslos durfte ich auch nicht sein. Damit hätten sie mir ja recht geben müssen. Beschäftigt waren wir, und trotzdem arbeitslos. Es wurden einfach zu wenige Briefe verschickt. Na, das sagen die Genossen Kundschafterinnen hier ja auch. *Im Oktober ...*«

Warum, dachte Kuballa erneut, zeigt mir Ingo diesen Kram? Soll ich doch ein wenig unhöflich sein und nach der Frau im Jeansrock fragen?

Kuballa schwieg, und Ingo las weiter.

... arbeiteten wir mit Ingo im Postamt Oberschöneweide. Dort gab es sehr wenig zu tun und deshalb saßen wir die meiste Zeit herum und beschäftigten uns selber. Ingo zeichnete und wir sahen zu. Er malte Hitler. Er sagte aber, er würde nicht Adolf Hitler, sondern Erich Honecker malen. Wir hatten das Gefühl, als wollte er, wo er nur konnte, unserem Staat in den Rücken fallen und ihn schlecht machen. Im Prinzip gibt es fast tagtäglich Diskussionen mit Ingo, in denen er solchen Unsinn von sich gibt. Er stellte sich dermaßen stur, wenn man versuchte, ihn von der Wahrheit zu über-

zeugen. Einmal schaute er uns sehr merkwürdig an, als wolle er uns mit seinem Blick durchbohren.
Gez. Elke P. und gez. Katja W.

Kuballa schaute Ingo an.

Hatte er wirklich Hitler gemalt?

Die Frau im Jeansrock rückte langsam in den Hintergrund.

»Ach Himmelchen, die Wahrheit und dann noch der böse Blick. Elke und Katja. Die sind nicht nur gemeinsam aufs Klo gegangen, die haben mich auch noch gemeinsam denunziert. Ich habe natürlich den Provo gespielt. Die Diskussionen liefen sozusagen nach dem Pawlowschen Reflexgesetz ab. Ich wußte ja schon im voraus, worauf die scharf waren. Hitler hin oder her, darum ging's denen doch gar nicht. Ich meine, die brauchten ja was, worüber sie schreiben konnten. Da gab's einen Lehrer, Enno Kleinmuth. In jedem zweiten Gespräch nahm der Typ so Worte wie Ordnung und Sicherheit in den Mund. Und wenn man nicht seiner Meinung war, schrieb er das dann auf, da lies mal: *Der Mischnik stört die öffentliche Ordnung und Sicherheit durch sein Auftreten im Freizeitbereich.* Bei dem Kerl hat mich rein gar nichts gewundert. Aber weißt du, wie die eifrigen Mädchen, die Lieblingsschüler des Herrn Kleinmuth reagiert haben, als ich ihnen die Kopien ihrer Spitzelberichte vor die Nase hielt? Die Elke und die Katja? Die haben doch tatsächlich gesagt, sie hätten niemals in ihrem ganzen Leben eine Zeile über mich verfaßt. Unter den Abschriften der Kopien würde zwar in Schreibmaschinenschrift *gez. Elke P.* und *gez. Katja W.* stehen. Das seien aber Fälschungen, sie hätten nichts unterschrieben. Gar nichts unterschrieben. Es gebe überhaupt keine handschriftlichen Dokumente. Alles Lüge, ich wolle sie diskreditieren. Was soll man da machen? Vielleicht sind diese Papiere tatsächlich Fälschungen, das hat es gegeben. Viele wußten ja wirklich nicht, was sie taten. Die Schnüffler kamen nicht daher und haben gesagt: Hallo ich bin von der Staatssicherheit! Natürlich hat manchen Spitzeln die Konspiration, dieses wichtigtuerische Agentenmilieu imponiert. Aber ich glaube, das waren die Ausnahmen. Andere wurden erpreßt, klar. Aber oft kam eben ein netter Klassenlehrer und bat die Elke und die Katja, sich doch um die gute Klassenatmosphäre verdient zu machen. Die appellierten ans Verantwortungsgefühl. Und da konnten Elke und Katja die Bitte des netten Lehrers nicht abschlagen. Sonst wären sie nicht besser als der schwule Mischnik gewesen. Also haben sie sich nach den Hausaufgaben hingesetzt und noch zwei Extraseiten geschrieben. Niemals handschriftlich, alles per Schreibmaschine, als hätten die geahnt, daß ich ihre Schriftstücke doch mal in die Hände bekomme.«

Wie häufig, fragte sich Kuballa, hat er sich mit Elke, Katja und mit dem Klassenlehrer Kleinmuth schon auseinandergesetzt? Zigmal, dachte er.

Kuballa überlegte ein letztes Mal, wie er es anstellen könnte, eine kurze Zwischenfrage nach der Frau im Jeansrock einzuflechten, als Ingo ihn mit der Bemerkung paralysierte, daß Katja und Elke, die beiden Spitzelschülerinnen aus seiner Lehrlingsklasse, noch immer hinter dem Postschalter in Oberschöneweide stünden.

»Wenn die beiden mich sehen, zucken sie zusammen. Die starren verdattert auf meinen Kopf, auf das Tattoo. Jeden Tag dasselbe Spiel. Die sind richtig freundlich und scheißen sich vor Angst in die Hosen. Zugeben wollen sie nichts. Aber Angst haben sie. Deshalb gehen sie mittlerweile alle fünf Minuten aufs Klo, und zwar immer noch gemeinsam.«

Nun starrte auch Kuballa verdattert auf Ingos Kopfgravur. Und zur Toilette ging er auch.

Elke und Katja, dachte Kuballa, während er auf der Klobrille saß, wollen ihre Arbeitsplätze nicht verlieren. Was für eine Konstellation. Einfach und gefährlich. Wenn Ingo sein Material einer Berliner Gazette schicken würde? Das wäre doch eine prima Lokalgeschichte. *Ehemalige Stasispitzel durchwühlen unsere Weihnachtsbriefe!* Klasse Überschrift. Mein Gott, Elke und Katja könnten sich in Oberschöneweide nie mehr blicken lassen. Unglaublich: Ingo könnte haufenweise Briefmarken klauen. Die beiden würden immer zur Kasse wackeln, um den Fehlbetrag auszugleichen. Jeden Morgen spaziert der Mensch, den sie jahrelang angeschwärzt haben, quietschfidel ins Postamt hinein und erinnert sie an ihr Versagen, an ihre Spitzelzeit. Das war es doch: menschliches Versagen. Haben Elke und Katja überhaupt ein schlechtes Gewissen?

Irre, dachte Kuballa. Er drückte die Spülung.

Es wurde Herbst, und Kuballa kannte sich mittlerweile gut aus in Ingos Akte. Am dreiundzwanzigsten September zweiundneunzig traf Kuballa seinen Nachbarn Akuszewski vor dem Bahnhof Schöneweide, als dieser ihm von seiner Arbeitslosigkeit, den Schulden und dem Plan erzählte, notfalls eine Bank zu überfallen. Am siebten Oktober wurde das Postamt in Oberschöneweide ausgeraubt. Kuballa war furchtbar aufgeregt in diesen Tagen. Er stand früh auf und hatte ständig etwas zu tun. Er putzte die Küchenfenster, und er entstaubte seine Bücher.

Nach der Spitzelzeit, dachte er, kam die Wendezeit, und mit der Wendezeit kam die Bankräuberzeit, und mit der Bankräuberzeit kam die Erpresserzeit.

Das gefiel ihm.

In Oberschöneweide, dachte Kuballa, gibt es viele Abhängigkeiten. Jeder kennt jeden. Von Elke und Katja wissen nicht nur Ingo und ich. Über die Spitzeldamen vom Postamt sind noch andere Leute informiert. Irgendwann wird irgend jemand dieses Wissen ausnutzen. Wahrscheinlich einer, der in der Klemme steckt. Eine günstige Ausgangslage für ein ordentliches Verbrechen. Und für eine Intrige.

Kuballa erinnerte sich daran, wie er Akuszewski am

Schöneweider Bahnhof angetroffen hatte, besoffen und arbeitslos, Akuszewski, der davon geredet hatte, eine Bank zu überfallen. Akuszewski, der die Abhängigkeiten in Schöneweide zweifellos kannte.

Der ist, dachte Kuballa, doch selbst ein Abhängiger. Akuszewski hat Geld gebraucht. Ein Überfall, warum nicht? Das Risiko ist begrenzt. Ingo weiß Bescheid, was soll's! Elke und Katja haben den Bankräuber auch erkannt. Was soll's! Die beiden wissen, ob Ingos Täterbeschreibung stimmt oder ob ihr beliebter Kollege gelogen hat. Was soll's! Denn der Täter weiß wiederum, daß Ingo nicht herzlos ist und daß Elke und Katja ebenfalls schweigen werden. Als enttarnte Staatssicherheitsspitzel wären ihre Tage im Postamt Oberschöneweide nämlich gezählt. Wenn ihr süßes Geheimnis aufflöge, wenn etwa ein Journalist davon erführe, so ein Lokalreporter von einer Boulevardgazette, bitter, bitter, dann würde man Elke und Katja entlassen, zumindest aber versetzen. Nach Zehlendorf möglicherweise. Und dort bekäme ein Kollege bald heraus, warum man Elke und Katja versetzt hätte. Das wäre dann die Hölle. Zwei enttarnte Staatssicherheitsspitzel in einem Zehlendorfer Postamt. Nein, Elke und Katja halten den Mund. Obwohl der Räuber ins Postamt hereingestürmt ist, ihnen eine Knarre vor die Nase gehalten, ihnen einen furchtbaren Schrecken eingejagt hat. Sie halten die Klappe, weil sie früher nie die Klappe gehalten haben und weil ihre Geschwätzigkeit dazu geführt hat, daß sie, die ehrlichen und anständigen Lieblingsschüler des Klassenlehrers Kleinmuth, gegenwärtig zur meistgehaßten Personengruppe in Deutschland gehören: zu der großen Gruppe der Staatssicherheitsspitzel.

Kuballa war begeistert.

Die Polizei tappte auch deshalb im dunkeln, weil an den Kassen keine Überwachungskameras installiert waren. Damals lohnte es sich richtig, ein ostdeutsches Postamt zu überfallen. Die Ostpostämter waren so schlecht gesichert, daß die Täter mehr oder weniger unerkannt entkommen konnten. Und wenn dann noch das Erinnerungsvermögen der Postmitarbeiter deutlich eingeschränkt war, konnte eigentlich nichts mehr schiefgehen.

Beim Überfall in Oberschöneweide hatte es zudem keine weiteren Zeugen gegeben. An jenem Samstagmorgen hatte sich kein einziger Kunde in die Schalterhalle verirrt. Auch die Flucht des Räubers wollte keiner beobachtet haben.

Das war kein Zufall, dachte Kuballa, Akuszewski, das hast du doch gewußt, daß es ein Kinderspiel sein könnte, das Postamt zu überfallen. Du hast mir doch von deinem Plan erzählt, weil er eine todsichere Nummer war. Du hast es allen zeigen wollen, daß du doch kein Verlierertyp bist. Der Justine, dir selbst und bestimmt auch deinen Eltern, die dich damals rausgeschmissen haben.

Einer der Briefe, die Kuballa noch beantworten wollte, kam von seinem Vater. Der alte Kuballa hatte mehrere Briefe geschrieben, und auf keinen hatte sein Sohn reagiert. Das längste Schreiben, das auf den neunten Januar neunundneunzig datiert war und das insgesamt fünf beschriebene Bögen enthielt, war so etwas wie eine Generalabrechnung. Diesen Brief hatte Kuballa beantworten wollen, doch da er wußte, daß er Schöneweide bald verlassen mußte, hielt er eine angemessene Antwort, für die er bestimmt mehrere Tage gebraucht hätte, für überflüssig.

Denn der Vater hatte seinem Sohn noch einmal haarklein auseinandergesetzt, warum jeder vernünftige junge Mann in Schöneweide Lebenszeit und Geld verschwende. Vielleicht hatte es sein Vater gar nicht so gemeint, aber das Ende des Briefes bestand vor allem aus wüsten Beleidigungen, wobei die harmloseste darin bestand, daß sein Sohn ein charakterloser und egoistischer Mensch sei.

Kuballa machte sich über seine Charakterstruktur

allerdings auch keine Illusionen. Wenn er über sein Seelenleben nachdachte, bemühte er einen abgedroschenen Vergleich, der in seinem Fall aber durchaus zutraf, denn er meinte, daß er sich in seiner Seele so gut auskennen würde wie in seiner Hosentasche. Kuballa hatte einige Texte von Freud gelesen, und obwohl er die einschlägigen psychologischen Theorien für ausgemachten Unfug hielt, war er trotzdem ein begeisterter Hobbypsychologe; insgeheim hielt er die Analysen auf dem Gebiet der Seelenkunde, mochten sie auch noch so unterschiedlich oder gar widersprüchlich sein, allesamt für Naturgesetze.

Kuballa war zum Beispiel fest davon überzeugt, daß ihm sein Vater ein übermächtiges schlechtes Gewissen antrainiert und daß diese Kontrollinstanz, die er, der Sohn, nur äußerst selten, dann aber hundertprozentig hatte ausschalten können, daß dieses furchtbar schlechte Gewissen ihn letztlich dazu getrieben hatte, sein Leben in Schöneweide frühzeitig aufzugeben.

Wäre ich ein Stück normaler, dachte Kuballa, hätte ich bestimmt länger durchgehalten.

Er hatte nun schon den dritten Gin Tonic getrunken, und er bemerkte, wie der Alkohol wirkte. Die Wirkung bestand unter anderem darin, daß er mit sich selbst zu sprechen begann. Im Suff führte Kuballa stundenlange Selbstgespräche.

»Ich würde gerne wissen«, sagte er, »woher mein Egoismus kommt.«

Und während Kuballa Selbstgespräche führte, lutschte er eine Knoblauchzehe nach der anderen.

s i e b e n

Akuszewski war untergetaucht; jedenfalls kam er bei Kuballa nicht mehr zum Nutellaschlecken vorbei. Auch Ingo ließ sich nach dem Banküberfall nicht mehr bei ihm blicken. Kuballa ärgerte sich, weil nichts passierte. Sein zweiter Winter in Oberschöneweide erschien ihm dermaßen öde, daß er sogar einige Tage in Bonn-Bad Godesberg verbrachte. Erst als ihn seine Eltern baten, doch wieder nach Godesberg zurückzukommen, kehrte er seinem Vaterstädtchen den Rücken und floh übellaunig gen Osten. Er nahm den ersten Direktzug von Bonn nach Berlin. Ohne sich von seinen Eltern zu verabschieden, verließ er Bad Godesberg um sechs Uhr in der Früh. Es regnete.

Im Abteil traf er die beiden Studenten Marcus und Enrico aus Jena. Die beiden schwärmten von einem warmen und trockenen Ausflugsziel in Thüringen. Und da Kuballa ohnehin nicht wußte, wohin er eigentlich fahren wollte, reiste er kurzentschlossen ins thüringische Sondershausen zu einem Grubenschacht, um dort, wie von Marcus und Enrico empfohlen, an einer außergewöhnlichen Radtour teilzunehmen.

Vor Ort lieh er sich ein martialisch aussehendes Fahrrad und ließ sich siebenhundert Meter in die Tiefe einfahren. Dort unten, in einem stillgelegten Kalibergwerk, warteten seine Mitstreiter. *Danger! Save your ass!* stand auf dem Trikot eines Teilnehmers der Sondershausener Grubenrundfahrt geschrieben. Im Stollen war es gut dreißig Grad warm, die Luftfeuchtigkeit betrug fast null Prozent. Ein Mann, der sich auszukennen schien, gab die letzten Instruktionen: *Immer bei der Gruppe bleiben, alle zehn Minuten Trinkpause.*

Vor den Radfahrern lag eine unheimliche Dunkelheit, die sie mit Halogenstrahlern nur partiell aufhellen konnten. Sie ratterten auf holprigen Wegen durch das weitverzweigte Salzreich. Beim Einstieg hatten sie eine Metallmarke erhalten, die beim Verlassen des Bergwerks wieder abzugeben war. Nachdem sie die ersten schwarzen Erdlöcher passiert hatten, hielt Kuballa die Marke noch fester in der Hand. Stundenlang fuhren sie an zerbrochenen Leitungen entlang, porösen Schläuchen, vorbei am Friedhof für die vom Salz zerfressenen Grubengeräte und zwischen rostigen Eisenstäben, die noch im verrußten Salzgestein steckten. So anstrengend diese Radelei auch war, sie entlockte Kuballa ungeahnte Kräfte. Nach dem ersten Trip durch das warme Erdreich war er dermaßen euphorisch, daß er sogleich ein Pensionszimmer in Sondershausen mietete, um bei der nächsten Tour gleich wieder mitmachen zu können. Fahrradfahrend überstand Kuballa den Winter. Sogar Silvester verbrachte er in der warmen Grube.

Der Osten, dachte Kuballa, gefällt mir unter Tage am besten.

Als er schließlich im Mai dreiundneunzig wieder nach Oberschöneweide kam und Frau Kolb traf, fragte sie: »Haste abgenommen?«

Mütter, dachte Kuballa, merken alles. Dabei hat die doch gar keine Kinder. Ihr Mutterinstinkt ist jedenfalls voll ausgeprägt.

Tatsächlich bemutterte Frau Kolb den zurückgekehrten Kuballa, wo sie nur konnte.

»Geht's dir auch wirklich gut? Erzähl doch mal ...«

Kuballa zögerte.

Womit soll ich anfangen? Mit Akuszewski? Mit Ingo? Mit der Frau im Jeansrock? Soll ich etwa den Banküberfall ansprechen? Frau Kolb, die alte Klatschtante, kennt sich doch aus in Oberschöneweide. Was denkt sie denn über die Geschichte? Ist doch seltsam, dachte Kuballa, daß die Kolbs bislang noch kein Wort zu dem Überfall gesagt haben. Ob Herr Oberst auch bei diesem Fall seine Finger im Spiel hat?

Die Fahrradfahrerei im Bergwerk wollte Kuballa nicht erwähnen.

Die erklären mich noch für verrückt, dachte er, wenn sie erfahren, daß ich Weihnachten, Silvester und den Frühling in der Dunkelheit, im ewigen Salz verbracht habe.

»Wir haben uns schon so lange nicht mehr gesehen. Was haste denn die ganze Zeit getan?«

»Ich recherchiere«, sagte Kuballa etwas geheimnisvoll.

»Oh, ich vergaß, daß der Herr ein vielbeschäftigter Journalist ist«, bemerkte Herr Kolb, der hinzukam und der noch immer nicht glauben mochte, daß Kuballa überhaupt irgendeinen Beruf ausübte.

»Worüber willste denn berichten?«

Diese Frage brachte Kuballa in Verlegenheit.

»Also, das ist nicht ganz einfach, es geht um Schweine..., um Schöneweide«, stotterte Kuballa. »Ich werde demnächst mal etwas über Schöneweide schreiben. Du hast mir ja so viel über den Ort erzählt.«

»Ach, wirklich?« frotzelte Herr Kolb.

Hätte ich mir doch ein anderes Alibi ausgesucht, dachte Kuballa.

»Großes Pionierehrenwort!« sagte er.

Frau Kolb lachte. »Na, dann schau dir doch mal den neuen Wilhelminenhof an«, sagte sie. »Da tut sich einiges. Da fließt Geld, sehr viel Geld nach Schöneweide. Geh doch mal zum Fleischer oder zum Bäcker, die wissen mehr.«

»Warum auch nicht.« Kuballa verschwand.

Journalisten, dachte er, die haben sich im Restaurant meiner Eltern besonders mies aufgeführt. Sie haben nie gezahlt, und sie haben ihren Gönnern immer nach dem Mund geredet. Jawohl, Herr Bundesverteidigungsminister, die Beamten von heute sind auch nicht mehr das, was sie einmal waren! Das glaube ich Ihnen gerne, Herr Staatssekretär, daß Ihr Chef ein sturer Bock ist! Ekelhaft, diese Meute. Im Westen brauche ich nur zu sagen: Vorsicht, ich bin ein Reporter. Und das Essen ist umsonst. Und wie läuft das hier? Im Osten?

In Oberschöneweide jedenfalls ging man noch zum Fleischer oder Bäcker, um sich zu informieren. In der Fleischerei tuschelten sie: »Haste schon gehört, ja, im Wilhelminenhof.« Und in der Bäckerei: »Wißt ihr schon das Neueste, nein wirklich, im Wilhelminenhof ...«

Irgendwann erfuhr Kuballa, daß sich eine Firma namens *Mediamix* im sanierten Wilhelminenhof eingerichtet hatte. Ganz Oberschöneweide munkelte, daß das Wessiunternehmen noch in dieser Woche zehn bis zwanzig Mitarbeiter einstellen wollte. Das Unternehmen sei angeblich im Telefongeschäft tätig. Genaueres wußte aber niemand.

Vor dem Eingang des Wilhelminenhofs stand eine Litfaßsäule mit der Aufschrift: *Mediamix sucht Mitarbeiter.*

Wie schön, dachte Kuballa, wenn man sich nicht angesprochen fühlt. Soll ich trotzdem eintreten? Als Journalist auftreten? Hallo, können Sie mir bitte erklären, was sich hinter Ihrem lächerlichen Firmennamen verbirgt?

Kuballa entschied sich für die Undercovervariante.

Es war schon dunkel, als er den Wilhelminenhof betrat; das heißt so dunkel war es nun auch wieder nicht. Flutlichtstrahler beleuchteten den gelben Klinker der frisch renovierten Hofanlage. Langsam ging er in den dritten Stock zur Anmeldung.

Wie beim Arzt, dachte er.

»Kommen Sie morgen um siebzehn Uhr zur Einführungsveranstaltung«, sagte die Sekretärin der Telefonfirma.

Eine Nacht und einen halben Tag warten, dachte Kuballa. Blöder Undercoverjournalismus.

Am nächsten Tag saß er um Punkt fünf Uhr in einem nach Farbe riechenden Seminarraum mit Overheadprojektor. Die Agenturleiterin verteilte einen Zettel, aus dem hervorging, daß die Firma *Mediamix* mit Telefonumfragen ihren Umatz machte.

»Lernen Sie das auswendig«, sagte sie.

Auf dem Zettel standen dreißig Merksätze. Die Agenturleiterin erklärte den fünfzehn Anwesenden das Computerprogramm. Daraufhin verließen acht Leute den Raum. Wer blieb, erhielt einen Vertrag. Die Arbeit begann. Kuballa lernte den ersten Merksatz auswendig, ging zu einem Rechner und setzte sich den angeschlossenen Kopfhörer auf. Das Anwählprogramm lief.

Der erste Merksatz: »Guten Tag, mein Name ist Raimund W. Kuballa vom Meinungsforschungsinstitut *Mediamix*. Wir führen derzeit eine Umfrage zum Thema Menschen und Meerschweinchen durch. Es ist Ihnen selbstverständlich freigestellt, ob Sie bei der Umfrage mitmachen oder nicht, doch damit die Erhebung erfolgreich durchgeführt werden kann, würden wir uns freuen, wenn Sie die folgenden Fragen beantworten.« Pause.

Kaum zu glauben, dachte Kuballa, was erwachsene Menschen alles mit sich machen lassen. Was wohl einer aus der Zone gesagt hätte, wenn bei ihm irgendwann in den achtziger Jahren ein Mensch von *Mediamix* angerufen und gefragt hätte, ob er nicht ein paar Fragen zu irgendwelchen Haustieren beantworten könnte? Eine besonders hinterhältige Finte der Staatssicherheit hätten die meisten vermutet, wahrscheinlich nicht zu Unrecht.

Frau Müller war am Apparat, sie wollte wissen, was das denn sei, *Mediamix*. Sie würde, sagte sie, gerade das Abendessen für den Ehemann anrichten, Schnitzel mit Pommes, und der Gatte, von der Arbeit müde und schlecht gelaunt, stehe gleich vor der Haustür.

Kuballa war auf diese Fragen und Einwände vorbereitet, vor ihm lag der Zettel mit den Merksätzen. Es seien immer die gleichen Fragen und Einwände, die man zu hören bekomme, hatte die Agenturleiterin gesagt. Mann solle ruhig, laut und deutlich, nicht zu langsam und unter keinen Umständen monoton sprechen. Das verlange die Firma *Mediamix*.

»Unser Meinungsforschungsinstitut«, sagte er, und schon dieses Wort sprach er unruhig, leise und undeutlich aus. »Unser Meinungsforschungsinstitut«, nuschelte Kuballa, »wurde neunzehnhundertneunzig in München gegründet. *Mediamix* führt im Auftrag von Presse und Rundfunk, der Industrie und der öffentlichen Hand Telefoninterviews durch. Sie wurden zufällig ausgewählt. Markt- und Meinungsforschung bildet eine unverzichtbare Basis für Entscheidungen in unserer Gesellschaft.« Dann wieder eine Pause. Zum Luftholen.

»Nur wenn man«, sagte er, »die Wünsche und Einstellungen der Bevölkerung kennt, werden die richtigen Entscheidungen getroffen. Ihre Teilnahme hilft dem Gemeinwesen, selbstverständlich ist sie aber freiwillig.«

Als er Frau Müller versprach, daß ihr keine Nachteile entstehen würden, wenn sie an der Befragung nicht teilnehmen wolle, erinnerte sie sich an das Schnitzel in der Pfanne.

»Kein Problem«, sagte Kuballa. Er dachte aber: Diese Sätze verstoßen gegen die Menschenrechte.

Kuballa ließ seinen Ärger nicht an der Frau Müller aus und sagte ganz freundlich, daß er sie später noch mal anrufen könne, was die Dame allerdings zum Anlaß nahm, ihm laut und deutlich zu erklären, sie besitze weder ein Meerschweinchen, noch sei sie darauf aus, irgendeinem Menschen auf der Welt ihre Meinung über Meerschweinchen kundzutun. Außerdem müsse sie jetzt endlich die Pommes frittieren.

Kuballa entschuldigte sich zaghaft, wünschte der Frau Müller einen schönen Abend und einen guten Appetit. Er nahm den Kopfhörer ab; dann gab er Daten ein, die nicht stimmten.

Als das Anwählprogramm wieder einsetzte, drückte

er schnell auf die Taste, auf der *Exit* geschrieben stand. Das war die Taste für die Pinkelpause. Er guckte durch die Reihen des Arbeitsraums. Dreißig Computer standen darin. Vor jedem Bildschirm saß ein Interviewer. Alle sprachen von Demokratie und Marktforschung.

Hier lernen die Ossis unser System, dachte Kuballa. Hier vergißt man die Vergangenheit. Ich muß diesen Laden so schnell wie möglich verlassen.

Kuballa hatte seine Leidensgenossen bislang nicht wahrgenommen. Er blickte auf den Bildschirm seiner Nachbarin. Ihr Name leuchtete in großen Lettern auf dem Monitor: *JANA PITZKE.*

Er schaute sie an.

Auweia, dachte Kuballa, die Frau im Jeansrock. Nur daß sie diesmal eine Jeanshose trägt.

Aber selbst wenn sie mit ihrem Jeansrock neben Kuballa gesessen hätte, wäre sie ihm erst in der Pinkelpause aufgefallen. Dermaßen hatte ihn der Telefoncomputer in Anspruch genommen.

Kuballa lauschte.

Jana Pitzke telefonierte mit einem Kerl, der, so interpretierte Kuballa ihre Auskünfte, mehrmals seinen Namen verriet, obwohl sie ihn gar nicht wissen wollte. *Es gibt keine Weitergabe von Daten, welche die Identität einer Person erkennen lassen. Die Ergebnisse werden ausschließlich in anonymisierter Form zusammengefaßt.* Auch dieser Kauderwelschsatz gehörte zum Rüstzeug eines Mitarbeiters von *Mediamix.*

»Herr Moser«, flüsterte Jana Pitzke. »Ihren dritten Vornamen brauche ich nun wirklich nicht.« Dann ging die Fragerei los. Der Herr Moser besaß ein Meerschweinchen, er schien vom Sinn und Nutzen der Markt- und Meinungsforschung überzeugt zu sein. Er hatte auch schon zu Abend gegessen, und deshalb gab Herr Moser mit Freude Auskunft. Der Herr Moser wurde gefragt, wie alt er sei, ob er verheiratet sei, ob er Kinder habe, wieviel er verdiene, welche Partei er wähle, wann er sein Meerschweinchen gekauft habe, welche Nahrung er dem Tier gebe, wieviel Kilo Futter das Meerschweinchen denn verschlinge, ob er mit dem Vieh auch spazierengehe, wie groß denn sein Meerschweinchen sei, ob das Meerschweinchen männlich oder weiblich sei und ob das liebe Ding auch Kontakt zum anderen Geschlecht haben dürfe.

Der Herr Moser beantwortete offenbar nicht nur die Fragen, die ihm gestellt wurden; Kuballa nahm an, daß er auch ganz grundsätzlich über sein Dasein als Meerschweinchenbesitzer schwadronieren wollte. Das ärgerte die Telefoninterviewerin Pitzke, denn die Gesprächsdauer wurde im Zentralcomputer gespeichert. Jana Pitzke hätte bei *Mediamix* als Quasselstrippe gegolten, wenn sie das Pech gehabt hätte, an einem Tag mit mehreren Leuten wie dem Herrn Moser sprechen zu müssen.

Die Agenturleiterin hatte sich in ihrem Einführungsvortrag lang und breit über die elende Quatscherei beschwert.

»Fassen Sie sich kurz«, hatte sie gesagt. »Wenn die elende Quatscherei so weitergeht, werden wir unsere Quasselstrippen künftig nicht mehr nach Stunden, sondern ausschließlich nach Leistung bezahlen.«

Jana Pitzke stand auf.

Aha, dachte Kuballa, auch ihre Blase drückt.

Falsch gedacht. Denn Jana Pitzke ging zum Kaffeeautomaten. Kuballa hinterher. Er sprach sie an. In merkwürdig kryptischen Sätzen. Er reihte Substantive auf: »Die Agenturleiterin«, sagte er, »das Arbeitsklima, der Telefonterror.«

Ahnt sie, grübelte er, worüber ich mit ihr sprechen will?

Jana war durchaus im Bilde, denn sie fand die Verben zu seinen Wortbrocken. Flüssig sagte sie, was es zu sagen gab.

Hochnäsige Meinungsmacher nannte Jana die Manager von *Mediamix*; die hätten vom Telefonieren keine Ahnung, sagte sie, die Meinungsmacher wüßten gar nicht, daß es eines gewissen, nirgendwo erlernbaren rhetorischen Geschicks und einer gehörigen Portion Schlitzohrigkeit bedürfe, um die Leute bei Laune zu halten.

Jana kam darauf zu sprechen, daß sie schon seit der ersten gesamtdeutschen Bundestagswahl im Dienst der Meinungsmacher sei: »Die brauchten ein paar Ossis in der Zentrale«, sagte sie. Aber Ossi oder Wessi, das sei vollkommen unerheblich. »Das eigentliche Problem sind die Erfinder der Fragenkataloge. Die wissen ja gar nicht, wie schwer sie einem das Leben machen.«

Kuballa nickte zustimmend. Und sie redete weiter. Neulich habe sie eine Umfrage zum Thema *Politik im Fernsehen* durchgeführt. Die Befragung habe in der Regel zwanzig Minuten gedauert, doch da sei ein Bayer gewesen, der habe ihr mitgeteilt, auch das ostfriesische Lokalfernsehen empfangen zu können. Zu jedem Fernsehsender hätten eine ganze Reihe von Fragen gestellt werden müssen. Gebe also jemand an, jeden Abend alle Programme anzuschauen, dauere die Fragerei dementsprechend länger. Der Bayer mit dem Friesentick habe verständlicherweise genörgelt, denn das Interview sei nach einer Stunde noch immer nicht vorüber gewesen. Da gefalle ihr die aktuelle Meerschweinchenbefragung schon besser. Gerate man nicht ausgerechnet an einen Herrn Moser, sei das Meerschweincheninterview nach fünf Minuten beendet. Außerdem komme das Thema beim Publikum gut an.

»Also, ich kann mit den Meerschweinchen nichts anfangen«, sagte Kuballa.

»Ich glaube, jeder Interviewer hat sein Spezialgebiet. Bei politischen Themen stelle ich mich zum Beispiel etwas ungeschickt an«, meinte Jana.

Sie blickte auf die Uhr. Kuballa sagte, daß er sie schon zweimal gesehen habe. Bei der Party von Akuszewski. Und auf der Straße gegenüber vom *Tausendbierhaus*.

»Was für ein Haus?« frage Jana.

»Äääh, *Haus der hundert Biere*«, korrigierte Kuballa.

»Nee, muß dich übersehen haben.«

Mich übersehen haben?

Sie gingen zurück zu ihren Arbeitsplätzen.

Daheim, dachte Kuballa, habe ich kein Telefon, und hier muß ich mit lauter Leuten telefonieren, die ich nicht kenne. Das mache ich nicht länger mit.

Kuballa speicherte lauter falsche Antworten.

Wieviel verdiente die fünfunddreißigjährige Frau, die vor einem halben Jahr Ohrenschwanzmeerschweinchen gekauft hat? Eigentlich viertausend Mark netto. Kuballa reduzierte das Einkommen auf eintausendzweihundert Mark brutto.

Sein erster Telefoninterviewarbeitstag war noch nicht vorbei, als er zur Agenturleiterin ging und kündigte.

»Sie können sich das leisten«, sagte sie.

Stimmt, dachte Kuballa.

»Das habe ich mir schon gedacht. Die wenigsten bleiben länger als einen Tag«, sagte Jana, als Kuballa seine Sachen packte und den Computer vor Dienstschluß herunterfuhr.

Jana machte wieder eine Kaffeepause.

»Gibst du immer die richtigen Antworten ein?« fragte Kuballa.

»Ja«, sagte sie. »Alles andere ist mir zu anstrengend.« Nur einmal habe sie *Mediamix* belogen.

»Ein Kollege rief bei mir zu Hause an. Da saß ich also mal auf der anderen Seite. Der Kerl hat mich gefragt, was ich denn von der neuen Pfefferminz-Cola halte. Der Typ hat mir ins Ohr gezwitschert, daß er Markgraf heiße, für *Mediamix* arbeiten würde und im Auftrag der Demokratie zwei oder drei Fragen zur neuen Pfefferminzcola stellen möchte.«

»Und?«

»Ich habe gelogen. Ich habe angegeben, daß ich morgens, mittags und abends jeweils einen halben Liter Pfefferminzcola trinke. Der Herr Markgraf hat *okay* gesagt und aufgelegt.«

»Na, wenn es um Pfefferminzcola geht, sind die falschen Antworten doch halb so wild«, sagte Kuballa.

»Stimmt schon, und das mit der Pfefferminzcola kam mir sowieso etwas bekloppt vor. Am nächsten Tag habe ich bei *Mediamix* gefragt, seit wann denn die Umfrage zur neuen Pfefferminzcola laufe. Die Agenturleiterin hat gesagt: Mit diesem Produkt beschäftigen wir uns gar nicht.«

»Sehr komisch«, sagte Kuballa. »Ich frage mich nur, warum das mit den Umfragen meistens doch klappt, ich meine, vor Wahlen zum Beispiel. Die schaffen es doch, die Stimmung im Lande einigermaßen korrekt einzufangen. Und das mit Leuten wie mir und diesem Markgraf mit seiner Pfefferminzcola.«

Janas Kommentar kam wie aus der Pistole geschossen: »Solche Fehler haben die Meinungsmacher in ihren Berechnungen berücksichtigt.«

Propaganda, dachte Kuballa.

Auch diese Kaffeepause näherte sich ihrem Ende; Jana ging zurück zum Computer, Kuballa verabschiedete sich mit einem gequälten: »Viel Spaß noch!«

Am Eingang des Wilhelminenhofs, neben der Litfaßsäule, wartete Kuballa, und Jana schien sich nicht zu wundern, daß er nach ihr Ausschau hielt.

»Sag mal, hast du nicht Lust, noch etwas zu trinken?« fragte er.

»Lust schon. Aber ich bin schon verabredet. Mit Marek. Marek Akuszewski. Mit deinem Nachbarn.«

Kuballa glotzte, als verstehe er nur Bahnhof.

»Akuszewski, du hast mich doch angeblich auf seiner Party gesehen.«

Kuballa nickte und öffnete seinen Mund keinen Millimeter.

»Wir treffen uns im *Stillen Winkel.* Willste mitkommen?«

Kuballa schüttelte den Kopf.

»Magste den *Stillen Winkel* nicht?«

»Doch, doch.«

»Oder haste was gegen den Marek?«

»Nein, natürlich nicht, ich dachte nur, der ist weg, im Urlaub oder so.«

»Ich glaube, der hatte Streit mit Justine, die haben sich neulich getrennt.«

So ist das also, dachte Kuballa, Akuszewski hat sich von seiner Freundin getrennt, um daraufhin gleich die nächste anzubaggern. Jana, nimm dich in acht! Arme Justine! Die wollte wohl nicht länger mit einem Bankräuber zusammen sein.

»Tut mir leid für ihn«, brummte Kuballa.

Was, dachte er, bildet sich der Kerl überhaupt ein?

»Willste wirklich nicht mitkommen?«

»Ich? Nein, ich will nicht stören.«

»Du störst nicht«

»Ein andermal.«

»Wieder im *Stillen Winkel?* Morgen?«

»Wieviel Uhr?«

»Gleiche Zeit, nach der Arbeit.«

»Also bis dann, und ... grüß mir meinen Nachbarn.«

a c h t

Nicht nur Akuszewski war wieder aus der Versenkung aufgetaucht. Auch Ingo meldete sich. Er schickte eine Postkarte. Anrufen konnte Ingo nicht, denn Kuballa wartete im Frühsommer dreiundneunzig noch immer auf einen Telefonanschluß.

Ingo lag im Krankenhaus.

Er habe, schrieb Ingo, so lange nichts von sich hören lassen, weil es ihm wirklich beschissen gegangen sei. Nun genese er allmählich.

Offenbar erwartete Ingo, daß er ihn besucht.

Kuballa konnte Krankenhäuser nicht ausstehen.

Aber wer kann das schon? Brav besucht man die Kranken, dachte Kuballa. Weil man selbst schon einmal im Krankenhaus gelegen und weil man sich über jeden Besuch gefreut hat. Weil man genau weiß, daß man jederzeit wieder ins Krankenhaus eingeliefert werden kann.

Wird er mir, spekulierte Kuballa, in aller Ausführlichkeit über seine Krankheit erzählen?

Er konnte die Krankengeschichten anderer Leute nicht ausstehen.

Dem armen Ingo war, das entnahm Kuballa der wenig diskreten Postkarte, eine sogenannte Analfistel weggeschnitten worden.

Der Chirurg kam ins Zimmer, nachdem Kuballa sich neben Ingos Bett niedergelassen hatte und als Ingo gerade anhob, seine Krankengeschichte in aller Ausführlichkeit darzulegen.

Der Chirurg sah aus wie ein Metzger, und er redete auch wie ein Metzger.

»Von der Fistel«, sagte er, »ist nichts mehr übrig. Glück gehabt, Herr Mischnik. Diese Röhrchen können sich verzweigen, diese Kanäle sind schwer zu finden, gerade im Anal- und Darmbereich. Herr Mischnik, jetzt sind Sie wieder fistelfrei.«

Ingo lächelte gequält.

Merkwürdig, dachte Kuballa, daß der Chirurg mich nicht aus dem Zimmer schickt, bevor er seinen Fistelsermon runterrattert. Der ist genauso rücksichtslos wie sein Patient Ingo, der auch nichts für sich behalten kann. Ärztliche Schweigepflicht, Datenschutz? Der Herr Chirurg glaubt doch nicht, ich sei auch von dieser Röhrenkrankheit befallen? Unter Schwulen, man weiß ja nie.

Nachdem Ingo seine Krankengeschichte nicht mehr zu erzählen brauchte, weil dies ja schon der Chirurg getan hatte, saßen die beiden sich sprachlos gegenüber.

Kuballa hatte den Eindruck, Ingo wolle etwas wirklich Wichtiges besprechen. Etwas, das vertraulicher war als diese Analgeschichten. Nur ging das nicht, weil Ingo im Dreibettzimmer lag und weil seine Zimmergenossen jedes Wort zu überwachen schienen. Und da Ingo mit seinem aufgerissenen Hintern und zerschnittenen Darm nicht aufstehen konnte, um das Krankenlager vorübergehend zu verlassen, redeten sie übers Krankenhausessen.

»Gar nicht so schlecht«, sagte Ingo. »Heute gab's Hühnerfrikassee.« Grauenhaft, dachte Kuballa.

Nach dem Krankenhausbesuch fuhr Kuballa zum *Stillen Winkel.* Er war nervös. Er kam überpünktlich. Kuballa fühlte sich wie ein Teenager, und das war ihm peinlich.

An den Wänden des *Stillen Winkels* hingen alte Kupferstichkopien, noch ältere Hirschgeweihattrappen und eingerahmte Sinnsprüche aus der Vorkriegszeit. Der Kaffee wurde auf Spitzenpapierdeckchen aus den siebziger Jahren serviert.

»Vor hundert Jahren hüpften neben den ersten Werkshallen hier noch die Frösche herum«, pflegte der Wirt zu sagen, wenn man sein Lokal zum ersten Mal betrat. Damals, erklärte er, habe der *Stille Winkel* daher *Zum Quappenkrug* geheißen.

Der Wirt war dermaßen stolz auf die Quappenvergangenheit seiner Kneipe, daß die Gäste ihren Wirt *unseren lieben Froschkönig* nannten.

Jana bestellte ein Glas Erdbeerbier. »Selbstgemacht«, sagte der Wirt.

»Na, trauste der Empfehlung nicht?« fragte Jana.

Kuballa nahm auch ein Glas Erdbeerbier und erzählte, daß es Ingo mittlerweile schon wieder besser gehe. Akuszewski erwähnte er mit keiner Silbe.

Nach dem ersten Erdbeerbier wußte Kuballa, daß Jana an der Humboldt-Universität seit sechs Semestern Jura studierte und daß sie zusammen mit ihrer Mutter in Oberschöneweide wohnte. Mutter Pitzke saß im Rollstuhl. Vater Pitzke gab es nicht mehr.

Warum die Mutter im Rollstuhl saß, wollte Kuballa nicht erfahren.

Nicht noch eine Krankengeschichte, dachte er.

Jana erzählte ihm, daß ihre Mutter mit einem japanischen Sportwagen kurz nach der Wende gegen einen brandenburgischen Baum gerast war, und zwar mit einem Wagen, den sie sich zur Feier ihres dreiundfünfzigsten Geburtstages ausgeliehen hatte.

Im *Stillen Winkel* hatte sich Kuballa schon viele Katastrophen angehört. Die Lebensbeichte einer Staatssicherheitsoffizierin etwa, die sich nach der Wende als Klofrau und Go-go-Girl in einem Diskoschuppen für betagte Sadomasos durchschlug. Oder das Drama eines Mannes, der vor mehr als vierzig Jahren Volkspolizist war und der im Dienst einen Jugendlichen erschoß, weil dieser unvorsichtige Kindskopf auf der Straße den Schlager der Woche, also Westradio gehört hatte.

»Ich will so schnell wie möglich selbständig und unabhängig sein«, sagte Jana, als die zweite Runde Erdbeerbier serviert wurde.

»Was bedeutet das denn für dich: selbständig und unabhängig?« fragte Kuballa. Das Thema erregte ihn, und so kratzte er mit seinen Schneidezähnen am Erdbeerbierglas.

»Na, finanziell. Ich will das kaufen, was mir gefällt. Ich will Länder bereisen, die mich interessieren.« Jana zwinkerte mit dem rechten Auge und strich mit beiden Händen durch ihr lockiges, rotblondes Haar. »Und du?«

Ich kann der doch nicht sagen, dachte Kuballa, daß ich so viel Geld auf der hohen Kante habe, daß ich nicht mehr zu arbeiten brauche, daß ich finanziell ohnehin unabhängig bin.

Also sagte er: »Meine Eltern überweisen mir jeden Monat ein paar Mark. Die haben genug Geld.«

Sie strich deutlich langsamer mit den Händen durch ihr Haar. »Was machste denn den lieben langen Tag lang, ich meine: ausbildungsmäßig?«

»Jura, tja, bis zum vierten Semester bin ich auch gekommen. Dann hatte ich keine Lust mehr. Das war, glaube ich, vor zwei Jahren.«

Damit hatte er Jana noch nicht darüber aufgeklärt, was er den lieben langen Tag lang machte, aber seine Beschäftigung mit der Geschichte ihres ehemaligen Heimatstaates wollte er auf keinen Fall ansprechen.

»Und nun?« fragte sie.

»Nichts und nun«, sagte er.

»Du kannst dich doch nicht so hängenlassen. Warum haste denn mit dem Studium überhaupt aufgehört?«

Jana, dachte Kuballa, reagiert wie die Kolbs, wie meine Eltern, die nach einer Weile, haben sie erst mal über dies oder das geschwatzt, sich schließlich sorgenvoll erkundigen, ob ich das Studium nicht doch noch beenden will. Und wenn ich verneine, meckern sie über meine degenerierte Einstellung zum Leben.

Kuballa geriet in Erklärungsnot.

»Mann X betrügt Ehefrau Y«, sagte er. »Die betrogene Gattin bricht in die Wohnung ihrer Konkurrentin ein und lauert dort dem untreuen Ehemann auf. Die Frau erschlägt ihren Ehemann, nachdem sie ihn in flagranti erwischt hat. Sie erhält die Lebensversicherung ihres Gatten. Mord oder Totschlag? Habgier oder Eifersucht? Oder beides zugleich? Wer kann das schon entscheiden?«

»Und wenn keiner entscheidet«, sagte Jana, »bricht Anarchie aus, was?«

»Hast du mal darüber nachgedacht, auf der anderen Seite zu stehen? Nicht Richterin, sondern Einbrecherin, Mörderin zu sein?«

Jana schüttelte entgeistert den Kopf. »Na, wer will das schon. Ich glaube, Rechtsbruch, das ist eine Typfrage. Ich bin kein Einbrechertyp. Und du?«

»Ich kann mich nicht entscheiden«, sagte Kuballa, und diese Antwort trug er auf so neunmalkluge Weise vor, daß Jana genervt zum Nachbartisch guckte.

Kuballa hätte ehrlich sein können. Er hätte sagen können, daß es um Jura gar nicht gegangen sei. Kuballa hätte ihr von seinem Elternhaus erzählen können, von der wahnwitzigen Geschäftigkeit im Wirtshaus *Zum Silberlöffelchen,* von der bei den Kuballas zur Schau gestellten Harmonie. Er hätte sagen können, er suche nach dem eigenen Tempo, er müsse sich von der perfekt kaschierten, aber hinter den Kulissen um so unerträglicheren Eile eines Edelrestaurants erholen. Er müsse seine Kinderstube hinter sich lassen. Er hätte davon erzählen können, daß er sich emotional und rational von seinem Elternhaus lösen müsse, und daß er das Glück habe, für diese komplizierte Aufgabe auch das nötige Kleingeld mitzubringen. Er hätte ihr sagen können, daß dieser Prozeß in seinem Falle ein besonders langwieriger sei, weil seine Eltern alles daran gesetzt hätten, seine Gefühle und Gedanken zu kontrollieren. All dies hätte Kuballa sagen können, und möglicherweise hätte Jana ihn verstanden. Aber solche

Erklärungen stießen ihn ab. Kuballa haßte die wehleidigen Heranwachsenden, die auf ihre traumatischen Kindheitserlebnisse verwiesen; das ging so weit, daß er, der Literaturfreund, alle Bücher verschmähte, die sich um die Wirren der Adoleszenz drehten. Also sagte er nichts dergleichen. Abgesehen davon mochte er sein Elternhaus ja auch, er liebte die Restaurantwelt. Kuballa wußte, wie gern er sich vom schönen Schein berauschen ließ. Für die barocke Inneneinrichtung des *Silberlöffelchens* schwärmte er, für die mit rotem Samt überzogenen Fauteuils, für die düsteren Ölgemälde an den Wänden. Für den Duft der Gewürze und für die schier unendliche Weinauswahl.

Dieses komplizierte Haßliebesverhältnis wollte er nicht aufdröseln, zumindest nicht bei ihrem ersten Treffen.

In Janas Augen war Kuballa damit aber ein unselbständiger Kerl, der keine Anstalten machte, erwachsen zu werden.

Du irrst dich gewaltig, dachte Kuballa.

»Und was sagen deine Eltern dazu?« fragte sie mit spöttischem Blick.

»Wenig«, sagte er. »Ich will, habe ich ihnen erklärt, kein Richter und kein Staatsanwalt, ich will überhaupt kein Jurist werden, ich will nicht nach der Schwere der Schuld und der Höhe der Strafe suchen. In den meisten Fällen überfordern mich schon die Motive der Täter.«

»Warum machste nicht sonst irgend etwas?« Jana gab sich Mühe, nett zu sein.

Am liebsten hätte Kuballa das Thema gewechselt. Sag mal Jana, welche Musik hörst du denn, oder sag mal Jana, warum haben die vielen Vietnamesen in der Deutschen Demokratischen Republik so wenige Restaurants aufgemacht? Die können doch gute Nudelsuppe kochen? Sag mal Jana, den Akuszewski kennst du doch, der ist schon ein komischer Kauz. Erst redet er davon, daß er eine Bank überfallen will, und dann wird die Post in

Oberschöneweide ausgeraubt. Nein, du hast mit ihm nicht darüber gesprochen. Warum auch?

Jana wollte eigentlich nur wissen, mit wem sie im *Stillen Winkel* saß.

»Und?« Sie lächelte.

Die Wahrheit, bitte sehr, dachte Kuballa, wie im Gerichtssaal. Nur daß ich in einer Kneipe sitze und süßes Erdbeerbier trinke.

»Also, wie soll ich das erklären, irgendwie bin ich ja Lokalreporter, sozusagen auf Teilzeitbasis.« Das *irgendwie* ging ihm nur stotternd über die Lippen. »Was man eben macht, wenn man eigentlich gar nichts machen will.« Das formulierte er schon wieder flüssiger.

»Was schreibste denn?«

»Portraits, kleine Geschichten.«

»Erzähl doch mal, laß dir doch nicht alles aus der Nase ziehen.«

Das war Kuballas letzte Chance. Er mußte etwas erzählen. Er mußte beweisen, daß er ein guter Lokalreporter war. Und zum Glück fiel ihm ein, daß er heute in der Straßenbahn einem seltsamen Mann begegnet war. Und so gab er seine erste Stegreifreportage zum besten.

»Lila Stoffjacke, weißes Hemd, dunkelblaue Jeans und braune Sandalen. Das war der Bartglatzenmann. Ich habe ihn in der Straßenbahn getroffen. Die meisten Fahrgäste glotzten ihn verständnislos an. Oder sie versuchten, ihn krampfhaft zu ignorieren, indem sie ihre Zeitungen, ihre schon zerknitterten und bestimmt schon dreimal gelesenen Zeitungen aus den Taschen hervorkramten. Der Bartglatzenmann kicherte.«

»Was hat dir denn an dem Bartglatzenmann so gefallen?«

»In Berliner Bahnen«, sagte Kuballa, »kann einsteigen, wer will: zum Beispiel Anna, sie hat Aids, Krebs, Hepatitis und die Krätze, ist arbeitslos, seit Monaten lebt sie auf der Straße, heute hat sie noch nichts gegessen, und deshalb würde sie sich über eine kleine Spende freuen.

Auch über einen Apfel oder eine Stulle. Die Leute schauen weg. Anna könnte vor ihren Augen krepieren. Die Leute schauen trotzdem weg. Und in der Zeitung liest man über die Ignoranz der Mitmenschen. Aber diese Artikel kotzen mich an, die sind so verlogen, weil man die Ignoranz braucht, um das Bahnfahren überhaupt zu ertragen«, sagte Kuballa.

»Ich finde Artikel über arme Annas weitaus wichtiger als Beiträge über kichernde Männer«, sagte Jana.

Der Bartglatzenmann sei, erwiderte Kuballa, vielleicht nicht der Rede wert: »Er bettelt nicht, er singt nicht, er spielt kein Instrument, er trägt schweigend einen Koffer in der Hand, auf dem in Großbuchstaben *FRAGE MICH NACH JESUS* geschrieben steht. Diese passive Haltung hat die Leute aber aggressiv gemacht. Was will der? Geld? Warum sagt der nichts, haben die Leute gefragt. Wer etwas haben will, der muß auch etwas sagen! Vergebens. Ein Verrückter, meckerte die Frau neben mir, ein Verrückter sei das, die gebe es in Berlin ja genug. Hat der denn keine ordentliche Arbeit? Wäre Anna eingestiegen, hätte man wenigstens spenden können. Der soll mich mit seinem Jesus in Frieden lassen, der soll Almosen für die Negerlein in Afrika sammeln, dann wird's der Herrgott ihm vergelten!«

»Hast du ihn angesprochen?«

Kuballa nickte, und er begann seine Geschichte weiterzuspinnen. Er bemerkte, welchen Eindruck er auf Jana machte.

Die will doch belogen werden, dachte er.

»Der Bartglatzenmann behauptete, daß er grundsätzlich kein Geld annehme. Einmal habe ihn ein jüngerer Herr im Anzug zum Kaffee eingeladen. Der Gastgeber gab sich als Mitglied der Sulmonischen Freikirche zu erkennen und bat ihn, doch künftig für die Sulmonier Werbung zu machen. Da hat der Bartglatzenmann sich verabschiedet, den Koffer genommen und sich wieder in die Straßenbahnen gestellt. Der Typ war unbestechlich. Sagenhaft.«

Vor Jahren – Kuballa hatte sich allmählich warm geredet – sei eine ältere Frau über den Kurfürstendamm marschiert, die ein Schild mit der Aufschrift *Ficken für den Frieden* vor sich hergetragen habe.

»Die Frau wurde von den Passanten beschimpft, als hätte sie etwas Gemeingefährliches in die Welt gesetzt. Diese Mißverhältnisse interessieren mich«, sagte Kuballa, trank einen Schluck Erdbeerbier und hätte beinahe eine, wie er meinte, *Theorie der Mißverhältnisse* entworfen, doch das blieb Jana erspart. Kuballa sagte: »Ist das nicht ein prächtiger Teilzeitjob? Ich schreibe über Jesusfreunde und grauhaarige Frauen, die fürs Ficken und für den Frieden demonstrieren.«

Jana schmunzelte.

»Du kannst mich mal auf eine Exkursion mitnehmen, vielleicht fällt ja wieder ein Jesusmann oder eine Friedensdame vom Himmel.«

Völlig bekloppt, dachte Kuballa, die Rolle des schreibenden Kobolds akzeptiert sie. Wenn diese Rolle auch bei anderen Frauen so beliebt ist, wundere ich mich gar nicht mehr, warum es so viele Journalisten gibt.

Jana erzählte, daß auch sie schon journalistische Erfahrungen gesammelt habe.

Wer hat das nicht, dachte Kuballa.

Sie habe, sagte sie, für die *Trommel*, die Zeitung der Thälmannpioniere, einige Fotos geschossen.

Thälmannpioniere?

Bei Kuballa klingelten alle Glocken. Ob sie wohl auch Berichte geschrieben hat, dachte er, wie Ingos kleine Schwester?

»Na, ich weiß, daß das damals nicht besonders großer Fotojournalismus war«, sagte Jana, »aber ich mußte ja irgendwo anfangen. Für die *Trommel* habe ich mit meiner Lomo geknipst. Zur Jugendweihe bekam ich dann von meinem Onkel eine Practica.«

Und die hast du gleich in den Dienst des Klassenauftrages gestellt, dachte Kuballa.

»Hast du die Lomo immer noch?« fragte er.

»Klar, dieses Russending ist unkaputtbar.«

»Lomofotos sind mittlerweile wieder schwer in Mode. Weil die Bilder so verwackelt sind.«

»Wirklich? Ich war damals überglücklich, eine ordentliche Practica in den Händen zu halten. Ich bin sofort durch Schöneweide gelaufen und habe alles geknipst, was mir vor die Linse kam.«

»In Schöneweide?«

»Ja, klar, gibt doch viele schöööne Dinge hier zu sehen.«

»Na, ja.«

»Wann schreibste denn mal was Schööööne s über Schööööneweide?«

»Was Schööööne s?«

»Ja, was denn sonst?«

»Äääh.«

»Du schreibst was Schöööne s über Schöööneweide. Versprochen?«

»Versprochen.«

Kuballa erinnerte sich daran, daß er eine ähnliche publizistische Heldentat auch schon den Kolbs angekündigt hatte, und als Jana immer lauter zu lallen begann, wünschte er sich, diese vollmundigen Zusagen nie gemacht zu haben.

Jana schien das Erdbeerbier zu Kopf gestiegen zu sein: »Das Schööööne in Schööööneweide, das übersieht ein Kuballa. Du solltest mal die Stärken deiner Brillengläser kontrollieren lassen. Wahrscheinlich siehste alles nur noch unscharf. Und kannste ja nur noch Nonsens schreiben. Oder tuste das sowieso? Wie hältste's überhaupt mit der Wahrheit?«

Mit der Wahrheit?

Diese nahezu literarische Frage überstieg Kuballas Fassungsvermögen.

»Na ja, ich kolportiere«, sagte er und ärgerte sich über Janas Brillenkommentar.

Kolportage? Nun wollte Jana unbedingt das Thema wechseln. In Oberschöneweide habe ein Schwitzbad aufgemacht, sagte sie nach einer kurzen Pause: die *Sauna Sabrina.*

Sauna, dachte Kuballa, das ist ein gutes Thema. Weil's dabei um Körperkultur geht.

Kuballa hatte gehofft, mit Jana schon viel früher über körperliche Nähe, über Körperkontakte reden zu können. Als er ihr von der Frau erzählte, die für den Frieden fickte, ging sie aber nicht auf das Thema ein. Und nun?

Der angetrunkene Kuballa betrachtete ihre rosa Bluse. Und die angetrunkene Jana erzählte, wann sie zum ersten Mal in die Sauna gegangen war.

»In München, das war dufte. Als ich bei der Bundestagswahl für *Mediamix* gearbeitet habe, da war ich in einem schnieken Hotel untergebracht. Jeden Abend bin ich in die Sauna gegangen. Da kiekste! Nach einer Woche war ich leider krank, ganz miese Erkältung. Zu viel Sauna halt. Fieber und Frieren, das war dann weniger dufte.«

»Und?«

»Was und?«

Kuballa wußte auch nicht so genau, worauf er eigentlich abzielte. Aber er konzentrierte sich noch einmal und stellte eine entscheidende Frage: »Und traust du dich seitdem noch in eine Sauna?«

»Herr Kolporteur«, flachste sie, »wollen wir morgen nachmittag schwitzen gehen?«

Kuballa wollte. Jana bestellte noch zwei Gläser Erdbeerbier, und Kuballa versprach ihr, sie beim nächsten journalistischen Auftrag als Fotografin mitzunehmen. Der Abend war gerettet.

n e u n

Kuballa und Jana wurden schnell Stammgäste in der *Sauna Sabrina*. Da Kuballa sich aber danach sehnte, die nackte Jana nicht nur angucken, sondern auch anfassen zu dürfen, verursachten die regelmäßigen Saunabesuche bei ihm einen Triebstau.

In der *Sauna Sabrina* hingen nämlich Schilder mit ausführlichen Verhaltensmaßregeln: Vor dem Saunabad den Körper reinigen, in sämtlichen Räumen den Mund halten, Körperkontakte vermeiden, keine mitgebrachten Speisen verzehren, auf keinen Fall die Ruheliegen länger als dreißig Minuten reserviert halten. Am liebsten hätte Kuballa alle Regeln gleichzeitig gebrochen. Er hielt sich natürlich zurück, und diese Zurückhaltung stachelte ihn weiter an.

Die *Sauna Sabrina* wurde von der kleinen und ab Mitte der neunziger Jahre langsam wachsenden Schöneweider Bürgerschicht besucht, also hauptsächlich von Kassiererinnen, von Telefoninterviewern und Postangestellten.

Elke und Katja, dachte Kuballa, würden bestimmt auch zu *Sabrina* kommen, wenn sie nicht so viel Angst hätten, Ingo dort zu treffen. Aber Ingo ging nach Schöneberg in eine Schwulensauna.

In der *Sauna Sabrina* kannte man sich. Allesamt nette Leute, die im Schwitzbad mit ihren frisch erworbenen Englischkenntnissen angaben, im Whirlpool über ihren strengen Chef lästerten, im Bräunungsstudio über Schlitzaugen herzogen und die ihren wöchentlichen Saunabesuch als Härtetest für das alltägliche Leben ansahen.

In der *Sauna Sabrina* sollte sich nicht erholt werden. Schwitzen sei Sport, sagte die Besitzerin Sabrina Heidkamp, und damit hatte sie nicht ganz unrecht, denn die Mentholaufgüsse ihrer Mitarbeiter waren martialisch. Die Haut wölbte sich, wenn der Saunameister nach dem Aufguß mit einem Handtuch über die Köpfe der Keuchenden wedelte; es waren fast hundert Grad Celsius in der sogenannten Trockensauna, und wenn alle laut genug stöhnten, wurde noch eine Eukalyptuslösung oder eine besonders schneidende Zitronenmischung auf den gußeisernen Ofen geschüttet. In der *Sauna Sabrina*, sagten die Gäste, treffe man Leidensgenossen. Alle waren sich einig, daß das Leben einerseits mit Mühen verbunden, daß man aber andererseits glücklich sei, sich den Eintrittspreis von über zwanzig Mark wenigstens einmal in der Woche leisten zu können.

Die Hitze und das gesellige Klima in den Schwitzstuben schienen auch Jana zu verändern; hier kam sie ständig auf ihre Exfreunde zu sprechen. Auf einen Fußballspieler aus Strausberg zum Beispiel, der seit der Wende nicht mehr Fußball spielte, sondern den Fanclub seines Vereins organisierte. Wenn Jana von ihren Exfreunden sprach, glaubte Kuballa, sie wolle ihn ärgern.

Das macht die doch absichtlich, dachte er. Demnächst gesteht sie mir noch, daß sie auch ein Affäre mit Akuszewski hatte. Oder besser noch: Meine liebe Jana hat wahrscheinlich gerade angefangen, mit dem Scheißkerl in die Kiste zu steigen!

Kuballa mochte Mittelstandssaunen nicht. Vielleicht, weil er den Mittelstand nicht mochte.

Was ist schon, dachte er, der Höllenbetrieb *Sabrina* gegen die Strandsauna in List auf Sylt?

Diesen Saunabetrieb hatte Kuballa oft besucht, damals in den Sommerferien, und immer wenn Jana von der Saunaphilosophie der Sabrina Heidkamp schwärmte, erzählte Kuballa von der Sylter Strandsauna.

»Weißt du«, begann er seine Beschreibung, ohne zu bemerken, daß diese Märchenonkelhaltung Jana nervte, »weißt du, die Bürgersleute in Schöneweide haben ihren Aufstieg im Visier, Kleinbürger eben, die sich angeberisch verhalten. Die Sylter Saunagänger sind abgehalfterte Industrielle. Die wissen, daß ihnen der Produktionsmittelbesitz zwar Geld, aber kein Glück beschert. Die Sylter Saunagänger witzeln stundenlang über ihre schlaffen Glieder und dicken Bäuche. Chef dieser Schwitzfabrik ist ein Schwabe, der seine Kunden wie ein Sklavenhändler mit unverständlichen Flüchen und Beschimpfungen durch seine Sauna jagt. Die Betroffenen beschweren sich nie. Die Anordnungen können noch so unsinnig sein, jeder befolgt sie. Der Furor des Schwaben gehört eben dazu. Der Furor gehört genauso dazu wie die lauwarmen Saunen, die deshalb nur lauwarm sind, weil der Schwabe ein notorischer Geizkragen ist. Der rechnet seinen fröstelnden Gästen genau vor, wie hoch der Eintrittspreis wäre, wenn er die Temperatur der Öfen nur um ein Grad Celsius erhöhen würde.«

Schön, sagte Jana nach solchen Ausführungen, daß es bei Sabrina Heidkamp anders zugehe: »Ist doch klar, daheim spielt man tagtäglich den strengen Chef. Und auf Sylt darf man endlich mal nach der Pfeife eines anderen tanzen. Jeder erholt sich auf seine Weise.«

Astreine Thälmannpionierlogik, dachte Kuballa.

Wenn es nach Jana gegangen wäre, hätte Kuballa sie mehrmals in der Woche zum Schwitzen begleiten sollen. Doch Kuballa versuchte, ihr die Saunabegeisterung auszureden. Was natürlich nur daran lag, daß er seinen sexuellen Notstand in den Griff bekommen wollte. Kuballa machte sich mittlerweile ernsthaft Sorgen, bei *Sabrina* einmal die Kontrolle über seine Körperfunktionen zu verlieren.

»Denk an die Erkältung in München«, sagte er. »Außerdem bist du dünn genug, das ewige Saunieren macht dich noch zu einer Äthiopierin.«

Für seinen Geschmack war Jana nicht dünn, sondern dürr. Kuballa hätte ihr, wenn es ihm erlaubt gewesen wäre, sehr gerne jeden Tag einen Teller Schokoladencreme zugeführt; aber er gab den verständnisvollen Kumpel.

Im Mai dreiundneunzig hatte er Jana kennengelernt, mittlerweile war es Dezember. Kuballa fühlte sich einsam. Ingo hatte einen neuen Freund (einen Schöneberger Saunameister) und war deshalb äußerst selten in Oberschöneweide. Die Kolbs traf er ebenfalls nur noch sporadisch, denn ihre Geschichten wiederholten sich. Jana schien Wert darauf zu legen, daß sich das kumpelhafte Verhältnis zu Kuballa nicht veränderte. Mit Akuszewski hatte Kuballa seit dem Überfall kein Wort mehr gewechselt, und zu allem Übel traf sich dieser Akuszewski in diesen Tagen immer häufiger mit der guten Jana.

Der führt die Jana, dachte Kuballa, in die besten Restaurants. Woher hat er denn das Geld? So gut, beruhigte sich Kuballa, werden die Restaurants aber doch nicht sein. Dafür fehlt dem Bauarbeiter der nötige Geschmackssinn. Die gehen wahrscheinlich zum Pizzabäcker.

Beim nächsten Saunabesuch fragte er seine Angebetete, ob denn der Akuszewski hinter ihr her sei, ob der Kerl sie möglicherweise belästige.

»Biste eifersüchtig?« lautete die Gegenfrage.

»Nö, bestimmt nicht«, sagte Kuballa.

Soll ich, dachte er, in einem Nebensatz vielleicht mal erwähnen, mit welchem Geld deine Pizzen bezahlt werden? Soll ich? Du wirst es nicht glauben. Eifersüchtig? Ich?

Jana, die offenbar ihren Saunabegleiter nicht vergrätzen wollte, fragte ihn, ob er mal ihre Mutter kennenlernen wolle.

»Ich habe ihr schon so viel von dir erzählt. Die ist ganz neugierig.«

Kuballa war ganz außer sich vor Freude.

Er mochte Ellinor Pitzke auf Anhieb. Und das, obwohl sie eine Kettenraucherin war und er Zigarettendunst nicht ausstehen konnte. Dafür schätzte Kuballa ihren Humor, und das war ausschlaggebend.

»Um ein Raucherbein brauche ich mir wenigstens keine Sorgen mehr zu machen«, sagte sie und zeigte auf das, was von den Beinen nach dem Autounfall übriggeblieben war.

»Mama!« Jana schüttelte den Kopf.

Ellinor Pitzke saß im Rollstuhl und schmauchte eine Zigarette nach der anderen. Und wenn sie nicht gerade rauchte, sortierte sie Zigarettenschachteln. Man hätte die Wohnung für einen Tabakladen halten können. Tausende Zigarettenpackungen standen in selbstgebastelten Regalen.

Fünftausenddreihundertzweiundsiebzig unterschiedliche Packungen aus sechsundachtzig Ländern habe sie mittlerweile gesammelt, sagte sie.

Die Sammelei, dachte Kuballa, ist ein gesamtdeutsches Phänomen. Herr Oberst sammelt Wissenswertes über die Weltrevolution, meine Mutter hortet Knoblauchpressen, ich bin hinter der Staatssicherheit her, und Frau Pitzke hat sich auf Zigarettenschachteln spezialisiert.

In ihrem ersten Leben war Ellinor Pitzke Sportlehrerin an einer Polytechnischen Oberschule in Lichtenberg. Nach dem Mauerfall unterrichtete sie an einer Realschule in Wilmersdorf, und dort verliebte sie sich in einen verheirateten Westkollegen. Am Sakrower See besaß sie eine Gartenlaube, in der sich die beiden heimlich trafen. Nach dem Crash mit dem japanischen Sportwagen verlor sie ihre Anstellung und bald auch ihren Liebhaber.

Wenn Kohle und Körper nicht mehr stimmen, dachte Kuballa, zerbricht auch die Liebe.

Ellinor Pitzke hätte allen Grund gehabt zu verzweifeln, und wahrscheinlich war sie auch verzweifelt. Sie erzählte pausenlos Witze, und jedesmal wenn sie sich eine neue Kippe ansteckte, kam die beinlose Frau genüßlich auf ihr fehlendes Raucherbein zu sprechen.

Ellinor Pitzke schwärmte von ihren Glimmstengelverpackungen; sie erzählte, wie sie an die sowjetischen Papyrossa mit bunten Tataren auf der Packung gekommen sei, wer ihr die indischen Beedies mitgebracht habe und daß sie alle Editionen der Totenkopfserie von Black Death besitze. Die Aufschriften der Schachteln konnte sie so eindrucksvoll vorlesen wie eine Werbesprecherin im Radio: »Um die Qualität dieser Zigarette nicht durch teure Ausstattung leiden zu lassen, vermeiden wir jeden Verpackungsluxus.«

Kuballa hörte der Gastgeberin gebannt zu, und Jana schien sich darüber zu freuen, daß der Mann, der sonst so schwierig war, ihrer Mutter offenbar gefiel. Und als Ellinor Pitzke bei der Verabschiedung auch noch fragte, ob Kuballa nicht Lust habe, im Sommer, wenn's wieder wärmer sei, mal zu ihrer Hütte am Sakrower See zu kommen, sah Jana so aus, als sei sie verliebt.

»Habe Lust«, sagte er.

Das Datschenleben, dachte Kuballa, kenne ich noch nicht.

Weihnachten stand vor der Tür. Der Elektroladen in der Wilhelminenhofstraße hatte wie jedes Jahr zur Adventszeit einen tanzenden Tannenbaum vor die Tür gestellt, der, wenn man ihm zu nahe kam, sogar *O Tannenbaum* zu singen begann.

Kuballa hatte zusammen mit Jana einen Nachmittag in der *Sauna Sabrina* verbracht und war nun auf dem Weg in die Rathenaustraße. Jana gab zu verstehen, daß sie gerne noch etwas mit ihm unternommen hätte, wenn sie nicht schon verabredet gewesen wäre.

»Mußt du auf deine Mutter aufpassen?«

»Nicht wirklich.«

Jana versuchte wohl zu verbergen, daß sie Akuszewski in Kreuzberg treffen werde, um mit ihm ins Kino zu gehen. Aber Kuballa bekam es trotzdem heraus, und so ging er mißmutig von der *Sauna Sabrina* nach Hause.

Ein singender Tannenbaum, dachte er, hat mir gerade noch gefehlt.

Der kalte Wind blies Kuballa ins Gesicht, und er beschloß, dem Treiben Akuszewskis demnächst ein jähes Ende zu setzen.

Der kurze Weg von der Edisonstraße in die Rathenaustraße kam ihm unendlich lang vor. Und er fürchtete sich vor seiner Wohnung; saukalt würde sie sein, und an dieser Saukälte war er nicht unschuldig. Denn die Ofenheizung benutzte er noch immer nicht.

Kohlestaub und Kohlegeruch, sagte Kuballa, ekeln mich an. Und dieser Ekel machte ihm eine Menge Scherereien. Der Ölradiator ruinierte nämlich regelmäßig die Sicherungen, weil das Gerät zweitausend Watt verbrauchte. Mehr als zweitausend Watt hielten die Sicherungen aber nicht aus, und wenn er neben dem Ölradiator noch ein zweites Elektrogerät anstellte, knallte es sofort im Sicherungskasten. Im Laufe der Zeit bekam er seine Stromverschwendung zwar besser in den Griff: erst heizen, dann staubsaugen, dann wieder heizen, dann Musik hören. Aber manchmal heizte er auch gar nicht. Kuballa saß dann, eingehüllt in seinen langen Kaschmirmantel, am Schreibtisch, oder er lag mit dem Mantel im Bett und überlegte, ob er den nach fiesen Braunkohlebriketts stinkenden Ofen doch anschmeißen solle.

Als sich Kuballa einmal, und zwar bei minus zehn Grad Außentemperatur, damit abgefunden hatte, in den sauren Apfel beißen und den Braunkohleofen in Betrieb nehmen zu müssen, erinnerte er sich in letzter Minute an einen Trick seines Bonner Hausarztes und Tropendoktors, der zuweilen auch in Alaska unterwegs war und der ihm nicht nur den Gin gegen die Mücken empfohlen, sondern auch wertvolle Tips im Kampf gegen die Kälte verraten hatte: Kuballa kochte daraufhin in der Küche stundenlang Wasser, so daß der Wasserdampf durch die Wohnung zog und seine kalte Höhle in ein wohltemperiertes Gewächshaus verwandelte.

Den Braunkohleofen benutzte Kuballa nie.

Vor der Wohnungstür lag ein Päckchen seiner Mutter. Der Paketdienst kam in Oberschöneweide immer am späten Nachmittag. Die Sendung war sorgsam beschriftet, unter anderem mit dem Hinweis für den Boten, er möge das Päckchen wieder mitnehmen und auf keinen Fall bei einem Nachbarn abgeben, falls der Empfänger, also Kuballa, nicht anzutreffen sei. Der Paketzusteller hatte sich also wieder einmal nicht an die Anweisung gehalten.

Die Anweisung hatte einen Grund: Kuballa war gerade nach Schöneweide gezogen, als er es mit einem Paketdieb zu tun bekam. Er hatte bei einem Buchversand den preiswerten Nachdruck einer Jean-Paul-Gesamtausgabe bestellt, und weil er vergeblich auf die Lieferung wartete, stellte Kuballa Nachforschungen an. Das Jean-Paul-Paket, versicherte ihm der Versand, sei ganz gewiß abgeschickt worden; das Jean-Paul-Paket sei ganz gewiß ausgeliefert worden, versicherte ihm auch die Beschwerdestelle der Post, die ihm schließlich die Kopie eines Formulars schickte, auf dem ein Unbekannter seine Unterschrift nachgeahmt hatte. Was allerdings schon an der Orthographie gescheitert war, denn der Dieb hatte mit *Kabulla* unterschrieben.

Der Dieb litt offenbar an einer ähnlichen Macke wie Kuballa, und das machte ihn wütend: Der Schwachkopf, sagte er, hat sich in seiner Schwachköpfigkeit noch nicht einmal meinen Namen gemerkt.

Mit der Kopie des Postdokuments zog Kuballa von Klingelbeschriftung zu Klingelbeschriftung. Im dritten Stock wurde er fündig. Da war sie: die Kinderhandschrift, die seinen Nachnamen falsch notiert hatte! Herr Überreiter war der Dieb!

Kuballa trat mit dem rechten Fuß gegen die Tür der Diebeswohnung, als plötzlich ein Trupp Feuerwehrmänner den Treppenflur empor rannte. Die Tür öffnete sich, der besoffene Herr Überreiter fiel dem Löschkommando in die Arme. In der Gefolgschaft der Feuerwehrmänner betrat Kuballa die Wohnung des Ganoven.

Ein Bild des Grauens: Überall lagen Buchseiten, zerfledderte Buchumschläge. Herr Überreiter hatte versucht, die Jean-Paul-Gesamtausgabe in seinem Kohleofen zu verfeuern. Mit dem Ergebnis, daß der Teppich im Wohnzimmer lichterloh brannte.

Zum Glück hatte Frau Kolb den Rauch bemerkt und rechtzeitig die Feuerwehr alarmiert.

Gut zu wissen, dachte Kuballa, daß Frau Oberst ihre Augen, Ohren und Nasenlöcher in Alarmbereitschaft hält.

»Das wäre«, sagte Frau Kolb den Feuerwehrleuten, »zu Ostzeiten nicht passiert. Damals hat noch eine gewisse Ordnung geherrscht, hier in der Rathenaustraße!«

Nach dem Vorfall wurden Kuballas Pakete zwar nicht länger den falschen Leuten ausgehändigt, dafür legte der Zusteller die Sendungen einfach vor die Wohnungstür.

Ostlogik, dachte Kuballa.

Im Päckchen seiner Mutter fand er neben einer Flasche Château Musar aus dem Jahr neunzehnhundertzweiundsiebzig eine Grußkarte mit Mondrianmuster auf der Bildseite und einem liebgemeinten Satz auf der Schreibseite.

Lieber Raimund, laß es Dir in Oberschöneweide auch mal einen Abend lang gutgehen. Gruß auch von Vati, Deine Mum.

Die Karte seiner Mutter regte ihn auf.

Erst neulich hatte er den Eltern geschrieben, wie interessant und inspirierend Oberschöneweide sei.

Ich kann, dachte Kuballa, die nächsten zwanzig Jahre in Schöneweide bleiben, meine Eltern wären jederzeit davon überzeugt, daß ich diesen Ort demnächst verlasse.

Nach Berlin zu ziehen in einer Zeit, in der es galt, die alte Bundeshauptstadt Bonn zu verteidigen, das war ein großer Fehler in den Augen seiner Mutter; das feine Godesberg gegen das scheußliche Schweineöde einzutauschen, das hielt sein Vater für spätpubertären Irrsinn. »Starrköpfig bist du«, hatten sie vor, während und in regelmäßigen Abständen nach seinem Umzug gesagt. Der Umzug war ein Verstoß gegen den guten Geschmack.

Gegen den Bad Godesberger Geschmack, dachte Kuballa. Den Bonner Geschmack. Den Bonn-Bad Godesberger Geschmack.

Kuballa wischte den Kellerstaub von der Flasche Château Musar. Meine Eltern, dachte er, wollen mit diesem in die Jahre gekommenen Rotwein die altehrwürdige Güte ihrer wundersamen Godesbergwelt beweisen. Sie haben diesen libanesischen Wein ausgewählt, weil sie genau wissen, daß ich ihn schätze, sie haben den Musar genommen, von dem die meisten Weinverkoster sagen, er dürfe nicht zu alt werden, von dem mein Vater, ein herausragender Sommelier, aber immer behauptet, er könne nicht alt genug sein.

Der Musar war sozusagen ein Symbol der Kennerschaft im Hause Kuballa. Die Flasche stand geöffnet auf dem Tisch. Kuballa wartete nicht lange. Aus Furcht, der Wein könnte sein Aroma verlieren, der Wein könnte, wie er sagte, im Glas zerbrechen, trank er zügig und hochkonzentriert. Als der Musar durch Kuballas Blutbahnen bis in seine Fingerspitzen vordrang, dachte er daran, wie oft er dieses Körpergefühl schon genossen hatte. Kuballa erinnerte sich an zahllose Zechereien, an die Nächte im Restaurant seiner Eltern, die einem bestimmten Ritus folgten. Nachdem die zahlenden Gäste das Lokal verlassen hatten, nachdem die Leibwächter die Limousinen aus den Nebenstraßen geholt, Frau Staatssekretärin noch einen Schnaps getankt und der blasenkranke Sohn vom Minister sich zum allerletzten Mal erleichtert hatte, kamen die Köche aus der Küche, kam der Vater mit zwei, drei Flaschen Château Musar aus dem Keller. Kuballas Mutter kümmerte sich um die letzten Rechnungen. Das Trinkgeld wurde aufgeteilt. Tisch siebzehn, da saßen zwei Generäle von der Hardthöhe, die hatten hundertfünfzig Mark gegeben.

Die Kellner kamen euphorisch zur Feierabendtafel, ein runder Tisch vor dem Kamin. Sie erzählten, wie sie einen Fauxpas (drei Tropfen Wein auf der Bluse der Frau Oberbürgermeisterin) gerade noch mal korrigiert hatten (Halstuch der Chefin über Flecken drapiert), wie sie das Lammfilet für Tisch zwölf zur rechten Sekunde aus dem Flambierfeuer genommen und wie sie mit dem eigenwilligen Tagescocktail aus zerstoßenen Minzblättern, frisch gepreßtem Pampelmusensaft und Mandellikör wieder mal alle Gäste überrascht und überzeugt hatten.

Eine Flasche nach der anderen wurde geöffnet, und die Stimmung am Feierabendtisch veränderte sich. Allmählich begannen die Kellner die Gäste zu diffamieren, dann moserten Kuballas Eltern über die Köche, und zum Schluß ging das anfänglich so friedliche Gelage in ein allgemeines Gezeter über.

Jedes Besäufnis im sonst so gediegenen Restaurant seiner Eltern war, meinte Kuballa sich zu erinnern, mit einer Schreierei geendet. Mit Beleidigungen. Die Fleischsaucen seien zu salzig gewesen, für das Menü an Tisch zwölf sei der falsche Wein empfohlen worden und er, Raimund, habe die Gäste wieder mal mit seinen politischen Traumtänzereien genervt.

Kuballas Eltern beschwerten sich, von lauter Ignoranten und Taugenichtsen umgeben zu sein. Die Angestellten drohten mit Kündigungen. Jeder zog beleidigt davon.

Ein jeder Morgen, entsann sich Kuballa, begann mit Friedensverhandlungen, die solange andauerten, bis die ersten Abendgäste eintrudelten. Pünktlich zum großen Schaulaufen, zum ersten Servieren hatten sich die Streithähne und Streithennen beruhigt, um die einstudierte

Restaurantnummer wieder perfekt durchziehen zu können, um nach der vollendeten Darbietung noch Kraft für das nächste Besäufnis und für eine Neuauflage des allabendlichen Gezeters zu haben.

Nur einer beteiligte sich an diesem Ritual nicht: Leopold Schneckenrieder, der Küchenchef, der sich weder von den Kellnern noch von Gisela und Ortfried Kuballa provozieren ließ; lächelnd beobachtete er die Streitenden. Schneckenrieder war ein fröhlicher Mensch. Während er kochte, pfiff er Mozartmelodien.

Kuballa aber mochte Schneckenrieder nicht nur, weil er ein begnadeter Koch war, ein renommierter Saucenkünstler, der auch noch Opern liebte. Schneckenrieder war ihm auch deshalb so sympathisch, weil der Koch bestimmte Tiere nicht ausstehen konnte, die auch Kuballa zuwider waren. Vor allem verabscheute Schneckenrieder Hunde. Leute, die von ihrem süßen Fiffi salbaderten, haßte er zutiefst. Im *Silberlöffelchen* herrschte selbstverständlich ein striktes Hundeverbot.

Schneckenrieder war ein leidenschaftlicher Fleischesser; es bereitete ihm sichtlich Vergnügen, Tiere zu zerlegen, und wenn der Hummer im Salzwasser zappelte oder er den Fröschen die Beine aus dem Leib riß, flötete er nicht mehr Mozart, sondern nur noch Wagner, und zwar eine sehr individuelle Version des Walkürenritts. Schneckenrieders Küchenkonzerte gehörten zu Kuballas prägendsten Musikerlebnissen.

Es ist eine wunderbare Erfahrung, dachte Kuballa, einen enthusiastischen Koch bei der Arbeit zu erleben. Als Kind hielt er den Küchenchef schon allein wegen seiner Körpermasse für den lieben Gott persönlich. Nur war Schneckenrieder leider nicht allmächtig, und dieses Manko verursachte ein großes Unglück.

Der Koch wohnte in einem Bad Godesberger Stadtteil namens Schweinheim; er hatte dort ein Appartement in einer Gründerzeitvilla gemietet. Die Villa teilten sich mehrere Familien. Nachdem ein betagtes Ehepaar die

Wohnung im Erdgeschoß verließ, um den Lebensabend in einem Altersheim zu beschließen, sollte ebendort eine Tierarztpraxis einziehen. Schneckenrieder hatte protestiert, viele Briefe an den Vermieter geschrieben. Vergeblich. Die Tierarztpraxis konnte er nicht verhindern.

Plötzlich beteiligte sich der Koch an den Streitereien am Feierabendtisch. Er beschimpfte jedes ihm bekannte Tier mit furchterregenden Ausdrücken, die man von ihm nicht gewohnt war. Der Koch war bislang nicht als grober, jähzorniger oder cholerischer Mensch aufgefallen. Nun aber häuften sich seine Ausfälle.

Eines Tages wollte Schneckenrieder tatsächlich Schäferhundfilet auf die Karte setzen; Kuballas Mutter konnte ihn gerade noch davon abhalten. Daß Schneckenrieder zum gigantischen Anschlag auf die Tierarztpraxis überging, konnte sie aber nicht verhindern. Er stellte Sprengstoff her, um schließlich sich und das schöne Gründerzeithaus in Schweinheim in die Luft zu jagen, und zwar an einem schönen Frühlingstag, als die Tierarztpraxis von allerlei Federvieh und etlichen Vierbeinern besucht war.

Schneckenrieders Anschlag löste wilde Spekulationen aus: Gewiß habe er so mächtig sein wollen wie die Leute, die er tagtäglich bekochte, mutmaßte ein Journalist, der im Restaurant der Kuballas verkehrte. War der Koch besessen, möglicherweise geistesgestört? Ein Terrorist? Ein Fundamentalist? Seine Gerichte, hieß es, seien in letzter Zeit schon ein wenig seltsam gewesen. Hummer in Kalbskopfgelee? Mit Gänselebermousse gefüllte Garnelen?

Für Kuballa blieb Schneckenrieder ein Held.

Der Château Musar gluckerte in seinem Bauch, und bevor er zu Bett ging, setzte er sich an den Schreibtisch und schrieb seinen ersten Zeitungsartikel.

Bei klarem Kopf, dachte Kuballa, kann man das ja nicht machen.

Er versuchte sich an der Reportage über Schöneweide, die er den Kolbs und Jana versprochen hatte. Das Versprechen blieb kein Geheimnis, die Kolbs hatten der Bäckersfrau und dem Metzger davon erzählt, und so wartete ganz Schöneweide auf den großen Bericht der angeblichen Edelfeder Kuballa.

z e h n

Kuballa hatte Ingo um zehn Uhr zum Frühstück eingeladen, doch als er tatsächlich um zehn Uhr klingelte, stand Kuballa noch unter der Dusche. Ingo war bislang nie pünktlich zum Frühstück erschienen.

»Die wollen dich lynchen«, sagte Ingo.

»Wie geht's überhaupt deinem Hintern? Ich meine ... der Analfistel?«

»Der Fistel geht's schlecht, und ich kann wieder sitzen.«

»Na, dann setz dich schon mal, ich zieh mir nur noch etwas an.«

»Die wollen dich lynchen«, sagte Ingo noch einmal, und weil er nicht von seinem Hintern erzählte, was er in den letzten beiden Monaten immer getan hatte, stutzte Kuballa: »Na, wer denn?«

»Alle«, sagte Ingo.

Kuballa kam in die Küche.

Ingo schlug den *Neuen Berliner Boten* auf, deutete mit dem Finger auf einen Artikel.

»Alle, die das gelesen haben.«

Kuballa piekste die Frühstückseier und gab sie ins kochende Wasser. Die Zeitung hatte also nicht lange gewartet und Kuballas Report über Schöneweide umgehend veröffentlicht. Und zwar am dritten Februar vierundneunzig.

Kuballa hatte sich mit dem Text gequält. Die erste Version, die im Rausch des libanesischen Rotweins entstanden war, hatte er verworfen. Kuballa hatte nämlich gar keine Reportage geschrieben. Es war eher eine Schulbuchparabel geworden, ein Text jedenfalls, der mit der

Wirklichkeit wenig zu tun hatte. Menschen kamen darin überhaupt nicht vor. Nur Lämmer und Wölfe, die allerdings denken und sprechen konnten.

In Kuballas Parabel waren die Lämmer die bösen Tiere, sie waren mit Laserraketen bewaffnet, und die Wölfe, friedfertige Naturwesen, die in grauer Vorzeit beschlossen hatten, ihre scharfen Zähne nicht mehr zum Töten, sondern zum Gräserpflücken zu gebrauchen, ängstigten sich furchtbar vor den militaristischen Lämmern. Die Wölfe hatten sich in Oberschöneweide verschanzt, der letzten lämmerfreien Zone. Als die bösen Lämmer ankündigten, auch dieses Fleckchen Erde einzunehmen, kam es zu einem Aufstand unter den Wölfen. Ihr Anführer Lupo rief seine Artgenossen dazu auf, endlich wieder die scharfen Zähne zum Lämmerreißen zu benutzen. Und so kam es dann auch. Kurz vor dem Lämmerangriff auf Schöneweide schlugen die Wölfe zu. Sie fraßen ihre überraschten Gegner einfach auf, und zwar mit einer Schnelligkeit, daß kein Lamm in der Lage war, auch nur eine einzige Laserrakete gegen die mordenden Wolfshorden abzufeuern. Fortan herrschte eine grausame Wolfsdiktatur im Parabelland. Denn die Wölfe nutzten nicht nur ihre Zähne zum Lämmerreißen, sondern sie waren nun auch im Besitz der Laserraketen ...

Der Text ist, dachte Kuballa, für einen journalistischen Zweck nicht zu gebrauchen, und so warf er dieses Stück, das er für eine Art visionäre Schulbuchliteratur hielt, am nächsten Tag in den Papierkorb. Zum Glück mußte er in diesen Tagen ohnehin überschüssige Energien abbauen. Denn Kuballa war außer sich. Akuszewski hatte sich wieder einmal mit Jana verabredet.

Ich mach den fertig, brüllte er, und als er schreiend am Schreibtisch saß, erfuhr Kuballa übers Radio auch noch, daß vor seiner Haustür an jenem Abend, an dem Akuszewski, wie Kuballa meinte, zum hundertfünfzigsten Mal mit Jana im Kino saß, auf dem Rathenauplatz drei Penner überfallen worden waren. Daraufhin setzte sich Kuballa wieder vor seine Optimaschreibmaschine und legte los. Noch einmal schrieb er über Schöneweide. Diesmal ohne Lämmer und ohne Wölfe.

Was der Akuszewski mit den Obdachlosen zu tun hat? Nichts? In Schweineöde, dachte Kuballa, ist alles mit allem verbunden.

Die Penner waren geschlagen, getreten worden. Einer der Obdachlosen starb infolge seiner inneren Verletzungen. Seitdem Kuballa in Schöneweide wohnte, waren vor seiner Haustür drei Wohnungslose umgebracht worden. Drei Tote in drei Jahren. Wobei Kuballa sich über die offiziellen Reaktionen weitaus mehr empörte als über die brutalen Morde.

Von Einzelfällen sprach der Bezirksbürgermeister, als ihn ein Radiomoderator fragte, warum sich die Anschläge gerade in Oberschöneweide häuften; alles Einzelfälle, sagte der Bezirksbürgermeister und merkte nicht, daß dieses Singularpluralwort selbst schon ein Widerspruch war; von fehlgeleiteten Einzeltätern sprach auch der Einsatzleiter der örtlichen Polizei, obwohl derselbe Einsatzleiter zuvor gesagt hatte, daß eine gut organisierte Tätergruppe zugeschlagen und zugetreten hätte. Bloß keine Aufregung, sagten die Geschäftsleute in Schöneweide, als Kuballa sie auf den Überfall ansprach. Das komme auch in anderen Bezirken vor, meinten die Händler, in Westdeutschland, überall. Die Geschäftsleute hatten in der Nachbarschaft einige Wohnungen gekauft. Der Ruf des Bezirks sollte sich endlich verbessern, die Mieten endlich steigen.

Die Stimmung im Kiez, sagte der Optiker Hesselbach, werde besser, und diesen Stimmungsaufschwung begrüße er, dieser Stimmungsaufschwung dürfe nicht zunichte gemacht werden. Weder durch Schläger noch durch Journalisten.

»Wann veröffentlichen Sie, Herr Kuballa, denn endlich Ihren Artikel über den Aufschwung in Oberschöneweide?« hatte der Optiker wenige Tage nach dem Überfall auf die Obdachlosen gefragt.

»Mal sehen, was sich machen läßt«, antwortete Kuballa.

Als er das Geschäft verließ, war sein Text schon im Druck. Auch die Überschrift stand fest: *SCHEISSEGAL IN SCHWEINEÖDE.*

Neben meiner Wohnung im Erdgeschoß residiert ein an Asthma leidender, cirka vierzigjähriger Mann, der zwei- bis dreimal in der Woche vor seiner oder meiner Wohnungstür übernachtet, weil er im Suff nicht mehr in der Lage ist, den Schlüssel in das Schloß zu stecken. Am Morgen hämmert er gegen meine Tür und kreischt: »Sie machen dauernd Krach. Kraach. Kraaaach!« Irgendwann beruhigt sich der Herr, bekotzt den Hausflur und kuschelt sich in seine Soße ein, und das, wie gesagt, zwei- bis dreimal in der Woche. Der Wahn dieses Frührentners ist aber noch gar nichts gegen die Angewohnheit der Dame, die zwei Stockwerke über mir wohnt. Nur mit Perlen bekleidet und einer Schnapsflasche in der Hand, schreitet die weit über sechzigjährige Frau – nicht nur bei Vollmond – über die Flure.

Die Perlenlady kann auf ein bewegtes Leben in Schweineöde zurückblicken: Einmal hausten in ihrer Wohnung die Maden, und zwar deshalb, weil ihr Nachbar sich zu Tode gesoffen und fast ein Jahr lang dort in seinem Saft geschmort hatte. Der tote Alki zog so manches Gefleuch an. Erst als die Postbotin die kleinen Würmer bemerkte, die über den Hausflur krochen, wurde die Polizei informiert. Der Perlenlady waren die Würmer egal. »Die Würmer«, brüllt sie noch heute auf ihren nächtlichen Wanderungen im Hausflur, »sind mir scheißegal.«

In unserem Hinterhaus herrscht selten Ruhe, Nachtruhe schon gar nicht. Ein reizendes Liebespaar mit Kind trennte sich mehrere Male und immer nach Sonnenuntergang auf die folgende, sehr unseriöse Weise: Er schlug sie mit ihren Cowboystiefeln grün und blau, brüllte und zerstörte Möbel, Gardinen und übriges Inventar. Sie floh mit Kind, er ging freiwillig zur Polizei. Einen knappen Monat später tauchte der Wüterich wieder auf. Zahm wie ein Zicklein heulte er im Hinterhof, beteuerte seine Unschuld, und erklärte allen, die aus dem Fenster guckten, wie sehr er Frau und Kind doch liebe. Die Nachbarn glaubten ihm. Frau und Kind empfingen den Kerl ohne besondere Sicherheitsvorkehrungen; ich wartete auf den nächsten Exzeß. Bei der nächsten Prügelorgie kam das Sondereinsatzkommando. Und die prügelten ebenfalls. Als ich einen Beamten fragte, warum er den Mann auch nach der Festnahme noch verdrosch, sagte er: »Der Kerl ist mir scheißegal, der hat doch seine Frau verprügelt, der soll sich mal nicht so anstellen.«

»This is not a lovesong«, witzelte Ingo, »and this is not good for the Mietspiegel.« Das Wort *Mietspiegel* sprach er so wenig berlinerisch und so englisch wie möglich aus. Kuballa hatte das Gefühl, daß Ingo sich nie wohler in Schöneweide gefühlt hatte als an dem Tag, an dem dieser Artikel erschien.

Es klingelte. Vor der dünnen Holztür war ein bedrohliches Stimmengewirr zu vernehmen.

»Die wollen dich lynchen, habe ich doch gesagt.« Ingo stand auf, ging zur Tür, hakte die Sicherheitskette ein und drehte den im Schlüsselloch steckenden Schlüssel einmal im Uhrzeigersinn.

Wer im Elend wohnt, verliert irgendwann den klaren Blick. Für mich ist Schweineöde ein Erlebnispark. Wer hier wohnt, ist eine Attraktion. Zynisch? Na gut, versuchen wir's mal mit Aufklärung: Wer in Schweineöde übers Elend spricht, wird böse angeschaut. Wer zu laut spricht, gilt als Verräter. Die Schwelle ist hoch. Wer will schon als Verräter gelten? Aber der Frust, der im Elend wuchs, ist stärker. Die Schwelle sinkt. Der Verrat erscheint vernünftig und notwendig. Schweineöde ist ein Erlebnispark. Wer hier wohnt, ist eine Attraktion.

Vor meiner Wohnungstür, dachte Kuballa, dort, wo sonst der Alki in seiner Kotze liegt, stehen sie nun, die Attraktionen, die nur eines nicht sein wollen: Attraktionen.

Ingo legte in den Küchenrekorder eine Kassette, die er mitgebracht hatte. Aus dem Lautsprecher des Gerätes ertönte gut vernehmbar die Nationalhymne der Deutschen Demokratischen Republik. Ingo sang mit, so laut er konnte. Das Wort *Ruinen* grölte er in besonders hoher Tonlage in Richtung Haustür. Die Wörter *Der Zukunft zugewandt* noch lauter. *Schlagen wir des Volkes Feind* ohrenbetäubend laut. *Die Sonne schön wie nie* wieder etwas leiser, tiefer.

Die Attraktionen, dachte Kuballa, schlagen gegen die Tür. Sie klingeln nicht mehr, sie trommeln.

»Sollen wir abhauen?« fragte Kuballa.

Das Küchenfenster stand offen.

Vom Hinterhof zum Nachbargrundstück, überlegte Kuballa, dann ins nächste Taxi und raus aus Schweineöde? Woran denkt Ingo?

An eine Flucht dachte er jedenfalls nicht. Als die letzten Töne der Ruinenhymne verklungen waren und als das Trommelfeuer an der Tür wieder zunahm, zog er sich aus. Nackt ging Ingo zur Tür, entriegelte und öffnete sie.

Verwirrt standen die Händler der Rathenaustraße vor dem nackten Ingo, vor Schöneweides beliebtem Postmann. Gesetzte Herren um die fünfzig. Kuballa erkannte den Fischhändler, den Optiker, den Fleischer. Die Perlenlady und die anderen Nachbarn, über die er geschrieben hatte, waren nicht erschienen.

Ingo hatte ein Messer in der Hand. Er schnitt sich in den Zeigefinger. Die Händler starrten auf seine blutige Hand.

»Wißt ihr, was das ist? Nein? Das ist das Blut eines

Aidskranken«, sagte er und schaute so grimmig, als sei er der Satan höchstpersönlich.

Ingo fuchtelte mit seinen blutverschmierten Händen vor den Köpfen der zurückweichenden Händler, die kurz aufjohlten, sich mit Zeitungspapier vor dem Angreifer zu schützen versuchten und schließlich davonrannten. Ingo schloß die Tür, wusch sich die Hände und zog sich wieder an.

»Auch die haben Angst, jeder hat Angst in Schweineöde«, sagte Kuballa.

Taxifahrer fürchten sich vor Schweineöde. Ich habe mal ein Taxi gerufen und den Fahrer gebeten, er möge einen Betrunkenen, der nicht mehr wußte, wo er war, und der auf den Straßenbahngleisen seinen Rausch auspennen wollte, gegen Vorauszahlung nach Hause befördern. Der Taxifahrer verschloß, als er realisierte, was zu tun war, eiligst die Autotüren und brauste davon. Dem Taxifahrer war der Betrunkene scheißegal.

»Siehste mal, wie gut es ist, einen Infizierten zu kennen«, sagte Ingo.

»Schön blöd, dir alles zu glauben«, erwiderte Kuballa.

»Die glauben nicht, die meinen zu wissen. Komm mit, ich zeig dir was!«

Die Händler hatten sich in ihre Geschäfte verzogen. Der Weg war frei. Ingo und Kuballa gingen die Rathenaustraße entlang. Zeitungsschnipsel wehten über den Bordstein.

Die beiden schlenderten zur Straßenbahnhaltestelle. Dort war eine neue Werbetafel angebracht. Kuballa sah Ingo doppelt. Unter seinem lebensgroßen Konterfei las man: *Ich habe Aids und was hast du?* Das war ein Plakat der Berliner Senatsverwaltung für Familie und Gesundheit.

»Stimmt das?« fragte Kuballa.

»Nee.«

Zwei Tage später erfuhr Kuballa, daß sich Schweineödes Händler nicht geschlagen gaben. Sie hatten nämlich inzwischen eine Mittelstandsvereinigung gegründet und planten eine Demonstration gegen den westdeutschen Schmierenjournalisten Kuballa und den Ausverkauf der Werte in Ostdeutschland. Als Ingo davon erzählte, war Kuballa davon überzeugt, es müsse sich um einen Ingowitz handeln. Es war jedoch der pure Ernst einer frisch gegründeten Mittelstandsvereinigung, die ihre Demonstrationsaufrufe auch im Postamt in Oberschöneweide aufgehängt hatte. Mittlerweile hatte sogar ein linksalternativer Journalist aus dem Westteil der Stadt den Fall für sich entdeckt. In einem Beitrag für sein Alternativblättchen polemisierte er gegen die, wie er schrieb, dreisten Lügen im *Neuen Berliner Boten* und behauptete, ohne sich informiert zu haben, daß der Autor Kuballa gar nicht existiere, sondern eine *Erfindung der Schweinepresse* sei. Der Alternativjournalist, so hieß es in dem Demonstrationsaufruf, wolle deshalb auf einer Kundgebung etwas über die, so stand es auf dem Plakat: *Unsitten im Boulevardjournalismus* erzählen.

»Komm, da demonstrieren wir mit«, sagte Ingo.

Die Demonstration wurde allerdings abgeblasen. Herr Kolb hatte, wie Kuballa bald erfuhr, seinen Einfluß geltend gemacht. Der Optiker Hesselbach, Geschäftsführer des neuen Händlerzusammenschlusses, war nämlich auch Mitglied der Partei des demokratischen Sozialismus, und da Herr Kolb im Schöneweider Bezirksvorstand der Partei saß, einigten sich die Genossen auf demokratisch-sozialistische Manier: Der eigentümliche Protestmarsch fand nicht statt, und dem Übeltäter wurde ins Gewissen geredet.

Kuballa war eigentlich sehr froh über diese Entwicklung und bedankte sich bei Herrn Kolb.

Warum, fragte er sich allerdings, hat er das getan? Herr Oberst, dachte Kuballa, du hast doch irgend etwas vor.

»Du brauchst andere Themen, Junge«, sagte Herr Kolb.

»Wir werden schon etwas für dich finden«, ergänzte seine Ehefrau.

Herr Kolb schlug einen Kuhhandel vor: Der Vorstand der Mittelstandsvereinigung werde seine Mitglieder davon überzeugen, Kuballa in Ruhe zu lassen, wenn dieser verspräche, keine Zeile mehr über Schöneweide zu veröffentlichen.

Als Kuballa Herrn Kolb kennenlernte, hielt er ihn für einen Gescheiterten, für einen Arbeiter im Ruhestand und Sozialistenfunktionär, der seine dahinschwindende Lebenskraft aus der sich entfernenden Vergangenheit, aus seinem Aktenordnerarchiv sog. Plötzlich aber waren die Lebensgeister des Herrn Kolb wieder erwacht.

Hat er sich bislang verstellt? Oder habe ich ihn falsch eingeschätzt? In Schweineöde, dachte Kuballa, werden wieder Schlachten geschlagen. Endlich kann Herr Oberst wieder Strategien entwickeln, um das Leben in seinem Umfeld so zu ordnen, wie er sich das wünscht.

»Hör genau zu, Genosse Journalist. Ich habe da eine neue Geschichte für dich. Damit es dir leichter fällt, Schöneweide in Ruhe zu lassen.« Herr Kolb erzählte, daß ein ehemaliger Kampfgruppenkollege Ende der siebziger Jahre ins Brandenburgische Harnekop gezogen sei, um dort ein besonders wichtiges Staatsobjekt zu bewachen.

»Damals wollte der über seinen Auftrag nie reden. Der hat nach wenigen Monaten Wachdienst sogar den Kontakt zu uns abgebrochen.« Aber nun habe sich Blumberg, so heiße der Kampfgruppenkollege, wieder bei ihm gemeldet, und nicht nur das, Blumberg habe von dem ehemals geheimen Staatsobjekt berichtet: von dem Atombunker des ehemaligen Verteidigungsministers der Deutschen Demokratischen Republik.

»Bislang hat noch kein Schreiber den Bunker von innen gesehen. Kuballa, das ist deine Chance«, sagte Herr Kolb.

Atombunker? Die gibt's überall in Berlin, dachte Kuballa. Überall in Westdeutschland. Marienthaler Trotzenberg, das ist ein mittelmäßiger deutscher Rotwein und nicht nur das, Marienthaler Trotzenberg, da lag die Notzentrale der Bundesregierung, versteckt in einem unscheinbaren Schieferhang des Ahrtals, von Weinreben bedeckt, die älter aussahen, als sie tatsächlich waren. Da kenn ich mich aus. In Atombunkern habe ich schon Partys gefeiert, als der Kalte Krieg noch im Gange war. Man mußte nur die richtigen Leute kennen. Heute ist es ja äußerst beliebt, in Atombunkern Partys zu feiern, aber ich bin mit meinen Eltern und einem Restaurantgast, der bei uns nur als *Unser General* geführt wurde, schon vor dem Mauerfall zu einer Bunkerparty eingeladen gewesen. Das wirst du nicht glauben, Herr Oberst, stimmt aber. An einem verregneten Herbsttag sind wir mit unserem General zum Marienthaler Trotzenberg gefahren. Der Bunker galt natürlich auch als Staatsgeheimnis; ein Besuch der Anlage mit Unbefugten war erstklassiger Hochverrat. Aber das hat uns nicht beunruhigt. Im Restaurant meiner Eltern konnte man jeden Abend einen erstklassigen Hochverrat belauschen. Es wurde gesoffen, gesungen und verraten. Wer viel weiß, will auch drüber reden. Ein Prosit auf den Kalten Krieg! Also, warum soll ich, da der Eiserne Vorhang gefallen ist, denn schon wieder einen Atombunker besuchen? Das ist doch reizlos. Die Dinger sehen überall gleich aus. Die haben dicke Wände, die sind spärlich eingerichtet, und es gibt trostlose, ellenlange Gänge. Ich soll wieder in die Tiefe, da war ich neulich schon. Das war prima. Im Salzstollen, da friert man nicht, da schwitzt man. Im Betonbunker ist es kalt. In der Kaligrube konnte man mit dem Fahrrad fahren. Im Atombunker kann man noch nicht einmal richtig gehen. Meistens muß man sich bücken. Ich werde mich noch, dachte Kuballa, zu einem Spezialisten für den unterirdischen Osten entwickeln! Wie dämlich! Denn jetzt ist hier oben ja auch etwas los. Nein! Da mache ich nicht mit!

Aber obwohl Kuballa den Ausflug zur Atomstation des Arbeiterundbauernstaates eigentlich ablehnte, war er dennoch von dem dubiosen Pakt fasziniert, den Herr Kolb und seine Parteigenossen ihm angeboten hatten.

Die haben ihr Handwerk nicht verlernt, dachte er. Alte Schule. Ein wenig zu offensichtlich, etwas tolldreist vielleicht. Aber effektiv? Herr Oberst, wollen wir doch mal sehen, ob ihr mich wirklich unter Kontrolle bekommt.

Kuballa schmunzelte: »Wann geht die Reise los?«

Nach diesem Abkommen wurde Kuballa in Schöneweides Geschäften wieder bedient. Nicht gerade zuvorkommend, aber er wurde nicht gleich rausgeschmissen. Die Händler verkniffen sich jeden Kommentar, jede Anspielung. Die Mittelstandsleute nahmen an, daß sie mit dem Journalisten Kuballa nie wieder Ärger haben würden.

Sie verlassen sich auf Herrn Oberst, dachte Kuballa. Deshalb haben sie ihn in den Bezirksvorstand der demokratischen Sozialisten gewählt. Und Herr Oberst freut sich, daß er beide Seiten kontrolliert, die Mittelstandsleute und mich.

Auch die Polizei las übrigens Zeitung. Eine Woche nach dem Händleraufstand erschien vor Kuballas Wohnungstür die Staatsgewalt, und zwar in Gestalt eines ergrauten Kommissars. Der Herr Kriminalist kam sofort zur Sache.

»Wenn Sie sich schon so gut in Schöneweide auskennen, können Sie mir vielleicht auch sagen, ob Ihnen jemand bekannt ist, der sich in letzter Zeit auffällig benimmt.«

»Wie auffällig?« fragte Kuballa.

»Wenn ein Mitbürger viel Geld ausgibt, obwohl er arbeitslos ist, dann wäre das ziemlich auffällig.«

»Glauben Sie wirklich, daß ich jemanden verpetzen könnte?«

»Wenn Sie einen triftigen Grund dafür haben, bestimmt.«

»Und der wäre?«

»Hören Sie, ich habe Ihren Artikel sorgfältig gelesen. Es gefällt Ihnen, Dinge auszuposaunen, die andere verschweigen.«

Was habe ich gesagt, dachte Kuballa, in Schweineöde ist alles mit allem verbunden.

e l f

Am ersten März vierundneunzig wurde Marek Akuszewski verhaftet. Herr Kolb stürmte in Kuballas Wohnung und sagte: »Gerade heute. Am Tag der NVA.«

Der alte Stratege, dachte Kuballa, sieht heute etwas verwirrt aus.

»Die Polizei hat einen Teil der Beute von dem Postüberfall in Mareks Keller gefunden, das kann doch nicht wahr sein«, brüllte Herr Kolb.

Am Tag der Nationalen Volksarmee verlor Herr Kolb kaum ein Wort über die Nationale Volksarmee.

Herr Kolb hatte um einen Lindenblütentee gebeten, doch bevor das Wasser heiß werden konnte, war er schon gegangen.

Der Besuch im Atombunker rückte näher, und Herr Kolb suchte noch einen Fotografen, der den Ausflug dokumentieren sollte. Kuballa hatte Jana vorgeschlagen.

»Die hätte beinahe nicht mitgemacht, wegen deiner blöden Eskapaden in der Zeitung«, sagte Herr Kolb.

Da hat Herr Oberst, dachte Kuballa, wohl auf sie eingeredet und sie schlußendlich überredet. Stell dir vor, wird er gesagt haben, wenn der Junge noch mal über Schöneweide herfällt.

Auf Kuballas Vorschlag hin hatten sich die Bunkerausflügler in der stumpfesten aller Schweineödekneipen, nämlich in der *Stumpfen Ecke* verabredet, um ein wenig über die Modalitäten der, wie Kuballa das nannte, Arbeitsablenkungsmaßnahme zu plaudern.

Als Jana die Kneipe betrat, saß Kuballa schon am Tresen. Jana, die so aussah, als hätte es drei Wochen lang geregnet, bestellte einen Orangensaft und fragte Kuballa, ob es ihm in der *Stumpfen Ecke* gefalle.

»Paßt doch zur Gegend«, sagte er.

Jetzt geht's gleich los, dachte Kuballa.

Bislang hatte Jana noch keine Gelegenheit gehabt, sich bei ihm über seinen Schweineödebericht zu beschweren. Was sie nun ausgiebig nachholte: Vorurteile, nichts als Vorurteile hätte er aneinandergereiht.

Warum, fragte sich Kuballa, fühlt die sich überhaupt angegriffen?

»Scheiß Wessivorurteile«, wiederholte Jana.

Sie war dermaßen gereizt, daß man sich kaum vorstellen konnte, sie sei jemals in Kuballa verschossen gewesen.

»Vorurteile? Und wenn sie zutreffen?«

»Tun sie aber nicht.« Ein Miesmacher sei er, sagte Jana, eine ewige Lästerzunge!

»Ingo meint, ich hätte nicht übertrieben, sondern maßlos untertrieben«, sagte Kuballa, der glaubte, daß es Jana eigentlich gar nicht um Schweineöde gehe, daß ihr Unmut über seinen Schweineödetext nur ein vorgeschobener sei, daß etwas ganz anderes sie umtreibe, daß er nur der Prellbock sei für ihre schlechte Laune. Kuballa hielt sich für ein Opfer weiblicher Unzurechnungsfähigkeit.

Die Jana, dachte er, ist über die Tatsache verärgert, daß ihr geliebter Akuszewski im Knast sitzt. Sonst nichts. Oder hat sie ihre Tage? Dann kann's ja noch heiter werden.

»Schweineöde, da kannst du sagen, was du willst, macht die Leute verrückt. Du siehst doch, was aus meinem Nachbarn, dem Marek geworden ist«, sagte Kuballa.

Jana rastete aus.

»Du bist doch nur neidisch. Zum Bankraub fehlt dir doch der Mumm.«

»Kann sein«, sagte Kuballa beleidigt, »auf jeden Fall würde ich mich nicht erwischen lassen.«

»Arschloch.«

Hätten die beiden nicht auf Herrn und Frau Kolb gewartet, wären sie gegangen, wären, ohne einander anzuschauen, aus der *Stumpfen Ecke* gerannt. Sie blieben aber und starrten sich an. Nach einer Weile nahm Jana das Gespräch wieder auf.

»Was suchste überhaupt hier? Ist das eine Art Lebensexperiment, in Oberschöneweide zu wohnen?«

Schon wieder ein Grundsatzgespräch, dachte Kuballa. Du magst keine Experimente, von wegen: kost the ost und test the west, du bist in Schweineöde geblieben, als deine Freunde nach Hamburg, München und Stuttgart gegangen sind. Aber warum? Warum bist du so lange in Ostdeutschland geblieben? Warum bist du nie an die Nordsee gefahren, immer nur an die Ostsee? An der Nordsee gibt es wenigstens eine ordentliche Brandung. Was? Du kennst die Nordseebrandung nicht? Nur das flaue Ostseegeplätscher? Dein kleiner Ausflug nach München zu *Mediamix*, war das schon alles? Nein? Was? Du bist kurz nach dem Mauerfall nach Spanien gefahren, an die Costa del Sol? Um dort deine Landsleute zu treffen? Ja, das ist wirklich ein Experiment. Pauschalangebot? Die Heimat ist weit, doch wir sind bereit! Den Vers kennst du doch, nein? Ich hab es nur nachgelesen, ich hab es nie gesungen, das Lied der Thälmannkolonne. Und du, alles vergessen? Die Heimat ist weit, doch wir sind bereit, hoppsassa, hier kommt die Gesellschaft für Sport und Technik. Dabei war die Heimat nie weit, sondern lag immer vor der Haustür. Pauschalangebot? Ferienhochhaus? Dreihundert Westmark alles inklusive. Der Strand ist zubetoniert. Was ist das für ein Gefühl, im siebzehnten Stock des Ferienhochhauses aufs Mittelmeer zu schauen? Ein Heimatgefühl? Ach. An der Costa del Sol serviert man sogar Ostbier? Die Heimat in weiter Ferne? Ferienhochhaus? Spanischer Plattenbau? Alles wie gehabt, die Handelsorganisation Heimat ist unverwüstlich ...

»Ich schau mir gern Exoten an«, sagte Kuballa, der keinen Wert mehr darauf legte, Jana zu gefallen. »Im Osten gibt's so viele Fidschis. Bevor ich nach Schweineöde kam, war ich in Vietnam. Das war weit weg. Das nächste Mal fahre ich noch weiter weg, da fahre ich auf die Fidschi-Inseln. Und weißt du was? Schweineöde liegt noch weiter weg als Vietnam und die Fidschi-Inseln. Schweineöde ist ...«

Kuballa holte Luft, um seine Entfernungshypothesen weiterzuspinnen, als Herr und Frau Kolb die *Stumpfe Ecke* betraten. Sie setzten sich, ohne ihre Mäntel auszuziehen. Es schien, als wollten sie gleich wieder gehen.

»Marek behauptet, daß er unschuldig ist«, sagte Herr Kolb.

»Und was sagt die Polizei?« fragte Kuballa mit einer Miene, als ginge ihn die ganze Geschichte nichts an.

»Die hat ihn festgenommen«, keifte Jana.

»Merkwürdig ist das schon«, sagte Frau Kolb. »Das Phantombild des Bankräubers paßt überhaupt nicht zu Mareks Gesicht.«

»Und das Geld?« fragte Kuballa. Herr Kolb kratzte sich am Kinn.

»Das beweist gar nichts«, sagte Jana patzig und bestellte noch einen Orangensaft.

»Die Moneten kann ihm doch auch jemand untergeschoben haben«, sagte Frau Kolb.

»Und wie sind die Bullen auf ihn aufmerksam geworden?« fragte Jana.

»Keine Ahnung«, sagte Herr Kolb.

Über den Bunkerausflug sprachen sie nicht. »Am Freitag um neun geht's los.« Das war alles, was Herr Kolb dazu sagte.

Die Fahrt nach Harnekop dauerte über zwei Stunden, also länger als die Strecke vermuten ließ. Was am Motor des Wartburgs lag, der hin und wieder merkwürdig brummte, und dieses Brummen verstand Herr Kolb als

Warnsignal, nicht schneller als fünfzig Stundenkilometer zu fahren.

Jana würdigte Kuballa mit keinem Blick.

»Ich glaube mittlerweile auch, daß irgendein Scheißkerl dem Marek die Kohle untergeschoben hat«, sagte sie.

Komm schon, dachte Kuballa, sprich's aus, was du vermutest. Du glaubst, ich sei der Scheißkerl. Das hieße aber, ich hätte mir eine Strumpfmaske übergezogen, ich wäre in die Post gestürmt, ich hätte die Moneten geraubt und bei Marek im Keller deponiert. Aber warum? Denkbar ist alles, klar. Aber ich ein Räuber? Ich, der ich zu feige bin. Zu feige für einen Banküberfall jedenfalls. Das hast du doch gesagt. Weißt du überhaupt, daß Ingos Kolleginnen alte Staatssicherheitsspitzel sind? Vielleicht hat der Akuszewski tatsächlich die Post überfallen, weil er glaubte, der Ingo würde ihn schon nicht verraten. Die Elke und die Katja halten ja auch das Maul, sonst werden sie vom Ingo verpfiffen. Der Akuszewski hat mir selbst erzählt, er werde eine Bank überfallen. Aber das kannst du dir nicht vorstellen. Der Akuszewski hat sich auffällig benommen. Er hat dich einmal zu oft zum Pizzaessen eingeladen. Und da hat die Polizei mal seinen Keller durchsucht und den Rest der Beute gefunden. Aber das willst du ja nicht wahrhaben.

Gegen Mittag kamen sie in Harnekop an. Hier gab es mehr Schilder mit der Aufschrift *Zum Bunker* als gewöhnliche Straßenschilder. Das Ziel war schnell erreicht. Es war der neunundzwanzigste Mai vierundneunzig, und Kuballa hatte den Eindruck, er würde eine Zeitreise antreten. Am Rande des Dorfes lagen verfallene Gehöfte, und auf der Straße sah man kaum einen Menschen.

Wird sich das hier mal ändern, fragte sich Kuballa. Oder wird der Ort absichtlich in diesem Zustand erhalten, damit die Leute nicht vergessen, wie schrecklich die Vergangenheit war?

Mir gefällt das Kaff, dachte er.

Bis auf Knoblauchzehen, Gin und Tonic Water hatte Kuballa nichts mehr im Haus, das man essen oder trinken konnte. Er hatte nicht damit gerechnet, daß die Polizei so langsam sein würde. Kuballa mußte einkaufen gehen, wenn er nicht verhungern wollte.

Er zog seine italienischen Slipper an, steckte den Wohnungsschlüssel ein und ging schnell durch den Hinterhof zum Ausgang. Kuballa wollte nicht gesehen werden. Zum Glück traf er im Hausflur nur eine neue Nachbarin, die Kuballa nicht kannte, von der er aber annahm, daß es eine der vielen Schwarzwohnerinnen war. Denn die Eigentumsverhältnisse waren – wie so häufig in Ostdeutschland – noch immer nicht geklärt, und so kamen regelmäßig Leute nach Schöneweide, die sich bei der Wohnbaugesellschaft nicht meldeten. Sie knackten die Türschlösser und besetzten den freien Wohnraum, von dem es auch nach den vielen Sanierungsmaßnahmen noch genug in Oberschöneweide gab.

Kuballa grüßte die neue Nachbarin mit einem kurzen Kopfnicken und huschte davon. Er wollte mit ihr nicht ins Gespräch kommen, und er wollte keine Fragen beantworten. Also rannte er zur Straßenbahnhaltestelle am Rathenauplatz und stieg in die nächste Bahn ein. In Schöneweide konnte er jetzt nicht mehr unerkannt einkaufen gehen. Die Bahn fuhr Richtung Köpenick.

Neben ihm saß eine Frau um die vierzig, die den *Neuen Berliner Boten* las. Kuballa las mit. Überschrift: *DDR-Disneyland.* Ein Unternehmen aus dem Westen plante offenbar, in Oberschöneweide einen Erlebnispark zu eröffnen, in dem die, so schrieb der Autor, *gute alte Ostzone* auferstehen solle. Statt Eintritt zu bezahlen, müsse der Besucher eine *lästige Grenzkontrolle* ertragen und sich zum Zwangsumtausch bereit erklären. Im *gemütlichen Zonenpark* könne man dann mit *aufgemöbelten Trabis* herumfahren und in Gaststätten mit unfreundlichen Kellnern dürfe man nach *langem Hin und Her typische DDR-Gerichte* bestellen.

Der Erlebnispark sollte in den alten und nun leerstehenden Industriehallen eingerichtet werden, an denen die Straßenbahn nun vorbeifuhr.

Die Frau, die neben Kuballa saß, war über die Pläne offenbar amüsiert, jedenfalls schmunzelte sie bei der Lektüre des Artikels.

Dann können sie mich ja als Experten für die Staatssicherheit einstellen, dachte Kuballa, und auch er lächelte einen Moment lang, bis sein Lächeln wieder von einem starren und traurigen Gesichtsausdruck ersetzt wurde.

In Köpenick verließ er die Straßenbahn und ging zum nächsten Supermarkt, nahm ein abgepacktes Brot, in Plastik eingeschweißten Käse und eine Dose Ravioli. Alles Dinge, die er bislang noch nie gekauft hatte. Als er die Waren bezahlte, bekam er eine Gänsehaut. Fertigessen war bislang absolut tabu. An diesem siebzehnten August neunundneunzig galten allerdings andere Maßstäbe.

Er packte die Lebensmittel in eine Tüte, verließ den Supermarkt und wartete auf die Bahn, die ihn wieder zurück in die Rathenaustraße bringen sollte.

Plötzlich stand vor Kuballa ein Mann, der freundlich grüßte.

»Guten Tag, Herr Kuballa«, sagte der Mann, der einen etwas abgewetzten Cordanzug trug. »Erkennen Sie mich denn nicht mehr? Ich bin's, Wesemüller. Ich habe Ihnen doch die Wohnung in Schweineöde besorgt. Wohnen Sie denn immer noch dort?«

»Ja, aber nicht mehr lange«, sagte Kuballa und bereute sofort, daß er überhaupt geantwortet hatte.

»Ach, wirklich. Gefällt's Ihnen denn nicht mehr in Schweineöde? Ist ja auch eine etwas tote Gegend. Wo ziehen Sie denn hin. Hier raus ins Grüne?«

»Weiß ich noch nicht«, log Kuballa.

»Wenn Sie was suchen, ich bin immer noch im Geschäft.«

»Vielen Dank«, sagte Kuballa und bemerkte, daß Wesemüller genauso betrunken war wie damals, als er in dessen Friedrichshainer Büro den Vermittlungsvertrag unterschrieben hatte.

»Interessieren Sie sich immer noch für die Stasi?« fragte Wesemüller.

»Nicht wirklich«, sagte Kuballa, der versuchte das Gespräch zu beenden.

»Versteh ich, immer dieses ollen Kamellen. Aber damals, Sie erinnern sich doch, da waren Sie ganz aufgeschlossen. Sie waren der erste und letzte Wessi, der sich wirklich für die Stasi interessiert hat.«

»Ja, ja.«

»Wissen Sie, mich hat so ein Typ angezeigt, den ich angeblich verpfiffen haben soll. Ich war halt Lehrer, das habe ich Ihnen bestimmt damals schon erzählt. Da mußte man kooperativ sein, aber jetzt wollen sie mir an den Kragen. Ich finde das wirklich verrückt, wenn man bedenkt, was sonst in diesem Land läuft. Die hohen Tiere von der Stasi, ich meine, Leute, die in der Führungsetage mitgemischt haben, das sind heutzutage richtige Stars. Die treten sogar im Fernsehen auf. Plaudern über ihre Vergangenheit in der Firma. Das ist jetzt wieder beliebt, sich einen echten Stasigeneral ins Fernsehen einzuladen. Die sprechen dann vom festen Klassenstandpunkt und davon, daß sie doch eine Fürsorgepflicht für die Menschen in der DDR gehabt hätten. Ich sage Ihnen, daß ich damals überhaupt keinen festen Standpunkt gehabt habe. Ich wollte durchkommen, sonst nichts. Und jetzt dürfen diese Leute ihre Fürsorgenummer verbreiten, ohne daß jemand hingeht und denen eins in die Fresse schlägt. Aber mich hat man angezeigt. Nach all den Jahren. Ich muß sogar vor Gericht aussagen. Keine Ahnung, was da rauskommt ...«

Kuballa erinnerte sich daran, daß er Wesemüller, als er ihn in Friedrichshain aufgesucht hatte, mit seinen Osterlebnissen aus der Schulzeit genervt hatte.

Der will sich jetzt wohl rächen, dachte Kuballa, und in diesem Augenblick kam die Straßenbahn.

»Viel Glück bei Ihrem Prozeß«, sagte Kuballa und stieg ein.

»Wiedersehn«, sagte Wesemüller.

zwölf

Ein kleiner Mann, fast könnte man sagen: ein Gnom empfing sie am Eingang des Harnekoper Bunkerareals.

»Wenn Sie zum Bunker wollen, dann folgen Sie mir jetzt bitte«, sagte der Mann. Es war Blumberg. Das *bitte* hätte er sich auch sparen können, denn seine Aufforderung, man möge ihm jetzt bitte folgen, war ein Befehl.

Kampfgruppentonfall, dachte Kuballa.

Herr und Frau Kolb starrten Blumberg verdattert an. Der Bunkerbeschützer hatte seinen ehemaligen Waffenbruder und dessen Frau nicht erkannt. Blumberg stieg auf sein Moped und knatterte los. Sie folgten ihm.

»Der hat sich nicht verändert, der hat Tomaten auf den Augen wie eh und je«, sagte Frau Kolb.

Auf einer Betonplattenstraße fuhren sie über ein Gelände, das eher wie eine Müllkippe als eine Militärstation aussah.

»Wartungseinheit zwölf«, sagte Herr Kolb.

Links und rechts des Fahrdammes standen Kasernenblöcke, deren Fenster eingeschlagen waren.

Wartungseinheit zwölf? Herr Oberst, dachte Kuballa, kennt sich aus.

Vor dem Bunkereingang standen gut dreißig Leute. Die meisten trugen Fotoapparate um den Bauch.

»Ein Privatissimo wird das nicht«, sagte Kuballa. »Von wegen der erste Journalist. Ganz schön beliebt bei Touristen, dieser Bunker des Herrn Genossen Kriegsminister.«

So gut, dachte Kuballa, hat sich der Herr Oberst also doch nicht informiert.

Herr Kolb schaute grimmig über den Platz. Offensichtlich hatte auch er sich den Empfang etwas anders vorgestellt.

»Den Kriegsminister nimmst du zurück«, murrte er.

Kuballa fragte Jana, ob sie nicht die Bunkertouristen aufnehmen wolle. Das sei doch ein Dokument der Zeitgeschichte: Touristenhorde vor Sozialistenbunker. Jana winkte ab, ohne Kuballa anzuschauen. Die Gruppe bildete einen unförmigen Halbkreis.

»Guten Tag, mein Name ist Blumberg, ich bin der Bunkerführer. Sie stehen vor dem Eingang des Atombunkers von Heinz Keßler, dem ehemaligen Verteidigungsminister der Deutschen Demokratischen Republik. Im Ernstfall wäre der Oberbefehlshaber der Nationalen Volksarmee hierher gekommen, um den Landstreitkräften die letzten Befehle zu erteilen.«

Jana fotografierte den Bunkerführer.

»Wie der sich aufspielt«, sagte Frau Kolb.

»Vor der Wende«, unterrichtete Blumberg die aufmerksameren Zuhörer, »wußte in dem Dörfchen Harnekop keiner, was sich hinter der Wartungseinheit zwölf verbirgt.« Dreihundert Soldaten, sagte Blumberg, hätten hier ein perfektes Ablenkungsmanöver durchgeführt, jahrelang, sagte Blumberg, ein perfektes Ablenkungsmanöver, und keinem sei etwas aufgefallen. Das Territorium sei so gut abgesperrt gewesen, daß niemand unerkannt und lebendig hätte eindringen können. Maschendraht, Stacheldraht und eine Viertausend-Volt-Hochspannungsleitung hätten die hochgeheime Militärstation gesichert.

Wahrscheinlich, dachte Kuballa, hat der Blumberg schon während des Kalten Kriegs reihenweise Besucher durch den Bunker geführt und dort unten literweise Russenwodka getrunken.

Herr und Frau Kolb tuschelten.

Bald wird der Bunkerführer, dachte Kuballa, durch einen Roboter ersetzt, so wie es auf westdeutschen Ritterburgen sprechende Automaten für Leute gibt, die keine Broschüre kaufen oder keine Führung mitmachen wollen.

Nachdem Blumberg die Vorzüge der zwei Tonnen schweren Stahltüren und die besondere Qualität der Schleusen zum Schutz vor atomarer, biologischer und chemischer Verseuchung gepriesen und diese Wundertürwände schließlich geöffnet hatte, marschierten Herr und Frau Kolb zum Bunkerführer.

Blumberg stand stramm. »Mensch, da seid ihr ja! Ich habe euch fast nicht erkannt. Ihr habt euch ziemlich verändert in all den Jahren.«

»Was man von dir nicht sagen kann«, sagte Herr Kolb. Die beiden umarmten sich. Frau Kolb stellte Jana und Kuballa dem Bunkerwächter vor. Dann ging die Führung weiter.

Blumberg ratterte technische Informationen runter. Kuballas Fragen, die sich weniger mit der Technik als mit den Leuten befaßten, die in dem Atombunker gearbeitet hatten, beantwortete er nicht oder nur sehr ungern. Wollte Kuballa etwa wissen, ob denn trotz aller Geheimhaltung wenigstens die Ehefrauen der Bunkersoldaten informiert gewesen seien, bestand Blumberg darauf, daß solch eine Frage niemals Gegenstand der Unterhaltung im Bunker gewesen sei und daß er, ein unverheirateter Mann, der mehr als zwanzig Jahre lang ein Bunkerleben geführt und nur selten die Anlage verlassen habe, ihm versichern könne, daß alle ihm bekannten Bunkersoldaten nie das Bedürfnis verspürt hätten, irgend jemandem irgend etwas zu erzählen. Am Familientisch, ergänzte Blumberg, hätte man doch ganz andere Probleme und nicht die Bunkerarbeit zu erörtern gehabt.

»Stundenlang unter der Erde zu sein, und dann nicht darüber reden, das kann ich mir nicht vorstellen«, sagte Kuballa.

Herr Kolb meinte, er solle mal nicht so sentimentale Fragen stellen.

Blumberg nickte, ging weiter und erklärte der staunenden Gruppe, daß in dem Bunker rund fünfhundert von General Keßler ausgesuchte Personen achtundzwanzig Tage lang ohne Hilfe der Außenwelt hätten überleben können. Durch einen Spezialfilter hätte das Bauwerk sechsunddreißig Stunden lang hermetisch abgeschlossen werden können.

Dann formulierte Blumberg einige Fragen und beantwortete sie geradewegs: Warum exakt achtundzwanzig Tage? Solange hätten die eingelagerten einhundertzehntausend Liter Dieselkraftstoff für die Notstromaggregate, die Wasserpumpe und die Kühlung der Lebensmittel ausgereicht. Warum exakt fünfhundert Personen? Die persönlichen Mitarbeiter des Herrn Verteidigungsminister Keßler und die Bunkerbesatzung hätten Platz finden sollen. Das seien hundertachtzig Mann operatives Personal, zweihundertfünfundzwanzig Mann in der Nachrichteneinheit, fünfundzwanzig Mann in der Rechenzentrale und fünfzig Techniker sowie zwanzig Leute für die Küchenbelegschaft. Die Mannschaft hätte sich hundertsechzig Schlafplätze teilen müssen.

»Wir waren allzeit gefechtsbereit«, sagte Blumberg.

Soll ich, überlegte Kuballa nach diesem Monolog, weiterhin freundliche Fragen stellen? Soll ich vielleicht lässig schweigen? Oder soll ich mal so richtig arrogant daherkommen?

»Nach achtundzwanzig Tagen also«, sagte er mit blasierter Miene, »wäre die Bunkerbesatzung aus ihrem gepanzerten Erdloch gekrabbelt, um dann langsam an den Strahlen, Viren oder Giftstoffen zu krepieren. Dolle Aussichten.«

Janas Blick konnte Kuballa entnehmen, daß sie sich über diese Bemerkung furchtbar aufregte. Blumberg ignorierte den meckernden Besucher.

Jana entschwand in den Nebenraum. Frau Kolb schaute bedrückt auf den Boden. Die restlichen Besucher, die sich untereinander zu kennen schienen, begannen mit den Füßen zu scharren.

Wie Hunde oder Hasen, dachte Kuballa.

Neununddreißig Meter neunzig breit, sagte Blumberg, dreiundsechzig Meter lang und einundzwanzig Meter tief sei der Koloß. Die Deckenplatte aus Stahlbeton sei sieben Meter, die Grundplatte drei Meter, die Außenwände seien auch drei Meter und die Innenwände anderthalb Meter dick. Der Betonkoloß sei abgefedert, jeder Bunkerraum habe einen Schwingfußboden; Betten, Regale und Kühlschränke seien ebenfalls an Federn aufgehängt.

Damit der große Rums, dachte Kuballa, die Überlebensstrategen nicht allzusehr durchgeschüttelt hätte.

Herr Kolb war begeistert. Jana auch. Kuballa nicht, was weniger daran lag, daß sie diesen Bunker besichtigten, den er unter anderen Umständen möglicherweise aus ästhetischen Gründen sehr gemocht hätte. Kuballa war schlecht gelaunt, weil Jana sich seiner Meinung nach so unverschämt verhielt. Wenn die Stimmung also besser gewesen wäre, hätte Kuballa wohl darüber nachgedacht, gleich in den Bunker einzuziehen. Immerhin war die Anlage vollgestellt mit Gegenständen aus jener untergegangenen Welt, die er zu erobern versuchte. Der mißgelaunte Kuballa aber hatte beschlossen, die, wie er meinte, Ehre eines anständigen Westdeutschen zu verteidigen.

Jana, dachte er, fotografiert jedes technische Gerät, das halbwegs nach Deutscher Demokratischer Republik aussieht. Wie blöde. Wenn kein Staub auf dem Zeug läge, würde es auch nicht fotografiert werden. Demnächst begeistert die sich auch noch für ostdeutschen Milbenkot.

Im ersten Untergeschoß besuchten sie das Medikamentenzimmer und den Operationssaal. Die Arzneiregale waren leergeräumt, die medizinischen Geräte fortgeschafft. Kaum vorstellbar, dachte Kuballa, daß hier einmal Strahlenopfer hätten behandelt werden sollen.

»Ich kann mir gut vorstellen, wie die Soldaten hier unten ums Überleben gekämpft hätten«, sagte Frau Kolb.

Auf den Spiegel in der Sterilisationsabteilung war ein

Totenkopf gemalt. Blumberg kicherte, als er den Schädel sah. Als sein Blick auf die SS-Rune unterhalb des Totenkopfes fiel, knipste er das Licht in der Sterilisationsabteilung aus.

»Zum Glück«, sagte Blumberg, »ist die Bunkerbeleuchtung noch intakt. Sonst müßten wir mit Taschenlampen umherlaufen.«

An den ausgeräumten Waffenkammern vorbei ging es zum sogenannten operativen Teil der Anlage, zu den Arbeitsräumen der Offiziere und der Kommandozentrale. Fernseher aus dem Kabelwerk Oberspree standen dort herum.

Schweineöde ist überall, dachte Kuballa.

»Neben *DDR 1* und *DDR 2* haben wir auch Westfernsehen empfangen können, natürlich nur zu Aufklärungszwecken«, sagte Blumberg und zeigte auf zwei Tasten, die mit *BRD 1* und *BRD 2* beschriftet waren.

Jana ignorierte die Knöpfe für die westdeutschen Fernsehkanäle und fotografierte die Hinweisschilder für das Ostfernsehen.

Abkürzungsidiotie, dachte Kuballa und stellte sich vor, um wieviel schöner es gewesen wäre, wenn die Fernsehkanäle zumindest *Bundesrepublik Eins* oder noch besser: *Sozialismus Zwei* geheißen hätten.

Die Besucher drückten auf alle Tasten, die in Reichweite waren. Der Knopf für den *SFB* ließ sich nicht mehr bewegen. Die Leute zogen weiter, folgten Blumberg.

Auf dem Kommandotisch lag eine Ausgabe der Zeitung *Der Neue Tag* vom dreizehnten Februar neunzehnhundertneunzig. Die Schlagzeile lautete: *Westreise von Hans Modrow: Politische Vernunft wird in Bonn mit am Tisch sitzen!*

Jana fotografierte die Ausgabe vom *Neuen Tag* nicht.

Ich würde sie fotografieren, dachte Kuballa.

Jana stand vor einer Wandkarte, auf der alle westdeutschen Fernmeldeämter und Truppenstützpunkte der Bundeswehr aufgezeichnet waren.

Blumberg ging zu Jana: »Wir haben uns eben über den Klassenfeind informiert, nicht wahr?«

Jana nickte. Herr und Frau Kolb lächelten. Die Besucher auch.

Was ist daran komisch? Wenn ich jetzt sage, dachte Kuballa, wie froh man doch sein könne, daß dieser Bunker ein Museum sei und der Klassenfeind gesiegt habe, dann würde nicht mehr gelacht werden, dann würde gemosert werden, dann würde der Klassenfeind einen Namen und eine Adresse bekommen.

Kuballa schwieg und folgte dem Troß zum Ministertrakt, zum Gemach von Heinz Keßler.

Holzfurnier an den Wänden, dachte Kuballa, beigefarbenes Holzimitat.

»Sprelacart«, sagte Frau Kolb.

Eine schlichte Sofagarnitur, ein Stahlbett. So wie in jedem Bunker. So wie in dem Bonner Bunker, dachte Kuballa.

»Sie sehen, meine Damen und Herren, luxuriös hat sich der Herr Verteidigungsminister nun wirklich nicht eingerichtet. Von wegen Bonzenbau, alles nur das Nötigste«, sagte Blumberg.

Warum verteidigen sie sich ständig, warum rechtfertigen sie sich? Glauben sie, irgend jemand wolle sie zur Verantwortung ziehen?

»Hier sieht es ja aus wie in dem Bonner Regierungsbunker. Na, abgesehen mal von dem Honeckerportrait«, sagte Kuballa.

Das darf aber nicht sein, dachte er, ein Ostbunker darf nicht so aussehen wie ein Westbunker.

Frau Kolb ging zu Blumberg. »Der meint es nicht so«, sagte sie. Doch Kuballa meinte es genau so, wie er es gesagt hatte.

Auf dem Nachttischchen im Ministertrakt stand ein rotes Telefon. »Das war der direkte Draht zum anderen Bunker«, sagte Blumberg.

Was? Noch einer? dachte Kuballa.

»Wo der Genosse Honecker saß und die anderen Minister. Nur hatten die nicht so viel Beton überm Kopf. Wahrscheinlich hätten bei einem Atomschlag nur der Herr Verteidigungsminister und seine Truppe in Harnekop überlebt.«

Nur die Krieger überstehen den Krieg, dachte Kuballa.

»Ich muß mal«, nörgelte ein Dreikäsehoch auf dem Weg ins zweite Untergeschoß.

Blumberg beruhigte den Steppke und führte ihn zur Toilettenabteilung, die neben Küche, Speisesaal und Schlafstätten lag. Dort floß das Wasser noch, rauhes Klopapier war auch vorhanden. Nur Klotüren gab es im Bunker nicht. Statt dessen schützte ein löchriger Plastikvorhang die Intimsphäre des Lokusbenutzers.

Schön ist das nicht, dachte Kuballa.

Allzulange, sagte Blumberg, habe ein Bunkersoldat auf dem Abort sowieso nicht gesessen. So viel Nahrung habe es nämlich gar nicht zu verdauen gegeben.

Blumberg hatte keksähnliche Riegel auf den Küchentisch gelegt, die neunzehnhundertachtundachtzig im Volkseigenen Betrieb Komprimate Magdeburg hergestellt worden waren.

»Zwei solche Stücke ersetzen eine volle Mahlzeit«, sagte er.

Die Kekse lagen auf einem weißen Porzellanteller. Herr Kolb nahm sie beiseite und zeigte Kuballa den Aufdruck auf der Tellerunterseite: *Dishwasher safe – Made in GDR*.

Das Zeug war, wie Kuballa sofort bemerkte, reif fürs Museum oder für die Aufnahme ins Register eines der vielen Vereine, die fieberhaft die sogenannte Alltagskultur der Deutschen Demokratischen Republik dokumentierten.

Ach wie süß, dachte er, ach wie niedlich! Eierbecher in Hühnerform, haufenweise Ehrenzeichen und Urkunden, Vaterländische Verdienstorden, Etiketten, ostdeutsche Piktogramme, Trabantenzubehör, Abrafaxe, Pipifaxe, ach wie süß, ach wie niedlich, Verpackungen für Goldbroiler aus dem Kombinat Industrielle Mast, jede Menge Plaste und Elaste, Pappschachteln, in denen die Ostliköre Sambalita, Jualita und Kalamansi verwahrt wurden. Ach wie süß, ach wie niedlich! Kumpeltodschnaps, ach wie lecker! Damals Bückware, heute Bückware. Produkte, dachte Kuballa, von Handelsorganisationen und Volkseigenen Betrieben, die nur Wehmut verbreiten, weil sie nicht mehr die Sehnsucht nach Westwaren auslösen können. Deshalb gibt's jetzt diesen Ostartikelboom. Kauft nicht geschmacklosen Westquark, kauft das köstliche Ostleckermäulchen!

Kuballa regte sich auf.

Nachdem Herr Kolb den Teller, *Dishwasher safe,* auf den Küchentisch zurückgelegt hatte, nahm sich Blumberg das gute Stück. Erst deutete er auf den Schriftzug *Made in GDR* und führte dann seinen rechten Zeigefinger mit dem Daumen zu einem Kreis zusammen. Erste Qualität, meinte er, Spitzentechnologie, Weltniveau!

»Wo steht denn die Geschirrspülmaschine?« fragte Kuballa.

»Das wäre doch eine prima Idee, solche Teller wieder zu produzieren«, sagte Frau Kolb und blickte Blumberg an, der nicht eingestehen wollte, daß ein Bunkerkader vergessen hatte, eine Geschirrspülmaschine einzubauen.

Blumberg präsentierte eine Garnitur Bunkerbesteck aus Aluminium beziehungsweise das, was von der, so nannte der Bunkerführer die Sammlung biegsamer Messer und Gabeln, *praktischen Alektogarnitur* übriggeblieben war.

»Das sind die letzten Löffel, die ich zeigen kann. Manche Besucher nehmen alles mit, was nicht angeklebt ist, selbst Bilder, die ich nachträglich aufgehängt habe, werden geklaut«, empörte sich Blumberg. Jana fotografierte den empörten Blumberg.

»Markenartikelsouvenirjäger«, sagte Kuballa.

Die Bunkerbesucher, dachte Kuballa, glotzen mich an:

Wen meint der Kerl damit? Uns? Wir sind keine Markenartikelsouvenirjäger! Doch, das seid ihr! Ein Wunder, daß bislang noch niemand auf die Idee kam, die lila Stofftapeten im Arbeitsbereich der Offiziere von den Wänden zu reißen, um damit das Vereinshaus irgendeines bekloppten Fanclubs für ostdeutsche Kulturgüter auszukleiden.

»Die gelben Plasteblumen im Eßzimmer hat noch keiner angerührt«, sagte Blumberg.

»Gelbe Plastikblumen sind keine ostdeutschen Markenartikel«, entgegnete Kuballa.

Frau Kolb konnte sich nicht mehr beherrschen; Kuballa verhalte sich wie ein Kleinkind, sagte sie.

»Er benimmt sich fast wie unser Sohn«, ergänzte Herr Kolb und bemühte sich, seine Frau zu beruhigen. Was ihm allerdings mit diesem Satz ganz und gar nicht gelang. Fassungslos starrte Frau Kolb ihren Mann an. Herr Kolb hatte offensichtlich etwas gesagt, was er niemals hätte sagen dürfen.

Stumm gingen die beiden weiter, ein Bunkergeschoß tiefer. Dort rauschte die Lüftung dermaßen laut, daß man Blumberg nur noch verstand, wenn man neben ihm stand. Kuballa hatte sich mindestens zehn Meter von Blumberg entfernt und hörte nur noch das Bunkerrauschen.

Blumberg kam zu Kuballa und brüllte ihm ins Ohr: »Die Ventilation läuft Tag und Nacht. Ansonsten könnte der Bunker nicht besichtigt werden. Wir würden alle ersticken. Aber keine Sorge, die Anlage funktioniert.«

Kuballa schaute auf die Robotroncomputer, die etwas groß geratenen, bildschirmorientierten Tastatur-Auftischgeräte, die mit kyrillischen Schriftzeichen versehen waren, und erinnerte sich an ein geflügeltes Wort, das Ingo erwähnt hatte: *Robotron – unsere Lösung, ihr Problem!*

»Im Krieg«, sagte Blumberg, »wäre Russisch die Kommandosprache gewesen. Und das, obwohl wir und nicht die Russen eine einheitliche Rechentechnik für die sozialistischen Länder entwickelt haben.« Er schlug mit der flachen Hand auf den Monitor eines Auftischgerätes, dessen Tastatur zerbrochen auf dem Boden lag.

Blumberg lachte hysterisch.

Von wegen deutsch-sowjetische Freundschaft, dachte Kuballa.

»Eure Mikroelektronik«, sagte er, »war wirklich nicht kleinzukriegen.«

»Hä?« murrte Herr Oberst.

»Nur ein Witz«, sagte Kuballa. »Ich dachte, der Witz ist bekannt.«

War er aber nicht.

Sie hatten die Schaltzentrale des Bunkers erreicht. Wer hier einen Schalter bewege, sagte Blumberg, könne die Sauerstoffzufuhr unterbrechen, das Licht ausstellen oder die Schleusen verschließen. Also Vorsicht!

»Gibt es auch einen Knopf für ein Selbstzerstörungsprogramm?« fragte Kuballa.

»Nein«, antwortete Blumberg irritiert.

Er blickte zu Herrn und Frau Kolb, die sich mit anderen Dingen zu beschäftigen schienen.

Die Kolbs, dachte Kuballa, behandeln mich wie ihren eigenen Sohn, sie maßregeln mich, wie es nur Eltern tun, und in einem Atombunker erfahre ich, daß sie tatsächlich einen eigenen Sohn haben, über den aber nicht gesprochen werden darf.

»In der Schaltzentrale«, sagte Blumberg, »habe ich über zwei Jahre lang gearbeitet.«

Einen Moment lang sah Blumberg so aus, als denke er an seinen vergangenen Schaltzentralendienst.

»Hier«, sagte er schließlich, »bewahre ich die letzten Stahlhelme und Gasmasken auf, die im Bunker geblieben sind.«

Stahlhelme und Gasmasken, dachte Kuballa, für die Bunkertouristen.

Jana fotografierte die Schalttafeln mit den bunten Lämpchen.

Blumberg zeigte auf einen dicken roten Hebel.

»Drücken Sie doch mal«, sagte er zu Jana.

Die will aber nicht drücken, dachte Kuballa, die will fotografieren, wie ein anderer den roten Hebel drückt. Jana kann aber nicht *nein* sagen.

Jana folgte Blumbergs Aufforderung. Ohrenbetäubendes Heulen schallte durch den Bunker. Jana hatte den Notalarm ausgelöst.

»Das war die Führung, auf Wiedersehen«, sagte Blumberg und lachte. Herr und Frau Kolb lachten nicht. Blumberg schlug ihnen vor, noch einen Kaffee trinken zu gehen.

Eine Kuchenschlacht? Fabelhaft, dachte Kuballa.

»Mir ist schlecht«, zischte Frau Kolb. Ihre Wangen hatten sich entfärbt.

»Wir kommen bald mal wieder«, sagte Herr Kolb, der sich zu wünschen schien, nie nach Harnekop gefahren zu sein.

Blumberg blickte Kuballa an.

»Wenn Sie noch Informationen brauchen ...«, sagte er.

»Ja, ich habe da noch eine Frage«, meinte Kuballa. »Die Räume werden doch pausenlos durchlüftet. Wer bezahlt das überhaupt? Die Bundeswehr?«

Blumberg faßte sich an den Kopf.

»Wer das bezahlt? Eine Müllfirma aus Berlin. Die schütten Abfall aufs Gelände. Die Lüftung ist in Betrieb, weil sie an die Wasserversorgung gekoppelt ist. Und da die Müllmänner ziemlich viel Wasser für ihre Wiederverwertungsanlage brauchen, läuft auch die Bunkerlüftung.«

»Ohne Müllfirma also keine Besichtigung?«

Blumberg nickte.

d r e i z e h n

Sie hatten Harnekop gerade verlassen, als Herr Kolb das Autoradio anschaltete und der Nachrichtensprecher die Meldung verlas, daß Erich Honecker im Alter von einundachtzig Jahren in Chile gestorben sei.

Totenstille im Wartburg.

Herr Kolb, dachte Kuballa, will etwas sagen, will seine Meinung über Erich kundtun, seine Meinung über den Sozialismus. Aber er sagt nichts, und an seinen Sohn denkt er auch nicht mehr.

Sie fuhren an einem Alleebaum vorbei, dessen Rinde aufgesprungen war. Vor dem Baum stand ein Holzkreuz; frische Blumen lagen darunter. Kurze Zeit später kam schon wieder ein Kreuz. Diesmal ohne Blumen. Das Kreuz war verwittert.

Endlich ist es warm, dachte Kuballa. Der Mai ist in Ostdeutschland der entscheidende Monat. Der April kann noch fürchterlich sein, grau und kalt. Im Mai kommt der Umschwung. Und nun stand der Juni vor der Tür.

Kuballa zählte Bäume. Ein Baum, zwei Bäume, drei Bäume. Beim hundertsten Alleebaum gab er die Zählerei auf.

Wann kommt wohl, fragte er sich, das nächste Kreuz?

Es kam keines mehr.

Die Fahrt ist sterbenslangweilig, dachte er, im Bunker haben wir uns wenigstens noch gestritten. In Gedanken spazierte er noch einmal durch die Gänge des unterirdischen Schutzraumes. Er betrat den Sanitätsraum, die Küche, die Schlafstätten. Und er stellte sich vor, wie es wohl gewesen wäre, wenn er selbst die Bunkersoldaten befehligt hätte. In seinen Gedanken hatte Kuballa seine Westbrille schon wieder abgelegt und war in eine schaurig-schöne Ostvergangenheit eingetaucht. Honecker war tot, und Kuballa lebte auf.

Als sie in Schöneweide eintrafen, gewitterte es. Die Kolbs eilten davon, ohne sich zu verabschieden. Sie verabschiedeten sich noch nicht einmal von Jana, die, von der Situation bedrückt, zu Kuballa ging und ihm sagte, sie werde sich demnächst mal bei ihm melden. Demnächst, das konnte alles und nichts bedeuten. Eines aber bedeutete es: Kuballa sollte sich nicht melden.

Wochenlang wartete er. Wochenlang ging er mit der Hoffnung zum Briefkasten, die Kolbs oder Jana hätten ihm eine kleine Nachricht hinterlassen. Wochenlang wurde er enttäuscht. Kuballa fühlte sich von allen verlassen.

Kommunikationsverweigerung, dachte er, gleich Liebesentzug. Herr und Frau Oberst spielen das Elternspiel. Und Jana das Liebesspiel. Emotionale Erpressung, da haben wir es.

Kuballa hatte Jana auf der Fahrt von Harnekop nach Berlin genau beobachtet: Warum hat die so lange auf meine Hände geschaut? Warum hat die hastig den Kopf zur Seite gedreht, als ich bemerkte, daß sich ihr Blick nicht nur auf meine Hände, sondern auch auf meine Arme, meinen Kopf richtete. Einbildung? Papperlapapp. Die will gar nicht sauer sein. Der Trotz gehört zum Liebesspiel. Und der Trotz muß gebrochen werden. Ich werde Jana besuchen. Weil sie mich sehen will, genau wie ich sie sehen will. Sie wird den Akuszewski vergessen, und sie wird meinen Schweineödetext vergessen. Alles wird gut. Und Herr und Frau Oberst? Wäre Honecker nicht gestorben, hätten wir im Laufe der Rückfahrt bestimmt das eine oder andere Wort gewechselt, hätten wir möglicherweise auch über den verlorenen Sohnemann reden können. Wo der wohl steckt? Lebt der überhaupt noch? Mit dem sollte ich mich mal unterhalten. Warum eigentlich nicht? Ich werde ihn suchen, und ich werde ihn finden. Herr und Frau Oberst spielen sich wie meine Stiefeltern auf, dann kann ich mich doch auch auf die Suche nach meinem Quasistiefbruder begeben.

Kuballa erzählte Ingo von seinem Vorhaben, und Ingo war sofort begeistert.

»Klar, den kenn ich. Manfred heißt der. Wir waren gemeinsam in der Schule. Irgendwann haben wir uns dann aus den Augen verloren. Ich glaube, der ist durchgebrannt. Ich hatte den völlig vergessen.«

»Und wohin ist er abgehauen?«

»Weiß ich nicht. Aber ich kenne da eine freundliche Dame, die das vielleicht wissen könnte.« Ingo erzählte von einer Nachbarin namens Frau Knösel, die in Schöneweides Volkshochschule kurzweilige Vorträge hielt.

Ingo kicherte wie ein Waschweib, als er aus einer Broschüre der Volkshochschule erfuhr, daß Frau Knösel mittlerweile jeden Dienstag ihre Botschaft unters Volk brachte. Und immer unter demselben Titel: *Meine Zeit als Informantin.*

»Ich bin eine Täterin«, begann Frau Knösel ihren Vortrag; ihr silbernes Kreuz, das sie um den Hals trug, baumelte wild umher, als sie seufzend Luft holte. »Ich bin eine Täterin«, sagte sie noch einmal. Zum Glück saßen Ingo und Kuballa in der letzten Reihe des überfüllten Volkshochschulsaals. Ingo konnte vor Lachen nämlich kaum auf dem Stuhl sitzen.

Frau Knösel berichtete, wie sie als kleines Mädchen von einem Nazischergen verprügelt worden sei, wie sie erst zur Kommunistischen Partei und dann zur Sozialistischen Einheitspartei gekommen sei, wie sie die Errungenschaften des Realsozialismus verteidigt habe, auch mit Mitteln, die sie heute ablehne, wie sie aufmerksam geguckt und gehorcht habe, auf daß ihr weder beim Betriebsfest noch bei der Geburtstagsfeier ihrer Nachbarin etwas entging, wie aufrichtig sie all ihre Schlechtigkeit heute bereue und wie glücklich sie nun sei, die Welt über das System von Guck und Horch aufklären zu können ...

»Gute Show«, sagte Ingo nach dem Vortrag.

»Etwas melodramatisch«, sagte Kuballa.

»Und alles gelogen.«

»?«

Ingo versuchte, Kuballa davon zu überzeugen, daß Frau Knösel weder überzeugte Kommunistin noch inoffizielle Mitarbeiterin gewesen sei. Kuballa konnte das kaum glauben; er hatte ihr das Spitzelgeständnis abgenommen, und die Geschichte mit dem Nazischergen gefiel ihm auch ganz gut.

»Die Knösel behauptet sogar, daß sie mich jahrelang observiert hätte. Jahrelang.«

»Hat sie?«

»Nö. Die suchten zwar eine Quelle in unserem Haus. Die haben sie auch gefunden. Aber die Knösel war es eben nicht. Die war zu unsicher. Niemand hat der geglaubt.«

»Mittlerweile glaubt man ihr.«

»Ich nehme mal an, daß die meisten Leute, die da saßen, mit der Stasi nichts zu tun hatten. Ist doch klar, wenn ich Dreck am Stecken habe, gehe ich doch nicht in die Volkshochschule zur ollen Knösel. Das war doch eine der vielen Transusen. Die Knösel lebte ihr Leben gemütlich vor sich hin, und sie hätte das Ende der DDR wahrscheinlich kaum bemerkt, wenn im Fernsehen nicht darüber berichtet worden wäre.«

»Vielleicht hat die Frau Knösel sich nicht mit *dir* beschäftigt, weil sie andere Leute im Blick hatte. Wer weiß das schon?«

»Ich weiß zum Beispiel, daß die olle Knösel das Meldebuch in unserem Haus führte. Ich hatte ja schon mal Besuch aus dem Westen. Und diesen Besuch mußte ich eigentlich in dem Meldebuch eintragen. Da kam ich also mal bei ihr vorbei, wollte mich ins Büchlein eintragen, und was sehe ich auf ihrem Wohnzimmertisch? Eine Frauenzeitschrift aus dem nichtsozialistischen Wirtschaftsgebiet. Frau Knösel bekam einen Panikanfall, als ich auf die Zeitschrift und nicht auf das Meldebuch geschaut habe. Wie eine Furie hat sie mich plötzlich angeschrien: Ich will endlich meine Ruhe haben! Dann hat sie geschwind ein Platzdeckchen auf die Zeitschrift gelegt.«

»Und warum kennt sie sich dann so gut aus im Spitzelmetier?«

»Weil solche Geschichten, das weißte doch, tagtäglich in der Zeitung stehen. Weil jede noch so banale Ostbiographie von einem Schreiberling festgehalten und verwurstet wird. Die Knösel wußte lediglich, wer in Schöneweide mit wem ins Bett ging und wann der Bäcker mal wieder frischen Apfelkuchen im Angebot hatte. Das war's auch schon.«

»Wer mit wem ins Bett ging? Das reicht doch.«

»Nee, nee. Die olle Knösel hat einen Knall. Die leidet unter ihrer fiktiven Täterschaft. Am besten wir verschaffen der mal ein Erfolgserlebnis.«

Und Frau Knösel war tatsächlich überglücklich, einem ihrer angeblichen Opfer zu helfen und dem armen Ingo alles zu erzählen, was sie über den Sohn der Kolbs wußte.

»Wenn das kein unsittlicher Antrag ist«, sagte sie mit einem Zittern in der Stimme, und Kuballa begriff nun, daß es einer der wenigen unsittlichen Anträge war, die sie bislang in ihrem Leben erhalten hatte.

»Ach, der Manfred«, sagte Frau Knösel, »der ist Pfarrer geworden, auf Hiddensee.«

»Das hilft uns wirklich weiter«, sagte Ingo tief betroffen, »Pfarrer ist er also geworden.«

»Wollt ihr den Lieben denn besuchen?«

»Das müssen wir uns noch überlegen«, sagte Ingo mit gesenkten Augenlidern. »Immerhin taucht der Manfred mehrmals in meiner Akte auf.« Ingo log auffällig schlecht.

»O mein Gott, der Manfred auch ... trotzdem, trotzdem, richtet dem Manfred bitte schöne Grüße von mir aus.« Dicke Schweißperlen liefen über Frau Knösels Stirn.

»Das dürfen wir nicht«, sagte Ingo mit einer Grabesstimme, »sonst weiß der Herr Pfarrer, wer ihn verraten hat. Frau Knösel, wenn das die Runde macht!«

Der Sommer stand vor der Tür. Was lag näher als Hiddensee und ein Gottesdienst auf einem schmucken Eiland? Auf Hiddensee waren jedoch alle Zimmer belegt. Zur Hochsaison, hieß in der Touristeninformation, seien die Übernachtungsmöglichkeiten schon ein Jahr im voraus belegt. Die Stammgäste verbringen ihren Sommerurlaub auf Hiddensee und buchen zum Ende der Ferienzeit gleich fürs nächste Jahr. Die Suche nach dem verlorenen Sohn mußte also aufgeschoben werden.

»Ich kann ja schlecht«, sagte Ingo, »den Pfarrer Kolb anrufen und sagen, weißt du noch damals, in der Schule, und jetzt bist du Pastor, wie schön, und noch schöner wäre es, wenn du mir ein Gästezimmer anbietest. Damit ich's nicht vergesse, da ist noch jemand dabei, Kuballa heißt der.«

»Schon klar.«

»Silvester ist noch etwas frei, hat die Frau von der Zimmervermittlung gesagt.«

»Also Silvester«, sagte Kuballa.

»Doppelzimmer oder zwei Einzelzimmer?«

»Doppelzimmer ist okay.«

Der Trip nach Hiddensee war organisiert; nun konnte sich Kuballa endlich wieder um Jana kümmern. Erst wollte er sie bei *Mediamix* besuchen. Er entschied sich dagegen. Dann plante er, bei ihr zu Hause vorbeizuschauen. Zu aufdringlich, dachte er. Einen Brief? Ein Geschenk? Ein Versöhnungsgeschenk? Bin doch kein Weichei, dachte er.

Wochen vergingen, und Jana hatte sich noch immer nicht bei Kuballa gemeldet. Er sah keinen anderen Ausweg: Ein Geschenk, dachte er nun, warum nicht? Welch ein grandioser Einfall!

Kuballa redete sich ein, noch nie eine so gute Idee gehabt zu haben. Womit er vor dem nächsten Problem stand: Wie mochte ein solches Präsent aussehen?

Das alte Leid, dachte Kuballa. Entweder besitzen die Leute schon alles, was man ihnen schenken könnte – wie das bei Eltern normalerweise der Fall ist – oder man kennt die Leute nicht gut genug, um originell sein zu können und die wartenden Fettnäpfchen zu umgehen. Janas Mutter, überlegte er, wäre möglicherweise mit einem Satz Zigarettenschachteln zu beglücken. Oder auch nicht, sie besitzt ja fast alle Schachteln, die es auf der Welt gibt. Und Jana? Keine Ahnung. Vielleicht eine Packung Farbfilme mit hoher Lichtempfindlichkeit, besonders geeignet für geschlossene Räume. Tolles Geschenk.

Jana, erinnerte sich Kuballa, hatte mehrmals von ihren Familienfotos gesprochen, die sie, als sie noch klein war, allesamt hatte wegschmeißen müssen. Denn nach einem Rohrbruch war der Keller vollgelaufen, und die Alben mit den Familienfotos hatten sich mehr oder weniger aufgelöst. Sie habe, sagte Jana, überhaupt keine Vorstellung, wie ihre Großeltern ausgesehen haben mögen. Seitdem schaue sie sich gerne die Fotos von anderen Familien an, besonders die alten schwarzweißen Aufnahmen mit dem gezackten Rand.

Wie rührend, dachte Kuballa.

Er fuhr nach Neukölln. Dort gab es eine Reihe von Wohnungsauflösungsläden, die mit alten Topfen, Gemälden, Schränken, Betten, Hosen, Mützen, Büchern, Teppichen, Lampen, Münzen, Briefmarken und Objekten, die keinen Namen haben, vollgestopft waren. Bislang hatte er noch nie einen dieser, wie er sie nannte, verwunschenen Verkaufsräume betreten.

Der Schlüpfer von Oma Ursel aus Wedding geht mich nichts an, dachte er. Ich will mit den Wohnungsresten verblichener Menschen nichts zu tun haben, mit den Überbleibseln von Leuten ohne einen einzigen Freund, der sich nach dem Tod um eine mehr oder weniger würdevolle Verwendung des Nachlasses hätte kümmern können. Und nun stehe ich inmitten der Welt anonymer Wohnungsauflösungen, auf der Suche nach einem alten Familienalbum!

Tja, ich interessiere mich ja auch für die Staatssicherheit, dachte er.

Nach wenigen Minuten stieß Kuballa in einer Wühlkiste auf einen in dunkelbraunes Leder eingeschlagenen Fotoband, dessen Hauptfigur ein gewisser Helmut zu sein schien.

Na bitte, dachte Kuballa, das sind sogar Schwarzweißabzüge mit gezacktem Rand, vermutlich aus den zwanziger und dreißiger Jahren.

Eltern und Großeltern stand auf dem Album geschrieben. Helmut als kleiner Junge neben einem Schneemann. Helmut im Sommer am See. Helmut mit Schultüte. Helmut in Wehrmachtsuniform. Helmut vor einem zerbombten Haus. Ab der Mitte des Albums kamen Farbfotos hinzu; vermutlich aus den fünfziger, sechziger und siebziger Jahren: Helmut hatte Moskau besucht, er war in Spanien, er hatte sich vor den Pyramiden von Gizeh und dem Big Ben fotografieren lassen. Da gab es eine Bilderserie zu einer Geburtstagsparty. Die zwölf anwesenden Gäste lächelten ins Objektiv. Die Männer trugen Anzüge, mit und ohne Krawatte. Die Frauen hatten sich allesamt für züchtige Bluserockkombinationen entschieden. Das Geburtstagskind wurde umarmt und geküßt, und zwar von jeder Dame, die anwesend war. Jede Umarmung, ein Schnappschuß. Es wurde im Wohnzimmer getanzt, ein Foto, es wurde das Sakko ausgezogen, ein Foto, es wurden Texte vorgelesen, es wurde gelacht, Fotos über Fotos.

Wie alt mochte Helmut gewesen sein, als diese Bilder aufgenommen wurden? Zwischen vierzig und fünfzig, schätzte Kuballa.

In Sütterlinschrift war *2. Februar 1963* unter die Geburtstagsbilder geschrieben; Kuballa blätterte weiter, und das Album brach ab. Die letzten drei Seiten waren leer. Da fehlten Jahrzehnte.

Helmut, dachte Kuballa, kann doch noch nicht so früh gestorben sein. Hat er die späteren Bilder in ein anderes Album geklebt? Und warum taucht das Album ausgerechnet in diesem Laden auf?

»Kann ich Ihnen helfen?« fragte der Ladenbesitzer.

»Ich nehme das hier«, sagte Kuballa und legte Helmuts Fotokollektion auf den Kassentisch. Sie kostete drei Mark. Und er fand auch noch ein Mitbringsel für Janas Mutter; eine internationale Feuerzeugsammlung. Zwanzig Benzinfeuerzeuge unter anderem aus Taiwan, den Vereinigten Staaten und Südafrika, die sogar noch funktionierten. Zufrieden fuhr er nach Schöneweide zurück.

Das war, dachte er, das Glück des Tüchtigen. Und das Glück sollte ihm an diesem Tag noch weiter hold sein: In Schöneweides Bahnhofshalle war ein Stand mit weißgrün gestreiften Werbefähnchen aufgebaut; picklige Mädchen in ebenfalls weiß-grün gestreiften Uniformen verteilten Prospekte zum Auftakt der Galoppsaison in Hoppegarten.

Ob die hier, überlegte Kuballa, die richtige Kundschaft finden? Reitsportfreunde in Schweineöde?

Er ließ sich ein Faltblatt geben.

Glücksspiel, Pferdewetten ... gab es so was in der Deutschen Demokratischen Republik? Oder war das verboten?

Kuballas Eltern waren richtige Pferdenarren. Sie ritten zwar nicht selbst, sie kannten sich aber sehr gut aus und wußten, welches Pferd am schnellsten rannte.

Kuballa war heilfroh, wenn seine Eltern einen Sonntagsausflug zu den Renntagen in Köln oder Aachen ankündigten. Dann wurde er urplötzlich krank, hatte Magenschmerzen oder dergleichen. Das wird schon wieder, sagten seine Eltern und ließen ihn daheim. Die Übelkeit verging genauso schnell, wie sie gekommen war: Kerngesund entstieg er dem Bett, sobald seine Eltern im Auto saßen und er festgestellt hatte, daß auch kein Angestellter mehr im großen Wirtshaus verweilte (hin und wieder trödelte die Putzfrau).

Allein daheim. Damals gab es nichts Größeres für ihn; er konnte im Keller zwischen den Weinflaschen herumstöbern (wenn dort nicht gerade die Hummer hausten), er ging in die kleine Backstube, um am frischen Hefeteig zu naschen, er führte sich im Kühlhaus diverse Amusegueules zu Gemüte, Canapés mit Wolfsbarschterrine und Wachteleiersalat. Kuballa testete die unterschiedlichen Dressings und verschlang Schneckenrieders Dessertcremes. Manchmal stellte er sich auch an die Kochstelle, briet argentinische Rinderfilets und dünstete die eigenhändig marinierten Seeteufelbäckchen.

Wenn Kuballas Eltern von ihren sonntäglichen Pferdenachmittagen zurückkamen, war ihm regelmäßig kotzübel. So viel hatte er durcheinander gefressen. Und so verbrachte er zahlreiche Montage beim Arzt, der seine verwunderten Eltern aufforderte, ihn nicht zu mästen.

Schneckenrieder hätte den Freßsack anschwärzen können; dem Koch war natürlich aufgefallen, daß der kleine Kuballa die Bestände an Rinderfilets und Seeteufelbäckchen minimiert hatte. Doch Schneckenrieder verriet ihn nie.

Das Mädchen in Uniform stand noch immer vor Kuballa.

Was wollte die noch von mir? Ach so, Tickets fürs Pferderennen verkaufen.

Sie erklärte ihm, daß man Eintrittskarten für einzelne

Veranstaltungen, aber auch ein Dauerabonnement für die ganze Saison erstehen könne. Beim Abonnement würde man zwanzig Prozent pro Karte sparen, und im übrigen erhalte sie, die Schülerin mit dem knappen Taschengeld, beim Aboverkauf eine höhere Provision.

Kuballa nahm drei Einzelkarten für den Renntag am einunddreißigsten August. Dem Mädchen gab er zehn Mark Trinkgeld.

Spendabel, lobte sich Kuballa, spendabel!

Die Karten legte er in die Tüte mit dem Fotoalbum und der Feuerzeugsammlung.

Das ist ja wie Jahresendfeier und Jugendweihe zusammen, dachte Kuballa.

Geschenkpapier hatte er keines, und so verpackte Kuballa die Präsente in Aluminiumfolie, umwickelte sie mit Zeitungspapier, steckte sie auch noch in eine Plastiktüte, band eine Kordel um das Päckchen und brachte es zur Post.

Ingo stand hinter dem Schalter und nahm das Objekt entgegen, das nach einer Warensendung aus der Dritten Welt beziehungsweise wie ein realsozialistischer Postmietbehälter aussah; Ingo schien sich zu wundern, daß Kuballa Schöneweide durchquert hatte, um ein Päckchen nach Schöneweide zu verschicken, das er bequemer hätte selber vorbeibringen können. Ingo schüttelte das kleine Paket und führte es zu seinem linken Ohr.

»Da ist eine Bombe drin«, sagte Kuballa.

»Und wann geht die Bombe hoch?« spottete Ingo.

»Wenn das Päckchen geöffnet wird.«

Eine Postangestellte beäugte die beiden.

Kuballa überlegte: Ist das nun Elke? Oder Katja?

Vier Tage später stand Jana vor Kuballas Wohnungstür. Und neben ihr saß im Rollstuhl Ellinor Pitzke. Sie hatten Kuchen mitgebracht und strahlten. Kuballa fiel ein Stein vom Herzen. Die ganze Geschenkaktion hätte ja auch schiefgehen können.

»Wir wollten schon seit ewigen Zeiten mal zu einem Galopprennen«, sagte Mutter Pitzke.

»Seit ewigen Zeiten?«

»Es gab damals schöne Feiern in Hoppegarten, das Fest der Konsumgenossenschaften zum Beispiel und den Großen Preis der Sowjetischen Besatzungszone. Ich bin nie hingegangen. Vielleicht, weil ich nicht den richtigen Hut besaß. Hüte waren schon wichtig. Als ich dann den richtigen Hut hatte, kam der Unfall. Und dann fehlte mir der Mut.«

Pferderennen, dachte Kuballa. Dieser Aristokratensport, wurde im Arbeiterundbauernstaat also nicht abgeschafft.

»Ihr beiden seid die beste Begleitung, die ich mir vorstellen kann«, sagte Ellinor.

Der Kaffee duftete, und Kuballa hatte die Kuchenteller gerade auf den Küchentisch gestellt, als Jana ihn in seinen Schlafwohnundarbeitsraum lockte.

»Danke«, sagte sie und küßte ihn kurz auf den Mund.

»Ich ... habe ... zu, äähh, danken«, stammelte er.

Die Versöhnung kam schneller, als Kuballa sich das in seinen kühnsten Träumen vorgestellt hatte.

Wie bei den Kolbs, dachte er. Erst einen Streit vom Zaun brechen und danach zur Beruhigung Kaffee trinken.

Sie gingen zurück in die Küche. Der Kuß hatte jede Menge Glückshormone freigesetzt; jedenfalls entschuldigte sich Kuballa für seine patzigen Kommentare im Atombunker. Er schlug vor, demnächst mal Akuszewski im Knast zu besuchen (um ihm dann Justine, nicht die leibhaftige, sondern das gleichnamige Buch von Marquis de Sade oder ein Gläschen Nudossi mitzubringen; die Neuauflage vom Ostnutella hatte er neulich in einem westdeutschen Supermarkt gefunden). Außerdem versprach er, künftig keine boshaften Texte über Schöneweide mehr zu verfassen. Kuballa gab sich rundum kooperativ – und das kam an. Er bat um Nachsicht, weil er die Feuerzeuge und das Fotoalbum so lieblos in Stanniolpapier eingewickelt und das ganze Päckchen auch noch in eine Plastiktüte gesteckt hatte ... sorry ... sorry ...

»Was denn, was denn«, sagte Mutter Pitzke. »Ich habe Jana schon gesagt, daß mir die Reportage über Schweineöde gefallen hat. Dieses Drecksnest. Und die Plastetüte, die ist doch schick.«

Sie goß ihm frischen Kaffee in die Tasse, und Jana erzählte, wie heißbegehrt solche Tüten in ihrer Schulzeit gewesen seien.

»Wir mußten zwar«, sagte sie, »die Werbung umdrehen, aber wenn wir mal eine schöne Plastetüte hatten, konnte man damit wirklich Freunde gewinnen.«

»Ich habe das«, sagte Ellinor, »ja nie verstanden. Da produzierten unsere Volkseigenen Betriebe tonnenweise Plaste und Elaste, und dann waren die Tüten Mangelware. Ich glaube fast, daß wir die Tüten für eure Supermärkte mitproduziert haben.«

Jana und Kuballa lächelten.

An diesem Nachmittag ließ er sich in Janas Schulalltag entführen, und Kuballa hätte nicht im Traum daran gedacht, bissige Zwischenfragen zu stellen. Er fügte sich ein in das Gespräch, als habe er das Ziel, von Mutter Pitzke als Schwiegersohn anerkannt zu werden.

Unheimlich, dachte Kuballa, zu was ich in der Lage bin.

Jana berichtete vom regen Tauschhandel mit Popgruppenpostern in ihrer Schulzeit, und daß man für manche Poster aus dem Westen mindestens fünfundzwanzig Ostmark habe bezahlen müssen. Wie schwer es war, an bestimmte Jeanshosen und die passenden Jesuslatschen heranzukommen. Sie erzählte, was der Intershop und was der Exquisitladen geführt hätten, und warum die schönsten Hemden weder in jenem noch in diesem Geschäft verkauft worden seien. Jana erzählte von blauweiß gestreiften Fleischerhemden, die sie besonders gerne getragen habe, weil die garantiert nicht aus dem Westen gekommen seien.

»Die mußte man sich erst mal ergaunern, das war ja Berufsbekleidung, für die Fleischerei eben. Wie aber sollte ich nachweisen, daß ich, wenn ich nicht gerade zur Schule ging, Würstchen und Schinkenspeck verkaufte?«

»Und? Du hast doch deinen Wunsch nicht aufgegeben?« Kuballa spielte den Moderator, den Stichwortgeber. Mutter Pitzke übernahm.

»Ich bin damals zu der Fleischersfrau hier in der Rathenaustraße gegangen, und die hat mir das Hemd für meine quengelnde Tochter besorgt.«

»Ich meine, ein Fleischerhemd war keine Oberbekleidung, das war Einstellungssache.«

Kuballa dachte an ihren Jeansrock: Ist der auch Einstellungssache?

»Was bei euch«, sagte Jana, um die Geschichte mit der Einstellungssache zu erläutern, »nicht zur Altkleidersammlung ging, landete bei uns. War doch klar, daß ich die Fleischerhemden dem Zeug von euch vorgezogen habe. Ich wollte etwas Eigenes tragen. In Modefragen hingen wir im Osten normalerweise mehrere Jahre hinter euch her. Schau dir doch die Fotos vom Mauerfall an. Du weißt sofort, wer woher kommt.«

»Ich hätte mich nicht getraut, so was zu behaupten«, erwiderte Kuballa gewollt schüchtern.

»Die Dauerwellenpudelfrisur, die gebleichten Jeans ...«, Mutter Pitzke hielt inne, und Jana vervollständigte den Satz, »... waren todsichere Erkennungszeichen. Gut, daß meine Haare naturgelockt sind.«

Der Kuchen war bald aufgegessen, der Kaffee ausgetrunken, allerhand Anekdoten aufgetischt, und so kam man noch einmal auf Kuballas Geschenke zu sprechen.

Jana, dachte Kuballa, du wirkst so unsicher. Deine Wangen sind ganz rot. Warum denn? Genierst du dich? Weil ich dich daran erinnert habe, daß du damals im *Stillen Winkel,* als wir über Kameras aus sozialistischer Produktion sprachen, von fremden Familienfotos geschwärmt hast? Weil ich mir dein Faible für gezackte Schwarzweißaufnahmen gemerkt habe?

Ellinor Pitzke bedankte sich überschwenglich für die Feuerzeuge und für die Hoppegartenkarten. Sie umarmte Kuballa, er zuckte leicht zusammen.

»Mit so was habe ich gar nicht gerechnet. Willste etwa meine Tochter heiraten?«

»Aber Frau Pitzke!«

»Wenn du noch einmal Frau Pitzke sagst, bin ich beleidigt«, sagte Frau Pitzke. »Ich heiße Ellinor, merk dir das.«

Jana kramte in ihrer Tasche. Das Familienalbum erwähnte sie nicht.

»Die wollte ich dir zeigen.«

Es waren ihre Bunkerfotos.

»Das ist prima, daß du die Fotos mitgebracht hast«, sagte Kuballa, obwohl er genau das Gegenteil dachte.

Er hatte noch immer keine Zeile über den Ausflug geschrieben. Nach dem Skandal um seinen ersten Artikel und der, wie er meinte, mißlungenen Bunkerexkursion, ging er davon aus, daß es einerlei sei, ob er nun eine Bunkergeschichte schreiben würde oder nicht.

Eine Reportage über den Bunker, dachte er, wird den Herrn Oberst wohl dazu ermuntern, seinen alten Hund Greif auf mich abzurichten.

Jana fragte ihn prompt, wie weit denn sein Text gediehen sei.

Was soll ich sagen? Was?

Nun war Kuballa verlegen; sein Kopf wurde tomatenrot.

»Ich ... ich habe mir überlegt, ich meine, eine Fotostrecke wirkt bestimmt besser als eine gewöhnliche Textreportage. Ich kann ja ... immer noch die Bildunterschriften schreiben«, sagte Kuballa.

Jana bemerkte, daß der Einfall eher eine Ausrede war.

»Na gut«, sagte sie und schmunzelte, »ich habe die Ehre, mich auf Ihren Geschmack zu verlassen. Wählen Sie Ihre Lieblingsmotive aus!«

Jana hatte einen Stuhl in der Bunkerkommandozentrale fotografiert, dessen Lederbezug zerfetzt war; sie hatte lange Bunkerkorridore mit endlosen Röhren und Drähten an den Wänden aufgenommen, sie hatte die, wie Kuballa meinte, ostzonale Atmosphäre im Speisesaal mit den Kunststoffblumen auf den Eßtischen präzise eingefangen. Sie hatte ein groteskes Portrait des Genossen Generalsekretär Honecker im Schlafgemach des Oberbefehlshabers der Nationalen Volksarmee aufs Fotopapier gebannt, das deshalb so grotesk aussah, weil die Sofagarnitur, die unter dem Ölgemälde stand, im gleichen Hellblau gehalten war wie der Hintergrund des Honeckerportraits.

»Nicht schlecht«, sagte Kuballa etwas überheblich.

Jana schaute ihn ungläubig an.

»Eigentlich, also, ich dachte, du interessierst dich eher für die technischen Details.«

»Nix da« sagte Jana schnippisch und kostete ihren Triumph aus.

Kuballa war heilfroh, die Bunkergeschichte nicht mehr schreiben zu müssen; so merkwürdig seine Journalistenkarriere begonnen hatte, so überraschend war sie auch wieder beendet.

v i e r z e h n

Am letzten Augusttag vierundneunzig schien die Sonne; es war heiß und windstill. Die Berliner Verkehrsbetriebe hatten Sonderzüge eingerichtet, was weniger am Hoppegartener Renntag als an dem großen Abschiedsfest der russischen Streitkräfte im benachbarten Karlshorst lag.

Kuballa hatte die Pitzkes gefragt, ob er die Eintrittskarten nicht umtauschen solle. Die Pferde, sagte er, würden ja noch häufiger rennen, aber die Russen kämen vorerst nicht mehr zurück.

»Die sollen ruhig abhauen«, hatte Jana geantwortet. Und auch Ellinor schien sich für den Abgang der ehemaligen Schutzmacht nicht zu interessieren.

»Nun sind wir sie endlich los«, hieß es auf den Straßen. »Die roten Socken werden weinen«, nölte Herr Überreiter, den Kuballa an diesem Sommertag im Treppenflur traf. Und weil der Herr Überreiter nicht allzu betrunken war, sprach Kuballa ihn auf die leidige Jean-Paul-Gesamtausgabe an. Doch Herr Überreiter wollte sich wieder nicht zu dem Bücherbrand äußern.

Die Kolbs ließen sich die Abschlußparade der ruhmreichen Bruderarmee nicht entgehen. Seit dem Bunkerfiasko hatte Kuballa die beiden nicht mehr gesehen, und nun standen sie wieder vor der Tür.

Wie beim ersten Mal, dachte Kuballa, wie nach dem ersten Streit. Die Kolbs sind die besten Verdrängungskünstler, die ich kenne. Sie lächeln, als hätte ich keinen bösen Artikel über Schweineöde verfaßt, als wären wir nie im Harnekoper Atombunker gewesen, als wüßte ich gar nicht, daß es noch einen verlorenen Kolbsohn gibt.

»Kommste mit?« fragte Herr Kolb.

»Bin schon mit den Pitzkes zum Pferderennen verabredet.«

»Schade, schade.«

»Überleg's dir noch mal«, sagte Frau Kolb.

»Ich würde ja gerne mitkommen.«

Kuballa hatte den Eindruck, etwas Wichtiges zu verpassen. Vor vier Jahren, am Tag der Deutschen Einheit, war ihm das Rudern wichtiger gewesen, und nun sollte Kuballa zu den Rössern statt zum Abschiedsfest der Russen gehen.

»Schade, schade«, sagten die Kolbs noch einmal.

Ellinor sah blendend aus. Sie trug ein rosafarbenes Leinenkleid mit tiefem Ausschnitt. Kuballa stand neben ihrem Rollstuhl und starrte auf ihre Brüste.

Ellinors Busen ist größer, dachte Kuballa, viel größer als Janas. Und ihr Busen ist braungebrannt.

»Sie sehen ... du siehst aus, als kämst du gerade aus der Südsee«, sagte Kuballa, als Ellinor zu ihm aufblickte und er befürchtete, sie habe seine nicht ganz so manierlichen Blicke bemerkt.

»Sonnenstudio, sag ich dir, Sonnenstudio. Wenn schon nicht Sauna, dann wenigstens Sonnenstudio«

»Hä?« Kuballa sah so aus, als hätte man ihn aus einem Tagtraum gerissen.

»In den öffentlichen Saunen glotzen mich doch alle an. Die Frauen, weil ich ein Krüppel bin. Die Männer, weil ich eine Frau und ein Krüppel bin. Im Sonnenstudio habe ich meine Kabine für mich allein.«

Jana hätte sich wahrscheinlich jeden Tag unterm Solarium brutzeln lassen können. Sie wäre niemals braun geworden. Rot vielleicht. Sie hätte eher Hautkrebs bekommen, als daß sie braun geworden wäre. Kuballa mochte Janas helle, mit Sommersprossen übersäte Haut; er mochte auch ihren kleinen Busen mit den hellbraunen Nippeln. Wie oft hatte er in der *Sauna Sabrina* auf ihre sanften Rundungen geschielt: Wenn sie auf den Holzleisten der

Trockensauna lagen. Wenn Jana mit aufgestellten Nippeln dem eiskalten Tauchbecken entstieg und sie ihre Gänsehaut schnell mit einem Handtuch bedeckte. Kuballas Saunaphantasien kehrten zurück, und er erinnerte sich, wie er nach dem Schwitzen Janas Rücken mit Florenacreme eingeschmiert hatte. Doch obwohl Jana wie eine Saunanymphe durch seinen Tagtraum schwebte, stierte Kuballa weiterhin auf Ellinors braungebrannte Melonenbrüste.

Wie ihre Mutter hatte auch Jana luftige Sommerkleidung gewählt. Ihr dünnes Kostüm aus weißer Schurwolle war leicht durchsichtig; ihre Beine schimmerten durch die wallenden Hosenbeine. Während Jana einen naturfarbenen Strohhut trug, versteckte Ellinor ihr gelocktes Haar unter einem weißen Schlapphut aus Seide.

Zwischendrin, dachte Kuballa, der Schwiegersohn mit hellblauem Hemd, grauer Buntfaltenhose und Panamahut.

Er strich sich über seinen ausrasierten Nacken, und Jana lächelte ihn an; bei ihrem ersten Treffen im *Stillen Winkel* hatte Kuballa über Akuszewskis Haarschnitt bemerkt, dieser sei vorne zu kurz und hinten zu lang, und Jana hatte ihm sogleich mitgeteilt, daß auch er mit seiner schwarzen Jesusmähne nicht viel besser aussehe. Seitdem ging Kuballa regelmäßig zum Friseur. Kuballa dachte sogar darüber nach, sich eine neue Brille zuzulegen, nachdem Jana mal eine abfällige Bemerkung über sein Hornmodell fallengelassen hatte.

Heile Welt, dachte er.

Und doch war es um diese Welt nicht zum besten bestellt; dafür war der Hut ein wenig zu groß für Kuballas kleinen Kopf, seine aktuelle Kurzhaarfrisur war ein wenig zu kurz geraten, und mit seinen breiten Schultern, die er nur mühsam ins Jackett gezwängt hatte, hätte man ihn für einen Leibwächter halten können. Kuballa, der im Verlauf seiner Schöneweidejahre noch etwas dicker geworden war, wirkte nicht wie einer, der sich Chancen auf die zierliche Jana ausrechnen konnte. Er hatte gehofft, durch die zahlreichen Saunabesuche, zumindest sein Doppelkinn wegschwitzen zu können, aber nach dem Schwitzen hatte Kuballa in der Regel dermaßen Hunger, daß die Strapazen bei *Sabrina* gegenteiligen Effekt hatten und er unterm Strich eher zunahm.

Als sie über einen staubigen Weg zur Rennbahn gingen, sagte Jana plötzlich, sie werde ihren Telefonjob an den Nagel hängen.

»Und was machst du statt dessen?« fragte Kuballa.

»Gar nichts, ich habe ein Stipendium bekommen und studiere demnächst auf Kosten des Staates. Das habe ich ja schon einmal gemacht.« Fragend blickte Kuballa sie an.

Es roch schon nach Pferdemist, als Jana erzählte, daß sie als beste Schülerin der Erweiterten Oberschule auf die Spezialschule und schließlich als Auslandsstudentin nach Moskau auf die Sonderspezialuniversität für angewandte Mathematik geschickt worden sei.

Davon hat sie mir im *Stillen Winkel,* dachte Kuballa, kein Sterbenswörtchen gesagt.

»Das war unvorstellbar«, erklärte Jana, »nach zwei Semestern war Schluß mit meinem Studium in Moskau. Die haben gesagt: Der Staat, der dir das Stipendium bezahlt, löst sich gerade auf. Pech gehabt und auf Wiedersehen. Ich wollte nicht nach Deutschland zurückkehren. Ich dachte die ganze Zeit: Das ist das Ende.«

Über Lautsprecher wurde der Start des bevorstehenden Rennens angekündigt.

Ellinor schien ihrer Tochter nicht zuzuhören und blickte auf die vielen Zocker, die sich um die Wettbüros versammelt hatten.

Die Mutter kennt die Geschichten ihrer Tochter, dachte Kuballa.

»Ich habe geglaubt, daß die mich an der Grenze sofort verhaften. Ich war doch Thälmannpionierin, Pfingsttreffenorganisatorin, ich kam aus Moskau.«

Thälmannpionierin, dachte Kuballa, da warst du doch

noch ein Kind. Pfingsttreffen, da waren sie doch alle. Oder hast du dich noch auf andere Weise bei deinem Staat bedankt? Für die Spezialausbildung in der Spezialschule? Fürs Auslandstudium?

»Ich besaß einen Ausweis von einem Staat, den es nicht mehr gab. Ich war quasi eine Staatenlose. Das haben die Grenzer gewußt, die den Zug kontrollierten. Die haben mich unverschämt angegrinst.«

»Und, hat dich jemand verhaftet?«

»Natürlich nicht. Am Hauptbahnhof wartete meine Mutter.«

»Zu Hause habe ich meiner Kleinen erst mal hundert Westmark in die Hand gedrückt. Sozusagen als Begrüßungsgeld von Mami«, schaltete sich Ellinor in die Erzählung ihrer Tochter ein.

»Und jetzt«, sagte Jana, »bekommt die Thälmannpionierin und Moskauer Auslandsstudentin ein Stipendium für die Vereinigten Staaten, zwei Semester in Washington, und diesmal zahlt die Bundesrepublik. Ist das nicht komisch?«

Nein, dachte Kuballa, das ist nicht komisch, das läuft so. Und was sagt Ellinor dazu? Wer kutschiert sie herum, während du in Washington Paragraphen büffelst? Nicht meine Angelegenheit, klar.

Kuballa gratulierte ihr wie ein guter Onkel, der sich mit dem Patenkind über das bestandene Abitur freut: »Das ist ja prima, daß du nach Amerika fährst.«

Jana merkte offenbar, daß Kuballa verstimmt war. Denn sie versuchte ihn abzulenken: »Schau mal, die kleinen Jockeys. Sind die nicht süß?«

»Ich mag keine Zwerge«, maulte Kuballa.

Nun war auch Jana in Hoppegarten angekommen. Sie gaben ihre Wetten ab und stellten sich auf der Höhe des Zieleinlaufs an die Rennbahn. Jana zog ihren Fotoapparat aus der Tasche und ging auf Motivsuche.

Der Startschuß ertönte, doch Jana schien sich für das Rennen nicht zu interessieren. Sie richtete ihr Objektiv auf die weiträumig abgesperrte Tribüne des Rennsportclubs. Es klickte. Jana hatte eine Dame aufgenommen, die das Blumendekor ihres Hutes zurecht steckte.

»Komme gleich wieder«, sagte Jana.

Kuballa blieb bei Ellinor und beobachtete Jana mit seinem Fernglas.

Wen oder was, fragte er sich, hat sie denn im Blick?

Neben der Dame mit dem Blumenhut saß ein älterer Herr. Jana näherte sich der Clubtribüne. Dame und Herr mußten realisiert haben, daß sie fotografiert wurden.

Mensch Jana, dachte Kuballa, hör auf, die kommen gleich runter und nehmen dir den Film ab.

Aber Dame und Herr lächelten gemeinsam, beide etwas verwundert, in Richtung Janas Kamera.

»Der Jockey mit dem blauen Hemd liegt vorne«, sagte Ellinor. »Haben wir auf den gesetzt?«

Kuballa gab keine Antwort.

Das sind die nicht gewohnt, dachte er, auch nicht auf der Clubtribüne. Die Ladys und Lords im englischen Ascot werden häufig abgelichtet, das weiß man ja; aber die Damen und Herren in Hoppegarten lernen die knipsenden Reporter erst kennen. Die neuen Rollen müssen noch geübt werden. Aber die beiden schlagen sich tapfer.

Jana kam zurück. Das Rennen war gelaufen. Die Pferde, auf die sie gewettet hatten, landeten im Mittelfeld. Die Zuschauer verließen ihre Sitzplätze, und die drei schwammen mit im breiten Strom der Leute, die nun zielstrebig die Getränkerondells ansteuerten. Die Holzpavillons waren frisch gestrichen, es roch ein wenig nach Farbe. Die Zapfanlagen blitzten, und die älteren Damen am Ausschank schienen von den gewaltigen Bierschaumwogen überfordert, die aus den Zapfhähnen drückten. Überhaupt fügten sich all die neuen Dinge mehr schlecht als recht in die alte Parkanlage. Als hätten sie sich mit dem sandigen Boden noch nicht ganz arrangiert, trugen die Blumenrabatten, meist Stiefmütterchen in Dreierreihen, wenig Blüten, und manche Bäume drückten ihren elenden Zustand mit der Weigerung aus, Blätter zu tragen.

Sie gingen zu einem Bratwurststand und stellten sich an das Ende einer etwa zehn Meter langen Schlange; weil die sich auch nach zwanzig Minuten nicht wesentlich verkürzt hatte, ruckelte Ellinor nervös an ihrem Rollstuhl.

»Komm, wir verzichten auf die Wurst, wir essen etwas Richtiges. Dort drüben ist das Clubrestaurant«, sagte sie. Kuballa war weder nach Bratwurst noch nach etwas Richtigem zumute. Er konnte kaum schlucken, dermaßen dick war der Kloß, der sich in seinem Hals gebildet hatte.

Langsam schoben sie sich durchs Gewühl. *Orlando* hieß das Lokal des Rennsportclubs.

»So vornehm ist das ja nicht«, sagte Ellinor, und sie sprach aus, was Kuballa ebenfalls dachte. Von wegen Clubrestaurant! Zwischen den mit üppigem Goldschmuck behangenen Damen fanden sich Gestalten, die man eher in einem schmuddeligen Puff vermutet hätte. Ein dicker Kerl in Trainingshose plünderte das Büfett, als habe er seit Tagen nichts gegessen. Ein schwarzes T-Shirt bedeckte seinen fülligen Leib; ein grünes Ampelmännchen prangte auf seiner Brust. Das grüne Ostampelmännchen. Die Damen schienen über den Dicken zu lästern.

»Sie wünschen?« fragte ein Kellner, und die Damen im Goldornat nahmen nun Ellinor ins Visier. Eine Frau im Rollstuhl, hihi, ist die vielleicht vom Pferd gefallen? Hihihi.

»Einen Tisch für drei Personen«, sagte Kuballa, und der Kellner führte sie zu einem Tisch an der Tür zur Toilette. Mit gutem Blick auf den Clubfernseher. Die Abschiedsparade der Roten Armee wurde übertragen.

Der Bundeskanzler bedankte sich bei den Generälen, bei den Soldaten, beim Herrgott und bei seinem russischen Amtskollegen.

Im Clubrestaurant beachtete keiner die Worte des Kanzlers. Die Damen begutachteten wieder den Dicken an der Theke.

Jana, Ellinor und Kuballa bestellten drei Salate, einen mit Pilzen, einen mit Entenleber, einen mit Putenbruststreifen. Der Dicke ging noch einmal zum Büfett und füllte seinen tiefen Teller.

Im Gleichschritt marschierte die Rote Armee. Ein Reporter schien einen Militärexperten zu interviewen.

Das Essen wurde serviert.

»Für wen ist der Salat mit der Leber?« fragte der Kellner.

»Für den Herrn«, sagte Ellinor.

»Die Pilze«, sagte Jana, »bekomme ich.«

Rechts neben dem Fernsehgerät hing ein Ölgemälde, das den Titel *Clubtribüne* trug; auf der linken Seite war ein Kupferstich an die Wand genagelt, der die *Tribüne der Prominenten* darstellen sollte. Dazwischen Fernsehbilder: die Gesichter von Soldaten, Nahaufnahme, das ganze Regiment, Halbtotale, ein graugrüner Heereszug, schwer zu erkennen, Hubschrauberperspektive.

Schweigend aßen sie ihre Salate.

»Sie wollen zahlen, selbstverständlich«, sagte der Kellner.

Die drei verließen das Clubrestaurant und machten sich auf den Weg in Richtung Haupttribüne. Zu den Stehplätzen. Dort herrschte Picknickstimmung. Die Leute hatten sich auf Decken niedergelassen, Wein und Stullen ausgepackt und es sich gemütlich gemacht.

»Das nächste Mal bringen wir auch etwas mit«, sagte Ellinor.

An den Picknickern zogen sie vorbei, der Trubel rund um die Tribünen verhallte, und als sie durch die Außenanlagen gingen, sagte Kuballa: »Erstaunlich, wie lauschig Hoppegarten sein kann.«

»Erstaunlich, daß die Leute den Lärm vorziehen«, meinte Ellinor.

Sie durchstreiften noch eine Weile das kleine Wäldchen, das die Rennanlage umgab, und als sie den Rückmarsch antraten, wurden die Pferde schon wieder zum Start gezerrt. Jana, Ellinor und Kuballa steuerten das Wettbüro an und setzten auf die Tiere mit den schönsten Namen: Jana war von einem Schimmel namens Madame Limbourgia überzeugt, Ellinor wählte Eden Rock, und Kuballa entschied sich für den Hengst Golden Living.

»Ich hole mir noch ein Bier«, sagte er.

Neben dem Bierausschank wurde Zuckerwatte verkauft.

Zuckerwatte? Mag Jana das klebrige Zuckergewirr?

Kuballa stellte sich an.

»Sie wünschen?«

»Einmal Zuckerwatte«, sagte er und schaute, was der Stand sonst noch alles zu bieten hatte. Fruchtgelatine zum Beispiel. Tüten mit Gummibärchen lagen auf dem Tisch. Und Schlangen. In gelber, grüner und blauer Farbe. Die kommen, dachte Kuballa, mir irgendwie bekannt vor. Wie heißen diese Viecher? Luzifer? Was?

In seiner Jugend hatte er regelmäßig mit Luziferschlangen zu tun gehabt. Die Gummimonster wurden von einem Bonn-Bad Godesberger Unternehmer produziert, der oft im Restaurant seiner Eltern zu Gast war. Luzifer, sagte dieser Mann, macht Kinder froh und Erwachsene ebenso. Dem kleinen Kuballa brachte der Gummischlangenonkel immer eine Luzifertüte mit, wenn er im *Silberlöffelchen* aß. Und weil der Gummischlangenonkel das Restaurant der Kuballas als bessere Kantine nutzte, naschte der Sohn der Wirtshausfamilie in seiner Jugend dermaßen große Mengen der Luzifergelatine, daß seine Zähne allmählich von Karies zerstört wurden. Klein Kuballa hatte höllische Zahnschmerzen, und so wurde Luzifer für ihn zum bösen Quälgeist.

Ich laß mich nicht fertigmachen, hatte er damals gedacht, und im Zweikampf mit den Zahnschmerzen, die er für einen hinterhältigen Luziferstreich hielt, entwikkelte er seinen ersten Verfolgungswahn. Er beschloß, die Gummischlangen wegen seiner Zahnschmerzen zu bestrafen, und so schüttete er eine ganze Tüte der Tierchen in die Badewanne und ertränkte sie. Am nächsten Morgen waren die Luziferschlangen aufgedunsen und fühlten sich wie Quallen an. Kuballa träumte in den folgenden Jahren oft von glibbrigen Luziferköpfen, die sich durch seinen Magen fraßen. Kuballa rührte die Luziferschlangen daraufhin nicht mehr an. Der Kindheitstraum und die Zahnschmerzen verschwanden im Laufe der Jahre.

Mit einer Portion Zuckerwatte und einer Tüte Gummischlangen kam er zurück zu den Pitzkes und erzählte ihnen von Luzifer und seinen Kinderträumen.

»Haste nicht mal erzählt, daß ein Kieferorthopäde deine Zähne ruiniert hätte?« fragte Jana.

»Ja, nein, irgendwie schon«, stotterte Kuballa und erinnerte sich daran, daß er auch Jana schon Vorträge über seine Nutellaabneigung und Zahnempfindlichkeit gehalten hatte.

»Wie gut, daß deine Kindheit vorbei ist«, sagte Jana.

Was man von dir ja nicht sagen kann, dachte Kuballa.

Vor dem Zieleinlauf trafen sie den Dicken aus dem Clubrestaurant wieder. Der Dicke war ein Pferdenarr, ein Zocker. Er hatte sich niedergekniet. Ellinor fragte ihn, auf welches Pferd er gesetzt habe. Dream Boy sei sein Favorit, sagte er.

Alfons Schenk, so hieß der Zocker, schien unter Rennfieber zu leiden. Das Glücksspiel mit den Gäulen, sagte er, sei ein hartes Geschäft. Die Buchmacher gewännen immer, die Spieler fast nie. Über zehn Millionen Mark hätten die Buchmacher im vergangenen Jahr eingenommen.

»Ich habe zwanzigtausend Mark verloren«, meinte Schenk. Er zog sich seine Jogginghose zurecht.

»Dream Boy, Dream Boy!« brüllte Schenk, als ginge es um seine letzten Ersparnisse. Das Rennen um den Supercup des Ostdeutschen Baugewerbes wurde gestartet. Schenk sagte, auch die Zeitungen hätten Dream Boy die besten Chancen eingeräumt, und außerdem sitze Lutz Lyritz, der Lokalmatador, im Sattel des Pferdes.

Zielgerade, ein knappes Rennen. Dream Boy wurde Dritter, aus der Traum. Das Siegerpferd aber hieß Filou. Madame Limbourgia, Golden Living und Eden Rock landeten im Mittelfeld.

Alfons Schenk, der Zocker, steckte seinen Kopf ins Gras. Er war im wahrsten Sinne des Wortes am Boden zerstört. Von der Clubtribüne hörten sie einen Gewinner brüllen: »Pech im Spiel, Glück in der Liebe!« Doch die abgedroschene Phrase konnte Schenk nicht aufmuntern, weil er genau wußte, daß ein unglücklicher Spieler auch kein Glück in der Liebe hat. Denn wer verliert, muß sich auch noch von seiner Ehefrau beschimpfen lassen. Alfons Schenk aber sah mit seiner zerlumpten Jogginghose und seinen fettigen Haaren so aus, als würde er daheim noch nicht einmal von einer schimpfenden Frau erwartet.

Als der Stadionsprecher die Gewinnkurse mitteilte, stand Schenk plötzlich auf und verabschiedete sich. Ellinor versuchte ihn aufzumuntern. Das nächste Mal werde er bestimmt mehr Glück haben. Aber Schenk schien diese Bemerkung nicht mehr zu hören. Denn drei schreiende Kinder schoben sich zwischen Ellinor und den Zokker, der langsam davon wankte. Die smart gekleideten Kids im Alter von sechs bis zwölf Jahren präsentierten stolz ihre Wettscheine. Eigentlich durften Kinder noch gar nicht wetten, und so hatten sie die Wettscheine wahrscheinlich von ihren Eltern oder einem anderen Erwachsenen bekommen. Alle drei hatten auf Filou gesetzt. Alle drei hatten gewonnen. Für die Kleinen war die Reiterwelt in Ordnung. Die Eltern, die von der Clubtribüne herüberkamen, entpuppten sich als Rennstallbesitzer. Man kam ins Gespräch. Sie redeten über ihre Siegerpferde. Der größte Wettstreit, sagte der Mann, der einen weißen Anzug, ein schwarzes Hemd und eine giftgrüne Krawatte trug, stehe aber noch bevor.

»Und? Geben Sie einen Tip?« fragte Kuballa.

»Wo kämen wir denn da hin?«, sagte der Herr Rennstallbesitzer.

Jana und Ellinor lachten gequält.

Irgendwann bemerkte der in jeder Hinsicht siegesgewisse Rennstallbesitzer, daß Hoppegarten schon immer ein Hort der Andersdenkenden gewesen sei.

Wie er das meine, fragte Kuballa.

»Hier traf sich doch der Widerstand«, sagte der Herr Rennstallbesitzer, und weil die Galoppsportfreunde sich nie mit den Kommunisten verbrüdert hätten, stehe man heute viel besser da.

Das Fest der Konsumgenossenschaften, der Große Preis der Sowjetischen Besatzungszone und das Rennen um den roten Sattel, von denen Ellinor erzählt hatte, hörten sich zwar nicht nach Widerstand an, aber Ellinor, die dem Lackaffen hätte widersprechen können, schaute demonstrativ in eine andere Richtung.

»Wir fordern seit Jahren die Rückgabe unseres Alteigentums. Verstehen Sie, der Union Club, der war schon seit ewigen Zeiten in der Hand der Galoppsportfreunde. Das wird die Treuhandanstalt schon einsehen. Wir haben das Recht auf unserer Seite, wir sind doch keine Träumer!« Der Mann hatte, als er wieder die Clubtribüne bestieg, einen Kopf, der fast so grün war wie seine Krawatte. Nein, ein Träumer war der Herr Rennstallbesitzer sicher nicht.

»Ekelhafter Kerl«, sagte Ellinor und schlug mit beiden Händen auf ihre Oberschenkel.

»Die Träume«, sagte Jana und schob ihre Mutter über das plattgetretene Gras, »sind so unterschiedlich wie eh und je. Die einen träumen vom Alteigentum, die anderen von ihren Wettschulden.«

Die einen träumen von Amerika, dachte Kuballa, und die anderen von Schweineöde.

»Also, ich träume davon, gleich mit einer Schachtel Kippen ins Bett zu gehen«, sagte Ellinor. »Zu viel frische Luft vertrag ich nicht.«

Man fuhr heim.

Kuballa lud Jana ein, noch ein Stündchen zu ihm zu kommen. Er habe, sagte er, ein kleines Abendbrot zubereitet, und nach einem Anstandszögern nahm sie die Einladung an.

Die beiden hatten sich noch nicht einmal hingesetzt, als Jana auf Kuballas Schweineödereportage zurückkam, auf seinen zoologischen Blick, auf seine Suche nach den Attraktionen. Als wollte sie noch reinen Tisch machen, bevor sie sich mit Kuballa an eine gedeckte Tafel setzte.

»Ich will keine Attraktion sein«, sagte sie.

»Bist du auch nicht«, log Kuballa.

»Ach, aber meine Landsleute. Wie? Alles Exoten?«

»Manche schon.«

»Und bei euch ist alles normal?«

»Hab ich nicht gesagt. Ich bin doch auch ein Exot, oder?«

Nur langsam ließ die Spannung nach, und während sie sich unterhielten, öffnete Kuballa ein Dutzend Austern; er löste sie von der Schale, legte das Austernfleisch wieder in die Muschel und überzog sie mit einer Safrancreme, die er schon vor dem Ausflug nach Hoppegarten vorbereitet hatte.

»Ich habe halt aufgeschrieben, was mich ankotzt«, sagte Kuballa.

»Du hättest diesen Brei ja nicht veröffentlichen müssen«, meinte Jana.

»Warum nicht? Stimmt was nicht?«

»Das ist doch nicht der Punkt. Haste dich schon mal gefragt, ob dieser Text jemanden verletzen kann?«

»Blutet ein einziger Händler in Schweineode?«

»Sehr witzig.«

Im Backofen brutzelten die Austern.

»Warum fühlst du dich überhaupt angesprochen?« fragte Kuballa. »Der Fischhändler sorgt sich um den Ruf des Bezirks genau wie der Bäckermeister. Das ist es. Da geht es nicht mehr um Ost und West, da geht es noch nicht einmal darum, ob die Asozialen nun asozial sind oder nicht. Die Asozialen sind ja eh bald weg. Weil die Wohnungsbesitzer, der Fischhändler und der Bäckermeister, die Häuser sanieren und die Mieten erhöhen wollen. Und das sage ich einer ehemaligen Thälmannpionierin! Die Asozialen haben sich übrigens nicht bei mir beschwert.«

»Die haben den Artikel auch nicht gelesen«, sagte Jana deutlich netter, denn sie freute sich offenbar darüber, daß Kuballa den Thälmannpionieren so etwas Ähnliches wie sozialen Sachverstand zugeschrieben hatte.

Als er eine Flasche Champagner öffnete, schien Janas Groll endgültig verschwunden zu sein. In der Wohnung duftete es nach der brutzelnden Safrancreme, und Kuballa war froh, nicht länger mit Jana streiten zu müssen.

Der Zwist mit der Mittelstandsvereinigung? War geklärt. Der mit Herrn und Frau Kolb? Wurde erfolgreich verdrängt. Akuszewski? Der war weit weg. Die Beziehung zu Jana? Die gedieh in diesen Minuten. Und Janas anstehenden Studienaufenthalt in den Vereinigten Staaten hielt Kuballa mittlerweile für eine Fügung des Schicksals, der man gelassen ins Auge sehen mußte. So war alles in Butter, und es gab keinen Grund, an diesem Zustand etwas zu ändern. Nach zwanzig Minuten waren die Austern fertig.

»Soll ich die Dinger jetzt ausschlürfen?« fragte Jana.

»Ich glaube, auslöffeln ist besser. Sonst verbrennst du dir den Mund.«

»Warum haste denn deine Ostwesttabellen mit rosa Farbe überstrichen?« fragte Jana, nachdem sie das Auslöffeln ihrer ersten Auster wie das Oblatenessen bei einer Erstkommunion zelebriert hatte.

Kuballa schaute sie entgeistert an.

Wer hat ihr, fragte er sich, von meinen Kunstwerken erzählt?

Jana schien Kuballas Gedanken zu erraten und sagte:

»Der Marek hat deinen Wandschmuck mal erwähnt. Ich war auf das Schlimmste vorbereitet.«

Sie lächelte sanft.

Akuszewski, dachte Kuballa. Wie gut, daß du im Knast bist, da stellst du keinen Unfug mehr an.

»Ach, weißt du«, sagte er, »die Tabellen haben meinen Gästen den Appetit verdorben.«

»Ehrlich gesagt, in einer rosa Umgebung schmeckt die gelbe Safransoße gleich noch besser.«

»Soll ich auch noch die Löffel anmalen? Wie wär's mit babyblau?«

»Nicht nötig, steht ja nichts Blödes drauf.«

Kuballa öffnete noch eine zweite Flasche Champagner.

»Na, kochen kannste«, sagte Jana.

Als sie auf Kuballas schmalem Bett saßen, um noch ein Scheibchen Blauschimmelkäse zu probieren, holte Jana das Fotoalbum hervor, das Kuballa ihr geschenkt hatte. Sie lehnten ihre Köpfe aneinander und blätterten Seite für Seite durch Helmuts Leben.

»Ich habe schon geglaubt, daß dir das Album nicht gefällt«, sagte Kuballa. »Du hast bislang gar nichts dazu gesagt.«

»Ich wollte dich noch ein wenig zappeln lassen«, sagte Jana.

»Und warum?«

»Ich dachte, das magst du.«

Jana stellte den Käse zur Seite, nahm Kuballa in den Arm und küßte ihn.

f ü n f z e h n

Am zwanzigsten Dezember vierundneunzig wurde Akuszewski freigelassen. Er konnte sich, nach langem Nachdenken und gutem Zureden eines Kumpels, daran erinnern, daß er zur Tatzeit nicht im Postamt in Oberschöneweide, sondern beim Arbeitsamt in Treptow gewesen war. Und mit Hilfe eines Anwalts konnte Akuszewski schließlich auch den Richter davon überzeugen, daß er das Geld in seinem Kellerabteil gefunden und nur deshalb nicht zur Polizei gebracht hatte, weil er, der arbeitslose Bauarbeiter, in höchster Geldnot gewesen war. Der Untersuchungsrichter brachte offensichtlich Verständnis für die Lage des Angeklagten auf. Er sprach Akuszewski frei, verpflichtete ihn aber, den fehlenden Betrag, das Geld, das er verpraßt hatte, in den nächsten fünf Jahren abzustottern. Wobei es um die Höhe dieses Betrages noch einen heftigen Streit gab. In den Kassen des Postamtes fehlte eine Geldsumme, die Akuszewski beim besten Willen nicht ausgegeben haben wollte. Der Richter ließ sich schließlich von dem Argument des Anwalts überzeugen, daß der ominöse Bankräuber seine Beute auch in verschiedenen Verstecken deponiert haben könnte.

Das Arbeitsamt vermittelte Akuszewski einen Job in den Niederlanden. Dort, so hieß es, würden gerade Bauarbeiter gesucht.

Vor seiner Abreise traute sich der Freigelassene nicht unter die Leute. Weder Jana noch die Kolbs sahen ihn. Akuszewski galt zwar nicht länger als Bankräuber, aber die Geschichte war ihm offenbar weiterhin unangenehm. Vor seiner Verhaftung hatte sich Akuszewski nämlich zur Überraschung der Nachbarschaft als Finanzgenie ausgegeben und mit geheimen Methoden geprahlt, mit deren Hilfe jeder, der ein gewisses Risiko nicht scheuen würde, ein Vermögen anhäufen könnte. Von todsicheren Transaktionen an der Börse hatte er gesprochen, von Technologieaktien und Chemiewerten. In Oberschöneweide brach daraufhin das Börsenfieber aus, doch im Gegensatz zu Akuszewski, der lediglich eine halbwegs plausible Begründung gefunden hatte, warum er, der arbeitslose Bauarbeiter, plötzlich ein paar Mark mehr zur Verfügung hatte, hoffte so mancher börsenfiebrige Händler, ganz besonders natürlich der Optiker Hesselbach, tatsächlich auf einen satten Spekulationsgewinn. Akuszewski ging so weit, daß er dem Schöneweider Mittelstand umfangreiche Börsentips gab und für diese angeblichen Insiderinformationen ordentlich abkassierte. Als der Schwindel aufflog, war ihm die Episode hochnotpeinlich. So war es auch kein Wunder, daß er sich kurz nach der Freilassung aus dem Staub machte.

Kuballa war froh, daß Akuszewski sich verdünnisiert hatte, und nichts hätte seine gute Laune in diesen Tagen trüben können, wenn nicht der Kommissar nun auch bei ihm häufiger vorbeigeschaut hätte. Der Mann besorgte sich sogar einen Durchsuchungsbefehl für Kuballas Wohnung.

Der Kommissar gab zwar zu verstehen, daß er dort nicht den Rest der Beute oder eine verdächtige Strumpfmaske zu finden glaubte, aber er nahm offenbar an, daß Kuballa, der viele Informationen über Schöneweide zusammengetragen hatte, vielleicht den einen oder anderen Hinweis versteckt hielt, der möglicherweise zum Täter fuhren konnte. Und der Kommissar fand tatsächlich etwas, was ihn sehr zu interessieren schien, und zwar eine Kopie von Ingos Staatssicherheitsakte.

Für den ist jetzt alles klar, dachte Kuballa, das ist ein Mann aus Westberlin. Wenn der begreift, daß Katja und Elke, die beiden Mädchen aus Ingos Akte, im Postamt

Schöneweide arbeiten, dann vermutet der ein gemeinsames Spiel.

Von Ingo erfuhr Kuballa, daß der Kommissar kurz nach dem Fund der Stasiakte tatsächlich Katja und Elke aufgesucht hatte. Ingo saß hinterm Postschalter, und Kuballa bestellte je eine Briefmarke von jedem verfügbaren Wert, so daß sie ein paar Minuten Zeit hatten, um den Stand der Dinge zu besprechen. Hinter Kuballa hatte sich mittlerweile eine lange Warteschlange gebildet.

Der Kommissar hat die beiden, dachte er, bestimmt durch sein autoritäres Verhalten beeindruckt. Vielleicht haben die blöden Plaudertaschen behauptet, daß der Kollege Mischnik sie dazu angehalten habe, seine eigenwillige Täterbeschreibung nicht zu korrigieren.

Auf jeden Fall hatte der Kommissar nach dem Gespräch mit Katja und Elke den Zeugen Mischnik noch einmal vernommen. Ingo stand nun unter Verdacht, etwas mit dem Überfall zu tun zu haben. Und das, obwohl sich Katja und Elke keineswegs auf ein übereinstimmendes Täteraussehen einigen konnten. Katja wollte einen dunkelhäutigen Dickbauch mit Schnauzbart gesehen haben; Elke einen hellhäutigen Muskelprotz von zwei Metern Länge. Und ein dritter Postangestellter, der sich bislang nicht zur Wort gemeldet hatte, unterstützte offenbar Ingos Version vom breitwangigen Russen.

»Dieser Scheißbulle hat mir erklärt, daß es gar nicht so selten sei, wenn ein Opfer der Stasi wie ich auf die schiefe Bahn gerate. Der hat doch einen Knall. Der ist fest davon überzeugt, daß es in Schöneweide nicht mit rechten Dingen zugeht.«

»Da wird der Kommissar wohl recht haben«, sagte Kuballa.

»Wie meinste das?«

»Keine Sorge. Ich weiß ja, daß du unschuldig bist.«

»Ja, woher denn? Ich kann ja auch lügen.«

Ingo wurde lauter.

»Komm runter. Aufregung hilft jetzt auch nicht.«

In diesem Augenblick kam Frau Knösel ins Postamt gestürmt. Sie ignorierte die Warteschlange und ging direkt zu Kuballa und Ingo an den Schalter. Frau Knösel, die nicht nur Vorträge in der Volkshochschule hielt, sondern auch als Sekretärin auf der Polizeiwache jobbte, warnte Ingo mit Tränen in den Augen vor einer, so sagte sie, unmittelbar bevorstehenden Festnahme.

Ingo wußte zunächst gar nicht, ob er der Frau Knösel trauen konnte. Schließlich verließ er aber kurzentschlossen das Postamt. Kuballa begleitete ihn.

»Wir hauen ab. Machen einen Kurzurlaub«, sagte er auf dem Weg zu seiner Wohnung.

»Das wird sich bestimmt klären«, meinte Kuballa. »Wäre es nicht besser, mit dem Kommissar zu reden? So eine Urlaubsreise wird dir doch bestimmt als Flucht ausgelegt.«

»Hör zu«, sagte Ingo. »Ich habe mit dem Überfall nichts zu tun. Aber ich habe den Räuber nicht ganz korrekt beschrieben. Damals, als die mich ausgequetscht haben. Ein Russe, glaube ich, war das schon, aber der sah anders aus, verstehste? Ich liefere doch nicht so einen armen Teufel ans Messer. Entweder du fährst jetzt mit, oder ich fahre allein los, und wir treffen uns auf Hiddensee.«

Kuballa wunderte sich über Ingos Tonfall, war aber von der Vorstellung, auf der Flucht zu sein, dermaßen elektrisiert, daß er vergaß, eine Zahnbürste mitzunehmen.

In Ingos Fiat Uno, einem Gebrauchtwagen, den er von seinen Eltern zum dreißigsten Geburtstag geschenkt bekommen hatte, juckelten sie zunächst in Richtung Polen. Ingo erzählte, wie er kurz nach der Wende mit dem Auto über die Alpen nach Italien gefahren sei; er habe sich wie ein Republikflüchtling gefühlt, und als er schließlich in Venedig angekommen sei, habe er seinen alten Ostausweis mitsamt der verfluchten Personenkennzahl in den Canale Grande geworfen.

Ingo und Kuballa erreichten Hohenwutzen, einen

kleinen Ort an der deutsch-polnischen Grenze, den, wie Ingo sagte, wahrscheinlich kaum jemand kennen würde, wenn sich nicht jenseits der Oder ein noch kleinerer Ort namens Osinów Dolny befinden würde, in dem es einen berühmten Polenmarkt gebe.

Der deutsche Grenzpolizist erklärte ihnen mit übertriebener Gestik, daß man wegen der Maul- und Klauenseuche kein Schweine- und Rindfleisch einführen dürfe. Auch Kartoffeln müsse man zu Hause lassen, weil die polnischen Nachbarn sich vor den gemeinen Fäulnisbakterien fürchteten. Doch er, der Grenzpolizist, könne versichern, daß man keine Angst zu haben brauche, wenn man weder Fleisch noch Kartoffeln mitführe, und ansonsten, so beendete er seinen Vortrag, seien die Polen ja ganz nette Menschen. Mit diesem Geleitwort verließen Ingo und Kuballa ihr Heimatland.

Nach dem Grenzübertritt lernten sie sogleich zwei Landsleute kennen, Frau Bülow und ihren Mann. Die Bülows fuhren regelmäßig nach Osinów Dolny. Polen, sagten sie, sei ein großes Kaufhaus. Die beiden kamen aus Hohenwutzen, und sie besuchten Osinów Dolny, um Geld zu sparen. Die Bülows kannten sich offenbar aus und führten Ingo und Kuballa zu einer verfallenen Papierfabrik, dem Dom Handlowy. Die Papierfabrik, erzählten sie, sei von der Deutschen Wehrmacht errichtet und von der Roten Armee demontiert worden.

Mittlerweile beherbergte die Fabrik einen der unzähligen Märkte im polnischen Grenzgebiet; ein idealer Verkaufsort, weil der Dom Handlowy auch bei Regen und Schnee Unterschlupf gewährte. Es wurden spottbillige Schnäpse, Flugenten, tiefgefrorene Pfifferlinge und Heidelbeeren angeboten. Auch Unterwäsche, Uhren, Batterien, Jacken, Schmuck, Ölgemälde, Poster, Anglerzubehör, Zigaretten, Zeitschriften, Seife, Haarwaschmittel, Brillen, Schrauben, Bücher, Videos, Compactdiscs, Lampen, Socken, Koffer, Jeans, Hemden, T-Shirts, Mützen und Regenschirme gehörten zum Sortiment. Möbel wurden offeriert, ein polnischer Frisör schnitt Deutschen die Haare, und ein Goldschmied verarbeitete die geheimen Schätze der Nachbarn.

Jeder Kaufmann schien sich auf ein Warensortiment spezialisiert zu haben. Wer Krimsekt verhökerte, pries nicht auch noch Kuscheltiere an. Im Dom hatte offenbar alles seine Ordnung. Die Bülows sagten, im Dom gehe es zu wie in Deutschland. Die Geschäftssprache war Deutsch, das Zahlungsmittel war die Deutsche Mark, und an jeder Ecke dudelten die einschlägigen Popsongs der deutschen Hitparade aus den Lautsprechern.

Ingo und Kuballa kauften Lebensmittel ein, dazu Wollsocken, Schals und Handschuhe, weil sie befürchteten, es könne, je weiter sie nach Osten vorstießen, erheblich kälter werden.

Von Osinów Dolny aus fuhren sie Richtung Stettin; sie nahmen Landstraßen, die man in Deutschland für Feldwege gehalten hätte. Sie übernachteten bei polnischen Familien, die, so schien es ihnen, bislang noch nie deutsche Gäste aufgenommen hatten und die, außer sich vor Freude, deftiges Essen auftischten, und dies in einer Fülle, daß man hätte annehmen können, Polen lebe im Überfluß. Überwältigt von der Gastfreundschaft trauten sich die beiden kaum, wieder in den Fiat einzusteigen und weiterzufahren.

Der Kommissar war längst vergessen, und so kamen sie am Heiligen Abend vergnügt in Miedzyzdroje auf der Ostseeinsel Wollin an. Allzu weihnachtlich ging's in dem polnischen Seebad aber nicht zu; in der Dorfdiskothek war das katholische Restpolen weit entfernt. Im *Scena*, so hieß der Laden, tummelten sich Jungs, die auch bei Dunkelheit ihre Augen hinter Sonnenbrillen verbargen, und Mädels, die auch bei drei Grad minus in Miniröcke ihre Aufwartung machten.

»I'm so lonely, lonely, lonely, I'm so lonely in my life«, sang eine Popsängerin, und die Jungs und Mädels sangen mit. Paare betraten die Tanzfläche.

Der Mann, dachte Kuballa, gibt den Gangsterboß, und die Frau ist sein Schmuckstück.

Die Söhne und Töchter der neuen polnischen Bürgerschicht trugen ihren bescheidenen Wohlstand zur Schau. Kuballa fragte sich, ob ihre Versacebrillen echt oder gefälscht waren.

Zum Abendessen landeten sie in einem kleinen Lokal an der Uferstraße. Kuballa, der den guten Touristen spielen wollte, sagte »Dzien Dobry«, und die Kellnerin schien sich zu wundern, daß der Deutsche am späten Abend ihr noch einen guten Tag wünschte. Sie bestellten Ryby, also Fisch, und dazu gab es Frytki, also Pommes.

»Ich habe ein Problem«, sagte Ingo und machte eine Pause, in der Kuballa sich ausmalte, worin denn das Problem bestehen könnte.

Will er mir seine Liebe gestehen?

»Ich habe einen Teil der Beute, du weißt schon, von dem Überfall.«

»Wie denn das?« Kuballa war perplex.

»Der Trottel von Räuber hat ja die Hälfte des Geldes bei seiner Flucht verloren. Da flogen die Banknoten durch unser Postamt, und da lagen die Bündel mit den Hundertmarkscheinen auf der Straße. Wir Angestellten haben die Kohle sofort eingesammelt, um dann festzustellen, wieviel Geld tatsächlich abhanden gekommen war. Ich habe aber, nachdem ich dem dummen Russen, und ich sag dir, es war ein dummer Russe, das Geld über den Tisch geschoben habe, einige Bündel in den Mülleimer neben mir plumpsen lassen. Rund zwanzigtausend Mark waren das. Und die habe ich dann, als die Aufregung sich legte und die Polizei wieder abgezogen war, in meinen Rucksack gestopft.«

»Und das haben die Bullen nicht bemerkt?«

»Der Russe war weg, meine Beute lag im Mülleimer, und als die Sirenen heulten, habe ich den Eimer mit alten Zeitungen vollgepackt. Die Bullen haben den Tatort stundenlang inspiziert, aber auf das Geld in der Mülltonne sind sie nicht gestoßen. Ich glaube, daß auch meine lieben Kollegen den einen oder anderen Hunderter beim Aufräumen eingesteckt haben. Die Gelegenheit war doch günstig. Unsere Löhne sind beschissen. Himmelchen, ein paar tausend Mark, das wäre nicht weiter tragisch. Wenn der blöde Marek nicht dazwischen gekommen wäre. Wie der überhaupt an das Geld gekommen ist, das ist mir völlig schleierhaft. Der war doch gar nicht in der Nähe. Sagen ja auch die Leute vom Arbeitsamt. Der blöde Marek hat wahrscheinlich dem russischen Trottel die Beute geklaut. Und was macht der blöde Marek dann? Er spielt den großen Zampano und läßt den Rubel rollen. War doch klar, daß die Polente ihm bald auf die Schliche kommt. Und jetzt zu meinem Problem: Wenn die Kripo herausbekommt oder vielleicht schon herausbekommen hat, daß ich mir auch eine paar Scheinchen unter den Nagel gerissen habe, werden alle denken, der Mischnik hat dem Akuszewski einen Teil der Beute in den Keller gelegt, um den Verdacht von sich abzulenken. Habe ich aber nicht getan. Nur wie soll ich das beweisen? Die von der Kripo haben mich zigmal gefragt, warum ich dem Russen so viel Geld herausgegeben hätte. Der Russe hat mit der Knarre vor meiner Nase herumgefuchtelt, habe ich gesagt, da habe ich nicht lange nachgedacht, geschweige denn mühsam nachgezählt. Damals haben die mir geglaubt. Mittlerweile glauben die mir bestimmt gar nichts mehr. Sind Sie sich wirklich sicher, haben die mich gefragt, daß der Räuber ein Russe ist? Einen russischen Akzent, habe ich gesagt, den erkennt ein Ossi. Dieses Russendeutsch wird doch durch eine Strumpfmaske nicht verzerrt! Da haben sie mich angeguckt, als würde ich mit dem Kerl unter einer Decke stecken, als würde der Russe in Wahrheit ein Mongole sein. Oder was weiß ich.«

Kuballa wurde bleich. Blöde Zufälle, dachte er.

»Die glauben mir gar nichts mehr«, wiederholte Ingo.

Für Kuballa war der Zeitpunkt gekommen, um von einem anderen Zufall zu erzählen. Er hätte Ingo beruhigen können, wenn er zugegeben hätte, daß auch er, Raimund W. Kuballa, von dem dilettantischen Bankräuber, dem russischen Trottel, profitiert hatte.

Kuballa hätte nämlich erzählen können, ja, erzählen müssen, daß er zur Stunde des Überfalls zufällig am Postamt vorbeigegangen war, daß er den fliehenden Russen und die durch die Luft fliegenden Geldscheine gesehen hatte. Er hätte erzählen können und müssen, daß er auch einen Teil der Beute eingesteckt und dieses Geld in Akuszewskis Keller versteckt hatte, in der Hoffnung, daß der glückliche Finder die Kohle verprassen werde. Er hätte erzählen können und müssen, daß er mit dem Kommissar über die ungewöhnlichen Börsengeschäfte seines Nachbars gesprochen und nur darauf gewartet hatte, daß man Akuszewski verhaften werde, weil er, Raimund W. Kuballa, sich nichts sehnlicher gewünscht hatte, als endlich ganz allein und in aller Ruhe die geliebte Jana zu becircen.

Aber Kuballa erzählte nichts.

Statt dessen dachte er darüber nach, der Polizei einen weiteren Hinweis zu geben. Er wollte das gefährliche Spiel, das er begonnen hatte, auch zu einem bravourösen Ende bringen.

Den Russen, dachte er, den habe ich gesehen, als er seine Strumpfmaske abgezogen hat. Wirklich ein Trottel. Der Russe ist in einen weißen Mercedes eingestiegen, er hat seine Perücke und seine Maske abgezogen. Ich weiß, wie der Mann aussieht. Ich habe ihn gesehen, und der hat mich nicht gesehen. Ein blinder Trottel. Ich weiß, daß der Kerl ein verbranntes Gesicht hat. So viele Russen mit schweren Brandwunden, mit einer zerstörten Nase und einer vernarbten Augehöhle, wird es schon nicht geben.

Kuballa beschloß, den Russen zu verraten.

»Die Polizei wird den Kerl schon finden«, sagte er.

»Die Russen«, entgegnete Ingo, »sind mittlerweile abgezogen. Die sind weg. Die sind weit weg.«

»Manche bleiben auch.«

»Viele sind das aber nicht.«

Kuballa wußte nun auch nicht weiter und bestellte die Rechnung. Er wunderte sich, daß die Gerichte per Gramm abgerechnet wurden, und gab drei Zloty Trinkgeld. Die Kellnerin wünschte den beiden eine gute Nacht: »Dobranoc!«

Sie hatten in einem neuen Hotel direkt am Strand ein Doppelzimmer bezogen; das Hotel war ein häßlicher Betonklotz, ein Gebäude, das wie eine moderne Müllverbrennungsanlage aussah.

Ingo schien heftig zu träumen. Er sprach im Schlaf, und Kuballa, von Ingos Stöhnen mehrfach aufgeweckt, nahm sich vor, das nächste Mal ein Einzelzimmer zu nehmen.

Sie fuhren zurück nach Deutschland. Ihr nächstes Ziel war Usedom, und es dauerte kaum eine Stunde, bis sie dort ankamen. In Bansin bezogen sie eine kleine Ferienwohnung mit Meerblick. Sie legten ihr Reisegepäck auf eine Couch und gingen zum Strand. Ein eisiger Seewind fegte über den Sand, und sie waren froh, mit den Schals und den Handschuhen vom Dom Handlowy ausgerüstet zu sein. Die Ohrläppchen brannten, als sie nach einem ausgedehnten Spaziergang wieder in die Bansiner Wohnung zurückkehrten. Das Haus, eine alte Gründerzeitvilla, war gerade renoviert worden; im Wohnzimmer loderte ein Feuer im Kamin.

In Bansin blieben sie fast eine Woche, und mit jedem Tag schien es Ingo schlechter zu gehen. Er aß kaum noch etwas, und er schwieg stundenlang. Er war mit den Nerven völlig am Ende, als es an einem Morgen aus ihm herausbrach: »Ich kann doch nicht ständig auf der Flucht sein. Sollen die mich doch erwischen, es ist ja eh alles am Arsch.«

»Reg dich ab«, sagte Kuballa. »Ich hole mal eine Zeitung, und wenn die wirklich hinter dir her sind, dann steht das da bestimmt drin.«

Kuballa ahnte schon, was er zu lesen bekäme. Denn er hatte kurz nach der Ankunft in Bansin beim *Neuen Berliner Boten* angerufen. Mit verstellter Stimme hatte Kuballa eine umfassende Täterbeschreibung durchgegeben. Kuballa hatte sich als Augenzeuge ausgegeben, der unerkannt bleiben wollte. Die Frau in der Telefonzentrale des Blattes hatte den Anrufer zunächst für einen Hochstapler gehalten, aber Kuballa konnte die Dame überzeugen, die Angaben zumindest weiterzuleiten.

Der Chefredakteur, der, wie Kuballa wußte, es mit der journalistischen Sorgfaltspflicht nicht so genau nahm, hatte sich diese Chance natürlich nicht entgehen lassen. Kuballa erfuhr später, daß der Chefredakteur höchstpersönlich bei der Polizei angerufen und die Informationen unter der Bedingung weitergegeben hatte, daß er exklusiv berichten dürfe. Seinen Mitarbeitern hatte er von einer wasserdichten Geheimquelle erzählt, und die Telefonistin hatte einen Tausendmarkschein bekommen, damit sie kein Wort über den dubiosen Anrufer verlor.

Die unkonventionellen Arbeitsmethoden des Chefredakteurs wurden offenbar belohnt, denn drei Tage nach Kuballas Anruf war der Russe geschnappt. Der Mann hatte schon seine Koffer gepackt und stand kurz vor seiner Abreise nach St. Petersburg. Er hatte sich offenbar vor einem Leben ohne Armee, einem Leben ohne Soldatensold gefürchtet; er hatte sich auf seine Frau gefreut, die in St. Petersburg auf ihn wartete. Er fürchtete, wegen seiner schweren Kopfverletzung im neuen Rußland keine Anstellung zu bekommen. Er wünschte sich seit Jahren, mit seiner Frau zusammen zu sein und mit seinem Kind, das fünf Jahre alt war und das er vielleicht, alles in allem, bislang fünf Wochen gesehen hatte. So stand es jedenfalls in der Zeitung.

Mehr Heimaturlaub, schrieb der Chefredakteur, habe es bei den russischen Streitkräften nicht gegeben.

Der Chefredakteur hatte dich Geschichte auf die Titelseite gesetzt. Und er hatte sich offensichtlich die nötigen Fotos besorgt. Eine Aufnahme von der Ehefrau des Russen und dazu Schnappschüsse von der niedlichen Tochter. Der Chefredakteur hatte die Geschichte so konzipiert, daß sie auf eine breit angelegte Aktion hinauslief.

Berlin zeigt Herz! Wir spenden, damit der Russe zu Frau und Tochter gehen kann.

Der Chefredakteur hatte, wie er schrieb, selbst schon tausend Mark in den Topf gegeben. Das Für und Wider seines Engagements hatte er ausführlich dargelegt. Der Russe müsse bestraft werden, sicherlich, doch er solle seine Strafe in Rußland absitzen.

Der Chefredakteur nahm wohl an, daß die Aktion erfolgreich verlaufen werde. So viel Geld war ohnehin nicht zu sammeln. Die Polizei vermißte insgesamt noch etwa dreißigtausend Mark.

Kuballa rannte mit der Zeitung in der Hand zurück zu Ingo, der vor dem Kamin saß und so aussah, als würde er gleich sein Testament schreiben.

Ingo las den Artikel.

»Kaum zu glauben«, sagte er, »kaum zu glauben. Wahrscheinlich hat dieser Russe keinen Pfennig seiner Beute ausgegeben. Denn die Bullen ahnen ja nicht, daß ich noch einen Teil eingesteckt habe. Und wahrscheinlich meine lieben Kollegen auch. Kaum zu glauben. Ach, Himmelchen.«

Als Ingo begriff, daß er aus dem Schneider war, daß er getrost nach Berlin zurückkehren konnte, sprudelte es aus ihm heraus; es schien, als wolle er drei oder vier Geschichten gleichzeitig erzählen. Er sprach von dem Russen, von dessen Frau, von dessen Kind und von dem Glück, schwul und kinderlos zu sein.

»Diese Verantwortung würde mich fertigmachen. Wenn ich eine Bank überfalle, bin ich nicht nur ein Räuber, sondern auch ein Schwein, weil ich Frau und Kind in Gefahr bringe. Halleluja, so ein Kind wächst neun Monate im Mutterbauch heran. Und ich werde ein Leben lang daran erinnert, daß ich mit einer Sex gehabt habe. Warum sollte ich überhaupt mit einer reden, mit der ich vor neun Monaten im Bett war? Ich kann mir beim besten Willen nicht vorstellen, warum ich das tun sollte. Wenn ich mir vorstelle, daß ich nach dem Sex immer an mögliche Schwangerschaften denken müßte! Das wäre ja grauenhaft. Die Kohle, die man für Kinder bezahlen muß. Furchtbar. Dann müßte ich bestimmt auch Postämter überfallen. Ach, Himmelchen, die Angst, die mir zu schaffen macht, ist die vor Krankheiten. Das reicht mir schon. Da hat mir neulich einer eine Syphilis und einen Genitalherpes angehängt, aber ich bin heilfroh, daß bei mir nur Krankheiten herauskommen und keine Kinder.«

Kuballa war nicht nur stolz darauf, daß sein Plan funktioniert hatte, sondern er freute sich auch über Ingos Redefluß. Der Wortschwall wirkte auf Kuballa wie ein Aufputschmittel.

Dieses Glück, dachte er, ist mein Werk. Los, rede weiter, immer weiter.

Als Ingo über Kinder und Krankheiten herzog, erregte ihn das. Ingo hatte sich schon oft über das eine oder andere Leiden ausgelassen, aber bislang hatte Kuballa, der eigentlich in einer aseptischen Welt zu leben wünschte, diese Geschichten nicht hören wollen. Nun aber war er ganz Ohr, und so stellte er Fragen über Fragen, um noch mehr über Ingos Gebrechen zu erfahren. Und die Geschichten wurden drastischer und derber.

»Als die Mauer fiel«, erzählte Ingo, »sind wahrscheinlich viele geile Ostschwule in den Westen gefahren und haben erst mal ihr Nachholbedürfnis befriedigt. Das war doch prima, daß man in ganz bestimmten Kneipen, ja, du weißt schon, daß man dort drüben in aller Ruhe nach dem zweiten und dritten Bier einen guten Fick haben konnte. Wir sind dann losgezogen, mit geölter Kiste eben, und so isses dann passiert.«

»Aids?«

»Ach, alles eben. Fast komisch, daß ich mich bislang nicht infiziert habe.«

Wirklich? Beinahe hätte Kuballa gesagt: Wie schade, daß du darüber nichts erzählen kannst. Aids, das wäre doch auch eine schöne Geschichte.

Silvester rückte näher, und sie hatten sich vorgenommen, rechtzeitig nach Hiddensee aufzubrechen. Es war noch einige Grad kälter geworden, und in Bansin hieß es, daß das Fährwasser zwischen Stralsund und der Insel zugefroren sei. Und so war es dann auch. Ingo und Kuballa begaben sich nach Schaprode, einem kleinen Fischerörtchen auf Rügen, um dort auf das Schiff zu warten, das die Reisenden durchs Eis nach Hiddensee bringen sollte.

sechzehn

Das Hiddenseer Tourismusbüro hatte den beiden ein kleines Gartenhaus in dem Örtchen Grieben reserviert. Es gab keine Dusche, obwohl die Dame vom Tourismusbüro von einer akzeptablen Naßzelle gesprochen hatte. Die Heizung war außer Betrieb, doch Ingo und Kuballa ärgerten sich nicht, sondern waren hellauf begeistert, als sie zwei Bilder, eines von Maria und eines von Joseph, an der Wand hängen sahen, und sie öffneten vergnügt eine Flasche selbstgemachten Sanddornlikör, die der Vermieter auf den Nachttisch gestellt hatte.

»Fehlt nur das nackte Jesulein«, sagte Ingo.

Kuballa kostete den Sanddornlikör.

»Hoch stand der Sanddorn«, sang Ingo, »am Strand von Hiddensee ...«

»Hört sich nach Ostrock an«, meinte Kuballa.

»Ist Nina Hagen.«

Nach einer Radwanderung über die erstarrte Ostsee, bei der sie einen Fischer trafen, der ein Loch in die Eisdecke geschlagen hatte, um große Meerestiere zu angeln, gingen sie in ein Gasthaus, das schräg gegenüber ihrer Gartenlaube lag. Im *Enddorn*, so hieß die Spelunke, schlürften sie eine deftige Fischsuppe und trauten sich kaum, mit der Papierserviette ihre Suppenmünder abzuwischen. Der Wirt, ein bulliger Seemann, hatte nämlich auf die Serviette seine Meinung zu den neuen Wirtschaftsverhältnissen drucken lassen.

Für Ihren Besuch bedanken sich der Wirt und das Finanzamt. Nach der Bezahlung von Einkommens-, Ver-

mögens-, Mehrwert-, Vergnügungs-, Erlaubnis-, Lohn-, Kirchen-, Gewerbe-, Gewerbeertrags-, Kapitalsteuer, dazu die Beiträge für Haftpflicht-, Unfall-, Lebens-, Feuer-, Invaliden-, Arbeitslosen-, Angestellten-, Einbruchversicherung und die Gebühren für Heizung, Müll, Schornsteinfeger, Telefon, Gas, Energie, Wasser, Zeitung, Radio, Fernsehen und Miete bleibt uns nur das Geld für diese Werbung. Empfehlen Sie uns weiter.

Der Solidarzuschlag, dachte Kuballa, wird nicht erwähnt.

Am nächsten Morgen, am einunddreißigsten Dezember vierundneunzig, machten sie sich auf zu Pastor Manfred Kolb, der, so hieß es im *Enddorn*, mittlerweile eine Institution auf Hiddensee sei.

Der Pfarrer schien keineswegs erstaunt, als die beiden vor seiner Tür standen. Er nahm wohl an, es handele sich um Urlauber, die sein mittlerweile über die Inselgrenzen hinaus bekanntes *Antiquariat zur Deutschen Einheit* anschauen wollten. Als aufrechter Gottesmann kümmerte sich Pfarrer Kolb nicht nur um Arme und Kranke (von denen es auf Hiddensee kaum welche gab) und seelisch in Not geratene Menschen (von denen es seit Beginn der neunziger Jahre zunehmend mehr gab), er war, wie er erzählte, auch ein Liebhaber verschmähter Kulturgüter, und so fuhr er über die ostdeutschen Lande und rettete tonnenweise Bücher vor der Vernichtung – allesamt Werke, die in der Deutschen Demokratischen Republik erschienen waren und die, so sagte Pastor Kolb, heutzutage keiner mehr lesen wolle. Klassiker des Marxismus, stalinistische Propagandaschriften, aber auch die ersten Versuche vom Zirkel schreibender Arbeiter, Texte von Werktätigen also, die, noch verschwitzt von der körperlichen Arbeit, zur Feder gegriffen hatten. Er hortete verwegene Reime von Lyrikern der ostdeutschen Poetenbewegung, die zum Wohle der Planwirtschaft Verse geschmiedet hatten. Der Pastor verwahrte auch Bücher, die im Osten Bestseller gewesen waren, die aber wegen ihres schmucklosen Designs im wiedervereinigten Deutschland ausgemustert worden waren.

Für die Vernichtung von Literatur, sagte Pastor Kolb, werde mehr Geld ausgegeben als für die Förderung von Literatur.

Schon wieder ein Sammler, dachte Kuballa. Erst jagen, dann sammeln, das ist die Menschheit.

Doch Pastor Kolb erklärte, daß er die Bücher keineswegs behalten wolle.

»Ich freue mich, wenn die Urlauber hier vorbeikommen, um sich ihre Ferienlektüre auszusuchen.«

Allerdings, sagte er mit erhobenem Zeigefinger, müßte jeder, der ein Buch mitnehme, hoch und heilig versprechen, das gute Stück niemals in den Mülleimer zu werfen.

Ingo war von dem Engagement des Pfarrers offenbar beeindruckt, so daß er zu vergessen schien, sich als ehemaliger Mitschüler zu outen. Auch Kuballa war von den Büchermassen begeistert, so daß er seinen ursprünglichen Plan, mit dem Pastor über dessen Eltern zu plaudern, auf unbestimmte Zeit verschob.

»Bedienen Sie sich«, sagte Pastor Kolb, und die beiden zogen durch die Sakristei, den Gewölbekeller unterm Kirchenschiff und durchs Pfarrhaus. Sie stöberten in Kisten, blätterten in diesem und jenem Buch. Ingo erzählte von der Qual mit mancher Schullektüre, und Kuballa, der sich im Verlauf seiner Ostleidenschaft auch auf die mehr oder weniger sozialistische, also auf die ostdeutsche Buchproduktion gestürzt hatte, kramte Werke hervor, die er gelesen hatte.

Viele Bücher gab es mehrfach, um nicht zu sagen zigfach: *Die Aula* stand in fast hundertfacher Ausfertigung in den Regalen. *Der geteilte Himmel* war mindestens zweihundertmal zu finden. Den Rekord hielt aber der Roman *Quasthoff*. Dieser Schmöker war in schier unbegrenzter Anzahl vorhanden.

Ingo kannte, wie er sagte, die Bücher, die Kuballa gelesen hatte, natürlich auch, aber das waren offensichtlich nicht jene, die Ingos Erinnerungen an die Schulzeit prägten: Da gab es zum Beispiel einen Dichter, einen schwulen Dichter, von dem Kuballa bislang noch nichts gehört hatte. Es war ein Lyriker, der seine Gedichte singend vorgetragen und dazu Gitarre gespielt hatte. Von diesem Autor namens Caligula gab es nur wenige Bändchen beim Pfarrer Kolb. Der singende Lyriker, erzählte Ingo, habe sich ein halbes Jahr vor dem Mauerfall umgebracht.

Ingo hatte sich mit einem Lyrikband in eine Ecke des *Antiquariats zur Deutschen Einheit* gesetzt, und Kuballa nahm sich den *Quasthoff* vor. Das war die Geschichte eines westdeutschen Managers, der sich mehrfach beim Bundesnachrichtendienst, Abteilung Wirtschaftsspionage, beworben hatte. Der Mann suchte einen neuen Job. Seine Firma langweilte ihn genauso wie seine Familie. Gerald Quasthoff suchte das Abenteuer, und er glaubte, beim Geheimdienst aufregende Dinge zu erleben. Der Bundesnachrichtendienst aber hielt Quasthoff für einen unzuverlässigen Gernegroß, und so meldete er sich bei der Staatssicherheit. Dort wurde dann er wie ein Topspion behandelt. Quasthoff spionierte nicht nur seinen Betrieb aus, der auf Düngemittel spezialisiert war, er freundete sich auch mit Leuten aus der bayerischen Wirtschaftskammer an, die im Rüstungssektor tätig waren. Quasthoff genoß das Leben eines Agenten. Jeder Besuch in Ostberlin endete mit einer großen Orgie in einem der Puffs, die von der Staatssicherheit verwaltet wurden. Quasthoff bekam viel Geld und erntete reichlich Anerkennung. Er war von der weltgeschichtlichen Bedeutung seiner Arbeit dermaßen berauscht, daß er sogar einen Mordauftrag in Polen übernahm. Die Zielperson aber war eine Kollegin, die Quasthoff bei einem seiner konspirativen Treffs kennengelernt und in die er sich auch ein wenig verguckt hatte.

Der Roman endet mit einer gut hundertseitigen

Schilderung, wie er die Frau erst verführt und dann kaltblütig umbringt.

Kuballa hatte den *Quasthoff* zu Beginn des Studiums gelesen, und auch damals hatte ihm die Rücksichtslosigkeit des Helden imponiert. Diesmal wirkte das Buch wie eine Droge. Gierig sog er die Zeilen in sich hinein, und bald sah er so aus, als hätte er mehrere Ecstasypillen geschluckt. Er las weiter und weiter, und gegen Ende hielt er sich selbst für einen Quasthoff. Fehlte eigentlich nur noch die passende Frau, die zu ermorden war.

In diesem Augenblick kam Ingo herbei. Er sah einen völlig verschwitzten Kuballa, der phantasierend auf dem Boden lag.

»Was ist denn los?« frage Ingo.

»Mir ist leicht schwindelig«, gluckste Kuballa.

»Du hast genauso rote Augen wie auf Usedom, als wir die Festnahme des Russen gefeiert haben.«

»Kann sein.«

»Schau dir die Bücher an«, sagte Ingo, um Kuballa zu beruhigen. »Der hat nicht nur den Ostkram. Der hat auch die Klassiker. Ringelnatz, Benn, Mann und natürlich Hauptmann, immer wieder Hauptmann. Und alle waren auf Hiddensee. Mal länger, mal kürzer.«

Kuballa blickte erschöpft auf die zum Teil schon vermoderten Bände.

»Apropos Gerhart Hauptmann«, sagte Ingo, »wollten wir heute nicht sein Wohnhaus besuchen?«

»Weiß nicht, mir ist heute nicht mehr nach Hauptmann. Was soll ich überhaupt in diesem Wohnhaus? Gucken, wie der Herr Schriftsteller gewohnt hat?«

»Ja, warum denn nicht?«

»Das gibt mir nichts.«

»Weißt du doch gar nicht. Erst ansehen, dann lästern.«

»Ich frag mich nur, was ich da will.«

»Aha.«

Kuballas Kopf war rot und heiß, seine Augenlider

zuckten. Er stöhnte wie ein alter Mann, der sich beim Treppensteigen abmüht.

»Kannst du mir einen Gefallen tun?« fragte Kuballa mit schwacher Stimme.

Ingo nickte.

»Heute kein Wort mehr über irgendeinen Schriftsteller? Kein Ton über Literatur mehr, keine Bücher, nichts, sonst dreh ich ab.«

»Hast du Fieber?« fragte Ingo.

»Wahrscheinlich eine spontane Literaturallergie. Sind einfach zu viele Bücher um mich herum«, sagte Kuballa.

Pastor Kolb hatte angedeutet, er werde wie jedes Jahr zum Hiddenseer Leuchtturm gehen, um dort mit seiner Haushälterin, die gut dreißig Jahre älter war als er, auf den Jahreswechsel anzustoßen. Und so verabschiedeten sie sich vom Pastor mit der Bemerkung, man werde sich um Mitternacht ja wiedersehen. Nach dem Buchschock hatte Kuballa sich hingelegt und wäre auch zur Mitternachtsstunde nicht wieder aufgestanden, wenn Ingo ihn nicht geweckt und rechtzeitig auf den fast zweiundsiebzig Meter über dem Meeresspiegel ragenden Berg Schluckswiek gezogen hätte.

Auf dem Hügelchen stand der über hundert Jahre alte Leuchtturm, um den sich nicht nur die Hiddenseer Dorfjugend, sondern auch Feriengäste samt Inselgendarmerie und Tourismusbüroteam versammelt hatten.

Ingo öffnete gerade eine Flasche Rotkäppchensekt, als der Pfarrer und seine Haushälterin hinzukamen. Pastor Kolb, der Literaturfreund, wußte nichts von Kuballas nervösem und in jeder Hinsicht literaturfeindlichem Zustand, und als um Mitternacht die Kirchenglocken schlugen, begrüßte er das Jahr fünfundneunzig mit einem plattdeutschen Sprüchlein.

Hett di din Fru watt dohn
Un dä die weh

Un will die nich verstohn
Denn pack din Leed un Krohm
Un goh noh Hiddensee
Do warst du licht un free.

Die Männer johlten. »Hett di din Fru watt dohn«, riefen sie übers Meer, und Kuballa, der noch keinen Tropfen Rotkäppchensekt getrunken hatte, machte der plattdeutsche Denkspruch über die falschen Frauen und die echte Freiheit schlagartig besoffen.

»Soonee Lilararur«, krakeelte Kuballa, »is ölllisch. Schlwrq.« Ihm fiel kein unflätiges Wort mehr ein, das Sinn ergab; dermaßen wirr war er im Kopf. Und so verzichtete er auf weitere Pöbeleien.

Ingo, von der phänomenalen Kraft maritimer Dichtkunst weniger angeschlagen, teilte sich den Sekt mit dem Pastor und erzählte ihm endlich, daß man sich kenne.

Kuballa verließ schon bald die Feiernden. Auf allen vieren krabbelte er vom Berg Schluckswiek zur Griebener Gartenlaube und fiel, Stunden später, schwitzend und keuchend ins Bett.

Am Neujahrsmorgen lag Kuballa immer noch allein in der Hütte. Ingo hatte sich einen anderen Schlafplatz ausgesucht. Auf dem Tisch fand Kuballa einen Zettel von Ingo, der offenbar am Morgen vorbeigekommen war und nun auf diesem Wege mitteilte, daß er sich freue, wenn der Patient gegen drei Uhr nachmittags beim Pastor Kolb auftauchen würde.

Kuballa war überpünktlich. Die Haushälterin des Pfarrers sagte, der Herr Mischnik sitze schon im Wohnzimmer, und Kuballa staunte nicht schlecht, als ihm Ingo erzählte, er habe die Nacht im Bett des Pastors verbracht.

»Manfred und ich«, sagte Ingo, »verstehen uns ausgezeichnet.« Man habe über Schöneweide gesprochen, über den Verfall und die Sanierungswut. Über den Osten und die Ostalgie, über die Freiheit, über Jesus Christus, Maria und Joseph.

»Übrigens, der Manfred ist auch schwul.«

»Ach, was du nicht sagst.«

»Weißt du, der kam zur Kirche, Anfang der Achtziger, wie ich, der war in einem der ersten schwulen Arbeitskreise. Die wurden von einem Pfarrer in Leipzig organisiert. Der Manfred ist von zu Hause abgehauen, weil er die Sprüche seines Vaters nicht mehr ertragen hat. Einen Parasiten, einen Volksschädling hat der seinen Sohn genannt. Himmelchen, das hätte ich dem alten Kolb gar nicht zugetraut.«

Ich schon, dachte Kuballa.

»Der Manfred hat in Leipzig bei der Kirche einen Job bekommen, er hat Manifeste geschrieben, warum Homosexuelle nicht für die Konterrevolution, sondern für den Sozialismus kämpfen, aber das haben die Staatssicherheitssozialisten, so nennst du doch die Kerle, also die haben Manfreds Arbeitskreis für eine subversive Organisation gehalten. Er hat sich geweigert, seinen Dienst bei der Nationalen Volksarmee zu schieben, und deshalb haben sie ihn in einen Militärknast gesteckt. Menschenveredelungsanstalt haben die das genannt. Und weißt du was? Weil Manfred so politisch aktiv war, sind Leute aus Westdeutschland auf ihn aufmerksam geworden und haben einen Freikauf organisiert. Sage und schreibe fünfundneunzigtausend Westmark sollte Manfred kosten. Und mein Pastörchen hat abgelehnt. Ich bin mehr wert, hat er gesagt. Himmelchen.«

Der Pfarrer betrat das Wohnzimmer, ging zu Ingo, umarmte ihn und wandte sich zu Kuballa: »Sie kennen meine Eltern?«

Kuballa, der sich wunderte, daß der Herr Pfarrer ihm gegenüber so förmlich blieb, erzählte mehr in Stichworten als in ausformulierten Sätzen, wie er nach Schöneweide gekommen war, wie er die Kolbs kennengelernt und unter welchen Umständen er den Namen Manfred Kolb zum ersten Mal gehört hatte.

»Sie möchten Ihre Eltern nicht wiedersehen?« fragte Kuballa.

»Meine Eltern wissen, daß ich auf Hiddensee lebe. Sie wissen, daß ich Pfarrer bin. Ich habe sie eingeladen, mich zu besuchen. Mehr kann ich nicht machen.«

Das Thema war damit abgehakt.

Wie unspektakulär, dachte Kuballa.

Die ersten Tage im neuen Jahr hatte sich Kuballa anders vorgestellt. Stundenlang wanderte er allein über Hiddensee, und wenn er nicht wanderte, saß er in Kneipen und trank Tee. Ingo verbrachte die Zeit mit seinem Manfred, was Kuballa zwar einsah, was ihn aber trotzdem ärgerte, und so beschloß er, demnächst abzureisen.

Er hatte seinen Rucksack schon gepackt, als er vom Tod Akuszewskis erfuhr. Er war keines natürlichen Todes gestorben. Die Zeitungen berichteten ausführlich darüber: Der achtundzwanzigjährige Marek A. sei an den Folgen innerer Verletzungen verstorben, die er sich bei einer Schlägerei auf dem Bahnhofsvorplatz in Schöneweide zugezogen habe.

Akuszewski war, wie er später von den Kolbs erfuhr, am Silvestertag nach Oberschöneweide gekommen, um sich in der *Stumpfen Ecke* zu betrinken. Akuszewski hatte das neue Jahr nicht in Holland begrüßen wollen. Er war mit seinem Job durchaus zufrieden gewesen, doch da seine Arbeitskollegen den Jahreswechsel im Kreise ihrer Familie verbrachten und Akuszewski nicht mit sich selbst anstoßen wollte, war er nach Berlin gefahren.

Die Polizei, schrieb die Zeitung, gehe davon aus, daß es sich bei den Tätern um jene Schläger handele, die in Oberschöneweide schon mehrere Obdachlose überfallen hätten. Marek A., so habe die Untersuchung ergeben, sei den Tätern schutzlos ausgeliefert gewesen, da er zum Zeitpunkt seines Todes fast zwei Promille Alkohol im

Blut gehabt hätte. Die Täter hätten dem Verstorbenen mit einem Messer ein Hakenkreuz in den Rücken geritzt. Ein politischer Hintergrund der Tat sei nach Angaben der Polizei nicht auszuschließen, aber unwahrscheinlich.

Das ist wieder schlecht für den Mietspiegel, dachte Kuballa. Das wird die Makler und die Wohnungsbesitzer in Schweineöde ärgern.

Kuballa war, nachdem er sich in Köpenick von Wesemüller hastig verabschiedet hatte, nicht wie geplant am Rathenauplatz ausgestiegen. Er fuhr weiter zum Bahnhof Schöneweide, weil er das Bedürfnis verspürt hatte, sich den Bahnhofsvorplatz, auf dem Akuszewski ermordet worden war, noch einmal anzuschauen. Es waren mittlerweile viereinhalb Jahre vergangen, und in dieser Zeit wurden noch drei andere Leute auf diesem Platz getötet. Angeblich sollen dabei keine Nazischläger beteiligt gewesen sein. Die Bahnhofspenner, so hieß es in der Zeitung, hätten sich gegenseitig umgebracht. Nach dem dritten Toten auf dem Bahnhofsvorplatz wurden zwei Streifenpolizisten abkommandiert, um den Platz zu bewachen.

Kuballa überlegte, ob er noch einmal mit seinem ehemaligen Nachbarn hätte sprechen wollen. Über Jana. Über alles, was passiert war.

Eigentlich nicht, dachte er.

Kuballa ging zum Bahnhofskiosk, kaufte noch eine Flasche Gin und zwei Flaschen Tonic.

Bevor er nach Hause ging, rief er seine Eltern von einem Telefonhäuschen an, das vor dem Bahnhofseingang aufgestellt war und in dem es fürchterlich nach Urin stank.

»Hallo«, sagte Kuballa

»Hallo Raimund«, sagte seine Mutter, die ihn sofort an seiner Stimme erkannt hatte.

»Wie geht's denn?« wollte sie wissen, aber Kuballa gab keine Antwort.

»Ich wollte euch nur mitteilen, daß ich Schweineöde demnächst verlassen werde.«

»Das wird Papa aber freuen. Ich gebe ihn dir gleich mal.«

»Ich höre, du wirst vernünftig. Wurde ja auch Zeit.«

»Ich werde die nächsten Jahre wieder auf Reisen sein.«

»Auf Reisen? Du weißt ja auch nicht, was du willst. Hast du nicht felsenfest behauptet, du wolltest zehn Jahre in diesem schrecklichen Ort bleiben? Wenn ich mich nicht irre, sind gerade mal acht Jahre um. Ich glaube, da hast du wirklich ein Problem. Mach doch endlich mal, was du dir vornimmst. Und wenn's noch so doof ist. Aber das schaffst du nicht. Brauchst du ja auch nicht zu schaffen. Du hast ja geerbt, du bist ja ein freier Mann.«

Ortfried Kuballa sagte noch das, was er seinem Sohn schon oft gesagt hatte, daß er nämlich in seinem Leben immer sehr hart gearbeitet habe, daß er und seine Frau das Restaurant nur mühsam zum Laufen gebracht hätten, daß sie bei allen Wirtschaftskrisen stets die Arschbacken zusammengekniffen und durchgehalten hätten. Und daß sie sich nun auf die wohlverdiente Rente freuen würden.

»Worauf freust du dich denn?«

»Daß dieses Gespräch nun beendet ist«, sagte Kuballa und legte auf.

s i e b z e h n

Kuballa ließ Ingo auf Hiddensee zurück. Er brach hastig auf, weil er hoffte, rechtzeitig in Schöneweide zu sein, um Jana auf Akuszewskis Beerdigung begleiten zu können.

Kuballa nahm den Zug und fuhr erster Klasse. Mutterseelenallein saß er im Abteil. Die Zeit, die er mit Jana verbracht hatte, zog an ihm vorbei. So undeutlich wie das platte ostdeutsche Land.

Wie groß war das Verlangen gewesen, als er Jana zum ersten, zum zweiten Mal gesehen hatte. Bei Akuszewskis Party, auf der Straße gegenüber vom *Tausendbierhaus*. Wie aufwühlend waren die Nachmittage in der *Sauna Sabrina*. Wie aufregend war die Vorstellung, daß es doch mal klappen, daß doch mal mehr aus der Hoffnung werden könnte.

Er hatte Akuszewski ausgeschaltet. Und zwar mit allen Mitteln. Er hatte sich, was sonst gar nicht seine Art war, nach dem Bunkerfiasko sogar auf eine Entschuldigungszeremonie mit Jana eingelassen. Kuballa hatte förmlich unter Strom gestanden, als er auf der Suche nach einem Versöhnungsgeschenk war. Er hatte sich in Hoppegarten angestrengt, nett zu sein, und er hatte sich alle Mühe gegeben, der verehrten Jana ein verführerisches Mahl zu bereiten. Nur hatte sich Kuballas Sehnsucht nach dem ersten Sex in Luft und nicht in Liebe aufgelöst.

Kuballa war also froh, daß er den Jahreswechsel zusammen mit Ingo schon lange im voraus geplant hatte, daß er mit Ingo zu einer Odyssee in den Osten aufgebrochen war, um die Feiertage nicht bei den Pitzkes verbringen zu müssen. Jana hatte schon im September, also fast drei Monate vor Weihnachten, von ihrem Wunsch gesprochen, unbedingt einen Tannenbaum zu besorgen, und Kuballa hatte sich gefreut, diesen Baum nicht schmücken, beim Fest der Liebe nicht dabei sein zu müssen.

Kuballa hielt sich im Grunde genommen für liebesunfähig. Schon immer hatte er sich auf die Phase vor dem ersten Sex konzentriert. Auf die Sehnsuchtsphase. Wilder Sex fand bei ihm, wenn überhaupt, nur im Kopf statt. Lange bevor er Jana das erste Mal geküßt hatte, war er schon in Träumen über sie hergefallen. Frauen, die schon beim ersten Gespräch ihre Ambitionen andeuteten, lehnte Kuballa ab. Jana war, so nannte er das, ein perfektes Modell. Denn die Sehnsuchtsphase hatte länger gedauert, als er gehofft hatte. Die Sehnsuchtsphase hatte ihn zu Höchstleistungen angetrieben.

Im Rückblick schienen ihm seine Gefühle vollkommen unverständlich. Jana war weit weg, und sie würde demnächst Deutschland verlassen. Den Nutellafresser Akuszewski, dachte er, werde ich zu Grabe tragen, ich werde Jana trösten, und dann ist alles vorbei.

Der verlorene Kolbsohn, dachte er. Die gleiche Geschichte. Was habe ich mich über den Versprecher von Herrn Oberst gefreut, was hätte ich damals in dem Atombunker dafür gegeben, den verschwiegenen Sohn sofort kennenzulernen. Und als der Verstoßene dann vor mir stand, hat er mich nicht mehr interessiert. Gut, daß Ingo dabei war. Gut, daß Ingo den Pfarrer abgelenkt hat. Gut, daß der Herr Pastor nicht lange über seine Eltern reden wollte.

Akuszewskis Beerdigung hätte trostloser nicht ausfallen können. Noch nicht einmal seine Eltern waren zur Totenfeier in der Kapelle erschienen. Neben Kuballa hatten sich auf dem Friedhof in der Wuhlheide lediglich Justine mit ihrem neuen Lover, die Kolbs, Jana und ein paar Saufkumpane aus der *Stumpfen Ecke* eingefunden.

In der Kapelle war es totenstill. Jana ging nach vorn und trug ein paar Jugenderinnerungen vor: Wie sie Akuszewski kennengelernt hatte und was für ein großartiger Mitschüler er gewesen war. Er hatte sie bei den Matheprüfungen immer abschreiben lassen.

Nachdem sich Jana wieder auf ihren Platz niedergelassen hatte, wurde von einem Tonband ein Stück Trauermusik abgespielt, wobei offensichtlich keiner der Anwesenden genau wußte, um welche Musik es sich handelte und wer den Titel eigentlich gewünscht hat. Ein Friedhofsangestellter kam, nahm die Urne und ging hinaus auf den Friedhof, der am Rande der Wuhlheide lag. Nach gut fünf Minuten war die Zeremonie beendet.

Kuballa hatte immer geglaubt, Akuszewski sei in Schöneweide sehr beliebt, zumindest sehr bekannt gewesen. Seine letzte Party war doch gut besucht? Bei einer Beerdigung, dachte Kuballa, gibt es kein Freibier. Deshalb sind so wenig Leute da.

Kuballa irrte sich. Denn der Wirt der *Stumpfen Ecke* lud die kleine Trauergesellschaft ein, nach der Feierstunde doch bitte auf ein Glas Schnaps in seine Kneipe zu kommen. Die Kellnerin hatte ein Tablett mit Schnittbrötchen auf die Theke gestellt, und der Wodka floß in Strömen.

Am späten Abend saß Jana auf Kuballas Bett und schaute ihm in die Augen. Kuballa nahm an, daß Jana, die in der Kapelle ständig geweint und die noch immer wäßrige Augen hatte, nun getröstet werden wollte. Er legte seinen Arm um ihre Schulter, und Jana drückte ihre nassen Augen gegen seine Brust. Gegen Mitternacht zog er sie langsam aus. Man hätte annehmen können, daß Kuballa ihr gegenüber sehr zärtlich war. Doch er spielte diese Zärtlichkeit nur.

Sie schliefen miteinander, und Kuballa mochte den Sex, weil er glaubte, daß Jana in Wahrheit schon weit weg, irgendwo in Amerika sei. Und diese Vorstellung erregte ihn.

Am Tag vor ihrem Abflug nach Washington trug Jana wieder ihren Jeansrock. Kuballa war das gleichgültig. Er sagte, daß er sie nicht zum Flughafen bringen werde. Bei Abschiedsszenen könne er nicht traurig sein; Jana gab sich schon damit zufrieden, daß er überhaupt davon gesprochen hatte, traurig zu sein.

Der Abschiedsabend wurde ein Abend ohne Sex. Kuballa sagte, er könne nicht auf Kommando vögeln. Jana wirkte enttäuscht, und Kuballa glaubte, daß sie ihre Enttäuschung zu überspielen versuchte, indem sie zu plappern begann. Sie sprach von dem Zivildienstleistenden, der sich nun um ihre Mutter kümmern werde, sie sprach davon, daß sie wegen des bevorstehenden Fluges so aufgeregt sei wie damals, als sie zum ersten Mal die *Messe der Meister von Morgen* besucht hatte. Doch Kuballa hörte nicht zu. Am nächsten Tag war Jana weg und Kuballa allein.

Jana war noch nicht mal eine Woche in den Vereinigten Staaten, als Kuballa ihr einen Brief schrieb, in dem er ihr mitteilte, daß ihre Beziehung beendet sei. Er schrieb das in einem Tonfall, als würde er ein Zeitungsabonnement abbestellen. Jana war beleidigt und antwortete ihm patzig, daß sie an der Universität bereits einen Amerikaner kennengelernt habe, in den sie sehr verliebt sei. Was zwar den Tatsachen entsprach, was Jana aber niemals zugegeben hätte, wenn Kuballa nicht so schlagartig auf Distanz gegangen wäre.

Frühjahr und Sommer vergingen, und die beiden schrieben sich weder Briefe noch Postkarten. Als Jana in den Semesterferien nach Deutschland kam, traf sie Kuballa zufällig beim Bäcker. Sie standen sich gegenüber und hatten sich nichts zu sagen.

Der Aufenthalt in Amerika hatte Jana verändert. Das dachte jedenfalls Kuballa. Sie verwendet, wie er abschätzig bemerkte, dauernd diese Anglizismen.

All right, sagte sie, als der Bäcker den Preis für die

Schrippen nannte. No chance, sagte sie, als der Bäcker ihr einen russischen Zupfkuchen andrehen wollte.

Jana trug ein rosafarbenes Sweatshirt, auf dem das Logo der Basketballmannschaft der Universität gedruckt war, die sie besuchte, und dieses Sweatshirt hielt Kuballa für eine ästhetische Zumutung.

»Stimmt was nicht?« fragte sie.

»Tolle Farbe«, sagte er und deutete auf ihr Sweatshirt.

»Du ziehst ja nur noch grau an.«

»Das ist richtig individuell, wenn alle Leute rosa tragen.«

Kuballa hatte sich zu einem mürrischen Eigenbrötler entwickelt. Das Jahr fünfundneunzig war das entscheidende Jahr, sozusagen das Wendejahr in seinem, wie er sagte, Schweineödeabenteuer. Doch nicht nur Kuballa hatte sich verändert, sondern auch seine Umgebung. Schöneweide verlor endgültig, wie Kuballa meinte, seinen Ostcharakter, und diesen Wandel hätte er am liebsten aufgehalten. Ich bin doch nach Schweineöde gekommen, sagte er sich, um den Osten zu erleben und nicht die vom Westen finanzierte Umgestaltung. Kuballa hielt die Veränderungen in Schöneweide für eine Strafe der späten Geburt, und als seine Eltern von Kuballas merkwürdigem Konservatismus erfuhren, meckerten sie über seine morbide Einstellung zum Leben und sagten, daß er nicht mehr ganz normal sei.

Kuballa registrierte jede Kleinigkeit, die sich in Schöneweide veränderte. Und je weniger der Ort nach Osten aussah, desto intensiver vergrub sich Kuballa in einer Geisterwelt, in der es zuging, als sei die Berliner Mauer nie abgerissen worden. Zu einer Zeit nämlich, als in Oberschöneweide immer mehr Häuser renoviert wurden, als neue Geschäfte und reihenweise Bankfilialen aufmachten, sogar ein Hotel am Spreeufer geplant wurde, als die alten Telefongeräte an den Hauswänden abmontiert wurden; zu einer Zeit, als die Telekom hoch und heilig versprach, demnächst tatsächlich eine Telefonleitung in Kuballas Wohnung zu legen; zu einer Zeit, als die Zeitungen begannen, über den Abriß des *Palasts der Republik* zu streiten, und als das einst so vornehme *Palasthotel*, in dem Kuballa Schweinebraten gegessen hatte, ohne Zeitungsdebatten gesprengt wurde; zu einer Zeit, als das Bundesverfassungsgericht entschied, daß man Personen, die ihren, so hieß es in dem Urteil, Lebensmittelpunkt in der Deutschen Demokratischen Republik gehabt und gegen die Bundesrepublik spioniert hatten, nicht mehr wegen Landesverrat verfolgen dürfe – zu dieser Zeit versank Kuballa nun endgültig und mit beängstigender Konsequenz in der Welt der realsozialistischen Staatssicherheitsspionage. Er wollte endlich herausbekommen, wie dieses Überwachungssystem funktioniert hatte. Und er glaubte, er könne seinem Ziel nur näher kommen, wenn er sich mit dem Gegenstand seiner Begierde restlos identifizierte.

Keinen Fernsehfilm ließ er aus, in dem es um die Staatssicherheit ging. Und da es Mitte der neunziger Jahre richtig in Mode war, Stasifilme zu drehen, hing Kuballa fast jeden Abend vor dem Fernseher. Kuballa informierte sich über die Schicksale ehemaliger Staatssicherheitsmitarbeiter, und natürlich wußte er bald, wo diese Leute noch immer ihr Unwesen trieben. Natürlich in der Sicherheitsbranche.

Kuballa besorgte sich Bücher über das weltweite Agentennetz der Deutschen Demokratischen Republik, und er kaufte auf einem Flohmarkt eine vollautomatische Brieföffnungsanlage, mit der die Staatssicherheit die Post ihrer Bürger kontrolliert hatte. Er hatte noch nie ein Bügeleisen besessen. Nun kaufte er sich eines, weil ihm zu Ohren kam, daß die Postkontrolle damit die geöffneten Briefe wieder verschlossen hatte.

Als Jana im Februar sechsundneunzig aus Washington zurückkam, war Kuballa dermaßen von seinen Staatssicherheitsgeschichten absorbiert, daß er seine Exfreundin, als er sie auf der Straße sah, nicht einmal grüßte.

Die nervt mich, dachte er. Ich habe wichtigere Dinge zu tun als mich mit einer Amerikastipendiatin zu unterhalten.

Jana schien Kuballas Verhalten nicht einordnen zu können, und so erkundigte sie sich bei den Kolbs, wie es ihm denn gehe. Von denen bekam sie lediglich zu hören, daß niemand so genau wisse, was den Kuballa eigentlich umtreibe.

»Wir haben den seit Wochen nicht mehr gesehen«, sagte Frau Kolb, »manchmal glaube ich fast, daß es den Kuballa gar nicht mehr gibt, daß der sich in Luft aufgelöst hat.«

»Ich mache mir richtig Sorgen. Das ist doch nicht normal. So wie der verhält sich doch kein Mensch.«

Die Kolbs rieten ihr, dem kauzigen Nachbarn bloß nicht zu nahe zu treten, und so arrangierten sich alle mit dem neuen Zustand: daß da einer im Erdgeschoß eines zunehmend abbruchreifen Hauses saß, der aus dem Westen gekommen war, der erst freundliche, dann etwas sonderbare und nun nicht mehr nachvollziehbare Verhaltensweisen an den Tag legte.

Ein seltsamer Wessi, sagten die Leute in Schweineöde. Mittlerweile hatte sich sogar herumgesprochen, daß sich dieser Wessi ganz dem Osten und der Staatssicherheit verschrieben hatte. Denn Kuballa war einer der besten Kunden der Niederschöneweider Buchhandlung, weil er dort Bücher zur Organisationsstruktur des Ministeriums für Staatssicherheit bestellte, Bücher über die Zentrale Koordinierungsgruppe, über die Bekämpfung von Flucht und Übersiedlung, über die Terrorabwehr und Spionageabwehr, über Isolierungslager und über das geheimdienstliche Datennetz des östlichen Bündnissystems.

Seine Regale waren bald überfüllt, und so stellte er die neuen Staatssicherheitsbücher vor seine gesammelten

Romane, die bislang den Löwenanteil seiner Buchsammlung ausgemacht hatten.

Damit die Romane mich nicht ablenken, meinte Kuballa.

Getreu dem Motto seiner neuen Geistesgenossen, daß einer, der alles wisse, auch alles beherrsche, legte er umfangreiche Karteikästen an; es war ein Glossar des Grauens. Von AOP gleich Archivierter Operativer Vorgang bis ZI gleich Zelleninformator war in diesem Archiv so gut wie jeder Fachbegriff verzeichnet, den Kuballa in den vielen Büchern über die Staatssicherheit finden konnte. Er lernte die Abkürzungen sogar auswendig. Saß er auf dem Klo, beschäftigte er sich mit Abkürzungen, die er noch nicht kannte; bei Küchenarbeiten sagte er Abkürzungen auf, die ihm schon einmal untergekommen waren, die er aber noch immer nicht ohne langes Nachdenken abrufen konnte, und vor dem Schlafengehen ging er noch einmal alle Abkürzungen durch, die er bislang in seinem Karteikasten archiviert hatte.

»DB gleich Durchführungsbestimmung, DV gleich Dienstvorschrift, EV m. H. gleich Ermittlungsverfahren mit Haft, EV o. H. gleich Ermittlungsverfahren ohne Haft, OPK gleich Operative Personenkontrolle.«

Früher noch, als er mit den Kolbs über ihre Ostvergangenheit diskutierte, hatte Kuballa über den Abkürzungswahn in der Deutschen Demokratischen Republik gemeckert, hatte den Realsozialismus auch schon mal eine Abkürzungsideologie genannt, mittlerweile machten ihm die vielen Abkürzungen uneingeschränkt Freude. Perfektes Herrschaftswissen nannte er sein Abkürzungsarchiv, und Kuballa glaubte, sein Wissen wirklich perfekt zu beherrschen: Er formulierte Lernziele, und er hielt sich penibel an seine Vorgaben. So ordnete Kuballa den Kalendertagen bestimmte Buchstaben des Alphabets zu. Am siebten Kalendertag eines Monats rezitierte er beispielsweise nur Staatssicherheitsabkürzungen mit dem Anfangsbuchstaben G:

»GHI gleich Geheimer Hauptinformator, GM gleich Geheimer Mitarbeiter, GMS gleich Gesellschaftlicher Mitarbeiter Sicherheit, GTW gleich Gefangenentransportwagen ...«

In Kuballas Welt erwachte das untergegangene Spitzelreich von den Toten; er traf sich mit den Fälschergrößen Berlins und bat sie um Mithilfe; er legte sich neue Pässe zu und kaufte Stempelsammlungen. Er übte, Schriften zu analysieren, er legte Geruchsproben an, beispielsweise von den Kolbs; er plante, so nannte er das, prophylaktische Ermittlungen; er schrieb auf, was bei einer professionellen Hausdurchsuchung alles zu bedenken sei; er beschäftigte sich mit Maßnahmen zur Desinformation, er schrieb seinen Nachbarn böse anonyme Briefe, in denen er ihr angeblich rowdyhaftes Auftreten rügte; er brachte seinen vollautomatischen Brieföffner zum Einsatz und untersuchte die Post seiner Nachbarn, er baute Wanzen in fremden Wohnzimmern ein, er überwachte die Telefonate der Händler in der Rathenaustraße; er kaufte sich Videoanlagen, die er in sämtlichen Vogelhäuschen in Oberschöneweide installierte; am liebsten hätte er auch konspirative Arbeitsplatzdurchsuchungen angeordnet, öffentliche Zuführungen und geheime Verhöre. Doch den ruppigen Vernehmer spielte er nur in seiner Wohnung. Und immer ohne Häftlinge. Er verlas lange Anklageschriften vor einem imaginären Publikum, er sprach davon, daß Sicherheit vor Recht gehe, daß jeder ein potentielles Sicherheitsrisiko sei, und daß er, Raimund W. Kuballa, das Erbe der Staatssicherheit angetreten habe, daß er dem Schild und Schwert der Partei alle Ehre machen werde. Er schlich nachts um die Häuser, um feindlich-negative Kräfte auszuspähen, wobei diese nächtlichen Erkundungen eher erfolglos blieben.

»Ich brauche Mitarbeiter, viele, ein ganzes Heer von Mitarbeitern«, brüllte Kuballa eines Abends, als er in der Badewanne saß, wobei sich sein Geschrei eher als schräger Gesang anhörte, so als wolle er sich und der Welt beweisen, daß er, Raimund W. Kuballa, der Kapitän in seiner Badewanne sei.

Kuballa aber hielt seine, so nannte er das, Arbeit am Menschen für eine äußerst ernste Angelegenheit. Und so nahm er sich tatsächlich vor, Mitarbeiter zu rekrutieren. Er schrieb seitenlange Anforderungsprofile für seine zukünftigen Untergebenen. Dann prüfte er, ebenfalls schriftlich, ob denn seine Nachbarn seinen Anforderungen genügten.

Herr Überreiter, schrieb er, sei weder anpassungsfähig, noch sei ihm die Fähigkeit zur Konspiration anzumerken. Herr Überreiter lasse positive, charakterlich-moralische Eigenschaften vermissen, wie zum Beispiel Treue, Vertrauen und Ergebenheit, Einsatzbereitschaft und Opferwillen, Mut und Disziplin sowie bedingungsloses Kämpfertum und Standhaftigkeit. Herr Überreiter sei im Sinne der Sicherheit gänzlich untauglich und demnach eine Gefahr.

Kuballa erinnerte sich nicht mehr an den Vorfall mit Herrn Kolb, als dieser seinen Nachbarn einen Parasiten genannt hatte. Herr Oberst, das bin ich doch gerne, hatte Kuballa damals gedacht. Mittlerweile hatte er sich selbst zu einem Denunzianten, zu einem Parasitenjäger entwickelt.

Wer nicht für mich ist, ist gegen mich, dachte er nun. Wer gegen mich ist, ist ein Feind, und Feinde werden ausgeschaltet.

In Schöneweide fand Kuballa keinen einzigen Menschen, der seinen Ansprüchen genügte. Und anderswo auch nicht.

Ingo Mischnik? IM? Spott, dachte er, kann ich jetzt nicht ertragen. Außerdem ist der etwas zu auffällig mit seiner Kopftätowierung. So einen kann man doch nicht anwerben. Da brauche ich doch nur seine Akte zu lesen. Bei seinen Neigungen kann der von Natur aus gar nicht zuverlässig sein.

Lauter unsichere Kantonisten, dachte Kuballa und beschloß, allein weiterzumachen.

achtzehn

Feind Nummer eins wurde, wie nicht anders zu erwarten war, der Nachbar Überreiter. Kuballa terrorisierte ihn. Er bestellte in seinem Namen Taxis und Schlüsseldienste, Abschleppdienste, Fensterputzer, Möbeltransporter, Kammerjäger; er buchte Reisen und orderte beim Pizzaservice mehrgängige Menüs für seinen verhaßten Nachbarn. Herr Überreiter war tagelang damit beschäftigt, die angeforderten Dienstleistungen rückgängig zu machen. So beschäftigt war Herr Überreiter wahrscheinlich die vergangenen zehn Jahre nicht mehr gewesen.

Zersetzungsmaßnahmen nannte Kuballa seine Übergriffe. Wenn es ihm möglich gewesen wäre, hätte er, wie er es in seinen Büchern über die Staatssicherheit gelesen hatte, auch berufliche und gesellschaftliche Mißerfolge organisiert. Doch bei Herrn Überreiter war das sowieso nicht mehr nötig. Er war, so oder so, eine ruinierte Person.

Kuballa kürte sich zum Leiter des Wachregimentes Felix Edmundowitsch Dzerziensky; er schrieb Lobeshymnen auf die Allrussische Kommission zur Bekämpfung von Konterrevolution und Sabotage, er ließ sich in seinen Träumen als obersten Tschekisten feiern.

Ich bin, träumte er, der Geheimdienstminister, ich bin der oberste Personenkontrolleur, ich liebe die Menschen doch alle, und weil das Lieben und Leben der Menschen nicht so einfach ist, muß ich einen kühlen Kopf behalten, ein heißes Herz, saubere Hände, ich muß so klar sein wie ein Kristall. Ich muß unbesiegbar sein. Ich bin unbesiegbar. Ich kämpfe, weil ich die Menschen liebe. Konterrevolutionäre und Faschisten bekämpfe ich. Mit dem Gesocks mache ich kurzen Prozeß. Denen werde ich mich niemals unterwerfen. Ich werde lieber stehend sterben als kniend weiterleben.

An der Wand über seinem Bett, wo Kuballa seine Gäste einst über die unterschiedlichen Sexualpraktiken in Ost und West aufgeklärt hatte, hing nun eine Fahne, auf dem zu lesen war, was Kuballa in dieser Periode seines Lebens das größte Gefühl auf Erden nannte.

Haß, intensives und tiefes Gefühl, das wesentlich das Handeln von Menschen mitbestimmen kann. Im gesellschaftlichen Leben ist der Haß der emotionale Ausdruck der unversöhnlichen Klassen- und Interessengegensätze zwischen der Arbeiterklasse und der Bourgeoisie. Der Klassenhaß ist ein wesentlicher, bestimmender Bestandteil der tschekistischen Gefühle, eine der entscheidenden Grundlagen für den leidenschaftlichen und unversöhnlichen Kampf gegen den Feind. Haß ist ein dauerhaftes und stark wirkendes Motiv für das Handeln. Er muß daher auch in der konspirativen Arbeit als Antrieb für schwierige operative Aufgaben bewußt eingesetzt werden.

Kuballas verdrehter Klassenhaß – er, der Bourgeois, jagte den arbeitslosen Arbeiter Überreiter – wirkte für Außenstehende so gefühlsecht wie die Kondome, die in der Deutschen Demokratischen Republik verteilt wurden. Ingo glaubte, Kuballa mache sich wieder mal über die Ossis, in diesem Fall über die Staatssicherheit lustig. Aber Ingo war auf dem Holzweg, wobei man sich fragen kann, ob er möglicherweise auch gar nicht so genau wissen wollte, was Kuballa tat.

Man kann nicht behaupten, daß Ingo und Kuballa wirklich befreundet waren. Sie mochten sich, sie hatten sich mehrmals getroffen, Ingo hatte viel von sich erzählt, Kuballa hatte mehr oder weniger gespannt zugehört. Sie hatten eine kleine Reise unternommen, sie waren sich auf der Reise aber nicht nähergekommen. Und so wußte der eine nie so recht, was der andere dachte, geschweige denn: was den anderen wirklich beschäftigte. Wären sie befreundet gewesen, hätte Ingo vielleicht versucht, Kuballas Schreckensspiel zu beenden. Kuballa aber hatte keine Freunde.

Als Kuballa meinte, alles über die Staatssicherheit und über sein Einsatzgebiet Oberschöneweide zu wissen, als er davon ausging, alle feindlich-negativen Kräfte zu kontrollieren, plante er seine nächste Operation.

Er füllte einen Antrag aus, einen, so hieß es im korrekten Amtsdeutsch, Antrag auf Auskunft, Einsicht sowie Herausgabe von Kopien aus Unterlagen des Staatssicherheitsdienstes der ehemaligen Deutschen Demokratischen Republik. Das war am achtundzwanzigsten August siebenundneunzig, an jenem Tag also, an dem Egon Krenz wegen der Toten an der Mauer zu sechseinhalb Jahren Gefängnis verurteilt wurde.

Der Genosse Staats- und Parteichef außer Amt, dachte Kuballa, kann einem wirklich leid tun.

Das Urteil schreckte ihn keineswegs ab; Kuballa betrieb sein Staatssicherheitsgeschäft weiter, wobei er jetzt eine Bestätigung von außen suchte, eine Bestätigung, die ihm neue Kraft verleihen sollte. Kuballa glaubte, daß einer, der so fähig zur Konspiration sei wie er, schon in früher Jugend die besten Aussichten gehabt haben müsse, eines Tages auserwählt zu werden. Und deshalb vermutete er, daß umfangreiche Unterlagen über ihn in den Archiven der Staatssicherheit lagerten.

Die werden mein Talent, dachte er, bestimmt entdeckt haben. Bei uns im Restaurant trafen sich ja regelmäßig die Agenten aller Geheimdienste. Ich kenne mich aus in diesen Kreisen. Wahrscheinlich haben nicht nur die Kundschafter aus dem Osten ein Auge auf mich geworfen! Die Spione vom Bundesnachrichtendienst werden mich und meine besonderen Fähigkeiten sicherlich auch bemerkt haben ...

Leider brauchte die Behörde einige Wochen, um Kuballas Antrag auf Akteneinsicht zu bearbeiten, was der ungeduldige Antragsteller allerdings nicht einsah. Tag für Tag nervte er die Damen in der Behördenauskunft. Er rief sie an, er kam auch selbst vorbei. Die Damen vertrösteten ihn. Er kam wieder. Und wieder umsonst.

Eines Tages erhielt Kuballa Post von der Behörde. Er riß den Umschlag auf und war enttäuscht. Es war nur eine Eingangsbestätigung seines Antrags. Ohne Anrede. Ohne Unterschrift.

Zur weiteren Bearbeitung, hieß es da, werde der Antrag unter einer Aktennummer registriert. Null. Vier. Zwei. Fünf. Neun. Sechs. Und der Brief schloß mit der Bemerkung, daß aufgrund der vielen Schreiben, die täglich eingingen, von weiteren schriftlichen oder telefonischen Anfragen abzusehen sei.

Kuballa hielt sich keineswegs an diese Maßgabe. Weiterhin fuhr er so oft wie möglich zu der Aktenbehörde, so daß die Sekretärinnen, die sich über den aufdringlichen Antragsteller ärgerten, ihm vorschlugen, seinen Informationshunger auf andere Weise zu stillen; er könne doch, sagten sie, eine Führung durch die ehemaligen Arbeitszimmer des Ministers für Staatssicherheit mitmachen, sich überhaupt mal dieses fürchterliche Areal hier in der Normannenstraße etwas genauer anschauen.

»Haben Sie schon die Wandbilder im U-Bahnhof Magdalenenstraße gesehen?« fragte eine Frau Jung, die für die besonders hartnäckigen Antragssteller zuständig war.

»Nein«, antwortete Kuballa.

»Die hat der Professor Wolfgang Frankenstein gemalt«, sagte sie.

Bestimmt ein Staatssicherheitsmaler, dachte Kuballa. Was der wohl heute macht?

»Wissen Sie, wie wir seinen Wandbildbahnhof dort unten in der Magdalenenstraße genannt haben?«

»Nein.«

»Frankensteins Gruft haben wir den Bahnhof genannt. Weiß heute aber kaum einer mehr. Ist vergessen worden. Und der Herr Frankenstein stellt seine Bilder aus, als sei nichts gewesen. Der Professor Frankenstein ist jetzt wieder beliebt bei den Kunstkritikern ... Waren Sie denn wirklich noch nicht in den Arbeitsräumen vom ollen Mielke?«

»Nein.«

»Die müssen Sie sich ansehen«, sagte Frau Jung. »Dort hängt auch ein Bild vom Frankenstein. Der Mielke hat auf das Frankensteinbild geguckt und sich diese bösen Pläne ausgedacht, wie er seine Feinde internieren kann. Am liebsten hätte der Mielke die halbe Bevölkerung eingesperrt. Ja, da gab es Pläne, das wirklich zu tun.«

Kuballa ging hin, besuchte die Arbeitsräume von Minister Mielke und stellte fest, daß das Mielkebüro so ähnlich aussah wie das Keßlerbüro im Bunker von Harnekop. Ein bißchen Holz, ein bißchen Sprelacart, viel beigebraun eben. Kleine Unterschiede gab es schon: Der eine Minister hatte mehr Telefone als der andere. Außerdem hatte sich Mielke neben dem obligatorischen Honeckerportrait noch besagtes Frankensteinbild zugelegt und dieses Werk im Konferenzsaal aufgehängt. Ein Bild aus dem Jahre siebenundsechzig.

Im Hintergrund, dachte Kuballa, sieht man das Brandenburger Tor. Der Blickfang. Die Mauer ist längst gebaut. Aber das sieht man nicht so deutlich. Die Soldaten im Vordergrund hingegen sind gut zu erkennen. Die Soldaten sehen harmlos aus. Sie scheinen den Kindern, die sich ebenfalls an diesem Ort eingefunden haben, die Weltgeschichte zu erklären.

Frau Jung meinte zu wissen, daß es sich bei dem Werk um eine Auftragsarbeit der Staatssicherheit gehandelt habe.

Der Mielke, dachte Kuballa, hatte Stil. Wer sich dieses Bilder aufhängt, ist selbst ein großer Künstler. Das Bild ist kraftvoll, jeder Pinselstrich wirkt wie ein Pfeil, der sich in mein Herz bohrt.

Kuballa betrachtete den verwaisten Saal. Auf den Konferenztisch hatte sich ein feiner Fettfilm gelegt. Es roch nach Vergangenheit. Kuballa meinte, daß das Frankensteinbild in dieser Umgebung nicht gut aufgehoben sei.

Er nahm ein Taschenmesser zur Hand, das er seit einigen Wochen bei sich führte und das mit der Inschrift *allzeit bereit* versehen war, und schälte das Frankensteinbild aus dem Rahmen heraus. Da das Gemälde nicht gesichert war und demnach keine Alarmanlage losging, konnte Kuballa die ehemaligen Ministerräume in aller Seelenruhe verlassen.

Der gelungene Kunstdiebstahl schien ihn richtig zu beflügeln. Noch in der Nacht brach er bei den Kolbs ein. Die beiden waren an die Ostsee gefahren, und endlich konnte sich Kuballa einen Herzenswunsch erfüllen, endlich konnte er in den Kolbschen Akten wühlen. Er wollte herausfinden, ob er die Kolbs weiterhin Herr und Frau Oberst nennen durfte.

Den Herrn Oberst, dachte er, werde ich dir wieder aberkennen, wenn sich herausstellt, daß du nur mindere Staatssicherheitsaufgaben übernommen hast.

Vor ihrer Abreise hatten die Kolbs ihren Nachbarn gefragt, ob er in der Zwischenzeit ihre Blumen gießen könne. In einer Woche seien sie wieder da, hatten sie gesagt. Und Kuballa hatte ihren Wohnungsschlüssel schon in der Hand, als er sich entschuldigte: Er könne leider nicht, er sei zur Zeit so beschäftigt, er werde übermorgen ebenfalls verreisen.

Kuballa glaubte, daß es doch zu auffällig sei, erst die Blumen zu gießen und anschließend in den Akten zu wühlen.

Da würde, dachte er, der Verdacht sofort auf mich fallen. Vielleicht ist das Angebot sogar eine Falle. Die wollen mich testen. Ganz schön schlau, Genosse und Genossin Oberst. Aber darauf falle ich nicht rein. Ich kenne die Tricks. Ich breche ein, und diesen Einbruch werdet ihr beiden nicht bemerken. Ich bin doch nicht blöd. Ich weiß doch, daß die Polizei hinter mir her ist wegen des Frankensteinbildes. Aber die werden mich nicht finden. Niemand wird mich hier finden in Schweineöde.

Kuballa stellte sich zweifelsohne sehr professionell an, als er die Wohnungstür der Kolbs öffnete. Zwei Handgriffe, und das Schloß sprang auf. Weil er sich in der Wohnung der Kolbs auskannte, brauchte er kein Licht anzumachen. Mit einer kleinen Taschenlampe wies er sich den Weg ins Wohnzimmer. Vor ihm stand eine Regalwand, vollgestellt mit Aktenordnern. Kuballa nahm einen hervor, blätterte darin, nahm noch einen, blätterte wieder. Er fand zigtausend Schnipsel über Schöneweide. Er blätterte und blätterte. Und er fand zahlreiche Aufsätze über den Marxismus, den Leninismus, den Kommunismus und den Sozialismus. Theoretische Texte, die Kuballa nicht mehr interessierten, denn er war ja jetzt ein Mann der Tat. Er blätterte und blätterte. Aber er fand keine einzige Notiz über eine Geheimdienstverwicklung der Kolbs. Nichts deutete in den Akten auf die Staatssicherheit hin. Kein Wort, kein einschlägiger Begriff. Kein Name, nichts.

Kuballa fand eine Akte zum Thema Kirchen in der Deutschen Demokratischen Republik, und er stieß auf Unterlagen, in denen es um Homosexualität ging. Der Name Manfred Kolb aber tauchte nirgendwo auf.

Die haben, dachte er, ihre Staatssicherheitsgeschichte genauso getilgt wie ihre Sohngeschichte. Die haben getan, was Regierungschefs tun, wenn sie die Regierung verlassen. Was Väter tun, die ihre Söhne verstoßen. Sie haben alles durch den Schredder getrieben, was niemand erfahren soll. Sehr professionell. Okay, das akzeptiere ich.

Auf dem Schreibtisch von Herrn Kolb lag ein Ordner, der gerade angelegt worden war. Die wenigen Zeitungsartikel, die Herr Kolb handschriftlich bearbeitet und abgelegt hatte, waren jüngeren Datums. Kuballa versuchte, die Kolbschen Kommentare zu entziffern, doch obwohl die Handschrift eher einer Druckschrift glich, waren die Einlassungen nahezu unleserlich, was daran lag, daß Herr Kolb die Artikel bearbeitete, indem er sie mit Kugelschreiber einfach überschrieb. Und weil kaum eine Zeile der Artikel nicht überschrieben war, konnte Kuballa nur erkennen, worum es bei den Zeitungsausschnitten und den Bearbeitungstexten ungefähr ging.

Eines stand fest: Zeitungsartikel zur Staatssicherheit waren nicht zu finden, obwohl in den Jahren nach der Wiedervereinigung kaum eine Woche vergangen war, in der die Zeitungen nicht irgend etwas über die Staatssicherheit zu melden hatten. In letzter Zeit hatte sich Herr Kolb, das war den neueren Zeitungsschnipseln zu entnehmen, vor allem mit der Russenmafia beschäftigt.

Kuballa stellte die Aktenordner wieder an ihre Plätze. Er schaute noch im Vorratsschrank nach und lugte unters Bett, doch statt auf wertvolle Indizien stieß er vor allem auf Mottenkugeln und Staubflocken. Kuballa gab seine Recherche auf und verließ die Wohnung. Er war enttäuscht. Er hatte gehofft, zumindest einen klitzekleinen Hinweis zu finden. Daß die Kolbs aber unbescholtene Bürger waren, wollte er immer noch nicht glauben.

Nach diesem, wie Kuballa meinte, unvorhersehbaren Fehlschlag hielt er sich ein wenig zurück. Das gestohlene Frankensteinbild immerhin, das er neben der Haßfahne der Staatssicherheit aufgehängt hatte, erinnerte ihn jeden Morgen an seine Mission und vertrieb so manche Müdigkeit. Weiterhin schrieb er unverschämte Briefe an Herrn Überreiter und legte hin und wieder auch eine tote Ratte in den Briefkasten des Optikers Hesselbach. Doch im Laufe der Zeit wurden seine Einsätze als Staatssicherheitsagent immer seltener. Hatte er am Anfang seiner Karriere noch fast jeden Tag zugeschlagen, rückte er, nachdem er nun schon fast ein Jahr im Einsatz war, nur noch alle zwei Wochen aus. Auch waren seine Anschläge längst nicht mehr so perfide, sondern deuteten schon an, daß mit ihm nicht mehr länger zu rechnen sei. Es kam sogar vor, daß er sich die Rechnung der Blumen, die er eigentlich im Namen von Herrn Überreiter bestellte, an seine eigene Adresse schicken ließ. Kein Wunder, daß diese Aktionen ihn irgendwann nicht mehr befriedigten, und so verfiel Kuballa in einen, so könnte man sagen, Staatssicherheitstrott, der im Herbst achtundneunzig schließlich in eine schwere Schaffenskrise mündete.

Ich muß mir, stachelte er sich ein letztes Mal an, einen großen Auftrag besorgen, ich muß durchstarten, ich muß kämpfen!

Kuballa ging noch einmal seine Aktenorder durch, er las die psychologischen Profile, er kramte in seinen Stichwortkästen. Bei H wie HWG gleich Häufig Wechselnder Geschlechtsverkehr blieb er hängen, und es dauerte nicht lange, bis er auf den Koch seiner Eltern kam.

Schneckenrieder hatte oft neue Freundinnen mit ins Restaurant der Kuballas gebracht, und das machte ihn, der unter so dubiosen Umständen aus dem Leben geschieden war, nun zum Objekt von Kuballas Spekulationen.

Ist doch klar, dachte er. Schneckenrieder war einer der Topleute an der unsichtbaren Front. Der Mann, der den Klassenfeind bekochte. Ideal. Perfekt. Sein Auftrag: politische Diversion. Seine Mittel: Salz, Pfeffer und andere Gewürze. Haben meine Eltern davon gewußt? Bestimmt. Die haben ihn gedeckt. Die haben sich doch ständig über Spione und Staatssicherheitsseilschaften unterhalten. Die Kuballas im Dienst der Auslandsaufklärung. Wenn meine Eltern auspacken, gibt es nicht nur eine Staatskrise, dann gibt es auch einige Ehekrisen. Da saß doch jede Woche der Herr Postminister im Restaurant. Oder war's der Herr Staatssekretär vom Auswärtigen Amt? Auf jeden Fall hatte der Herr Doktor honoris causa eine junge Dame dabei, und eines wußten alle: Die Dame war nicht seine Gattin. War das vielleicht auch eine Agentin? Der

Schneckenrieder hat's gewußt. Und jetzt ist er tot, weil er zu viel wußte. Und weil er ahnte, daß man seine Machenschaften eines Tages hervorkramen würde. Das war doch klar, daß er kürzer oder später auffliegen würde. Der hat sich mit der Siegerjustiz nicht auseinandersetzen wollen. Verstehe ich. Seine tierfeindliche Hetze war nur Tarnung. Wahrscheinlich gehörte auch die Tierarztpraxis, die in sein Haus eingezogen war, zur Staatssicherheit. Was sagen die Zeitungen? Über tausendfünfhundert Ostagenten seien in Westdeutschland herumgelaufen? Schneckenrieder war einer davon. Auch der Bundesnachrichtendienst wußte über meinen Lieblingskoch Bescheid. Was blieb ihm da anderes übrig, als sich in die Luft zu sprengen? Und meine Eltern? Die schweigen. Aber nicht mehr lange, das weiß ich.

Kuballa griff zum Hörer seines Telefons, das die Telekom wenige Wochen zuvor angeschlossen hatte. Er tippte gerade die Nummer seiner Eltern ein, als es klingelte. Der Postmann brachte ein Einschreiben. Kuballa blickte auf den Absender.

Post von der Behörde, dachte er, heute kommt wieder alles auf einmal.

Das Bundesamt für Staatssicherheitsunterlagen teilte dem überglücklichen Raimund W. Kuballa mit, daß er zu den üblichen Öffnungszeiten das Material, das ihn betreffe, anschauen und kopieren könne.

Ich wußte es, dachte er, da ist was. Die Kopien schick ich gleich meinen Eltern.

Er fuhr mit dem Taxi zum Staatssicherheitsarchiv; statt den Aufzug zu nehmen, rannte er durch das Gebäude. Er lief in den dritten Stock, als könnte er doch noch zu spät kommen. Die Damen, die ihn schon kannten, bemühten sich zu lächeln, als er völlig außer Atem vor ihnen stand und mit dem Brief herumwedelte, den sie tags zuvor abgeschickt hatten.

»Kommen Sie mit«, sagte Frau Jung.

Und dann die Hiobsbotschaft: In seinem Ordner lag

nur eine Postkarte, nämlich jene, die er auf der Klassenfahrt in Ostberlin dem Vorsitzenden des Zentralkomitees der Sozialistischen Einheitspartei geschickt hatte. Sonst nichts.

Die Karte, sagte die Behördendame, sei nicht verlorengegangen, weil er, Raimund W. Kuballa, damals seinen vollständigen Namen samt seiner Bonn-Bad Godesberger Adresse darauf notiert hatte.

Kuballa las, was er damals mit jugendlichem Elan geschrieben hatte, und er erinnerte sich sehr gut daran, daß er sich über den Service der Kellner im *Palasthotel* beschwert hatte.

»Und was ist das?« brüllte Kuballa und zeigte auf die Ansichtskarte.

»Die Postkontrolle«, sagte die Behördendame, »hat hin und wieder zugeschlagen.«

»Wie bitte?«

Die Postkontrolle hatte Kuballas Text mit dem Vermerk *Dummer Jungenstreich* quittiert.

»Das kann doch gar nicht wahr sein«, meckerte Kuballa. »Ich meine, das ist doch nicht alles!«

»Wenn wir mehr gefunden hätten«, erwiderte die Behördendame, »würden wir es Ihnen geben. Darauf können Sie sich verlassen.«

»Ich soll mich auf Ihre Behörde verlassen? Sie haben ja noch nicht einmal alle Bestände sortiert«, schrie er.

Kuballa raste.

Die Behördendame spulte einen Satz ab, den sie schon mehrere hundert Mal aufgesagt hatte: »Da die Erschließungsarbeiten entgegen der weit verbreiteten Meinung sehr weit fortgeschritten sind, ist davon auszugehen, daß auch in Zukunft keine weiteren Unterlagen zu Ihrer Person aufgefunden werden können.«

Ich war ein junger Sozialist in Bonn-Bad Godesberg, dachte Kuballa. Im Herzen Westdeutschlands. Im Zentrum des Klassenfeindes. Ich, der Sohn eines Restaurantbesitzers, der ich die Ministergeliebten und Staatssekretärstöchter bedient habe. Der angehende Superspitzel. Ich soll ein dummer Junge gewesen sein? Wenn hier jemand dumm war, dann die Postkontrolle.

Die Behördendame kopierte die Ansichtskarte.

»Bitte schön«, sagte sie.

Nachdem Kuballa die Behörde verlassen hatte, begann es zu regnen. Dicke Tropfen liefen ihm übers Gesicht, und es sah so aus, als würde Kuballa weinen.

n e u n z e h n

Kuballa stand unter Schock. Er hatte Fieber, und sein Gesicht zuckte wie ein Fisch, der soeben mit einem Holzklöppel erschlagen worden war. Kuballa schwitzte und fror zugleich. Schlafen konnte er auch nicht, denn ihn quälte ein Alptraum, der ihn nicht mehr losließ.

Er träumte davon, wie ein Staatsanwalt ihn verhörte. »Sie haben gewußt«, sagte der empörte Mann, »daß der verstorbene Akuszewski das Geld nehmen wird. Sie sind reich und rücksichtslos. Sie haben darauf spekuliert, daß er das Geld verprassen wird. Sie haben es sehr geschickt angestellt, Sie haben ein paar Informationen durchsickern lassen, so daß der Verdacht definitiv auf Akuszewski fallen mußte. Sie wußten, daß man einem arbeitslosen Bauarbeiter nicht glauben wird, wenn er der Polizei erzählt: Ich habe das Geld zufällig in meinem Keller neben den Kohlen gefunden. Sie haben Akuszewski in eine Falle gelockt, und dann haben Sie die Falle zuschnappen lassen. Sie haben gedacht, der Herr Akuszewski wird sich wie eine Maus verhalten, die nach dem Käse giert. Aber wozu das Ganze? Herr Kuballa, können Sie uns bitte mal erklären, warum Sie das alles getan haben?«

»Nein.«

Was, träumte Kuballa, bildet der Kerl sich überhaupt ein? Glaubt der denn wirklich, daß ich meinen Mund aufmache, wenn er mich anschnauzt, wenn er mich wie einen Volltrottel behandelt?

»Gut. Das heißt nicht gut«, sagte der Staatsanwalt. »Kommen wir zu dem zweiten Tatkomplex. Zu Ihrer merkwürdigen, ja, wie soll ich das nennen, obskuren DDR-Manie. In dem psychologischen Gutachten heißt es, daß Sie einen überdurchschnittlich hohen Intelligenzquotienten besitzen und daß Ihr Charakter keine feststellbaren Abnormitäten aufweist. Sie sind also voll und ganz zurechnungsfähig. Es wäre reizend, wenn Sie diese Zurechnungsfähigkeit auch mal unter Beweis stellen könnten, indem Sie uns zum Beispiel erläutern, was in aller Welt Sie zu Ihren Taten getrieben hat. Sie haben sogar ein Kunstwerk ruiniert. Wo in Gottes Namen haben Sie überhaupt das Bild von Professor Frankenstein versteckt?«

Kuballa träumte, wie er eine Weile zur Decke des Gerichtssaals und dann ins Publikum blickte, ohne die Gesichter der Anwesenden zu erkennen. Diese Leute sahen alle gleich aus. Sie hatten rote Augen und keine Münder.

»Du gehst in die Oper«, hörte sich Kuballa nun sagen, »du hörst Verdis *Otello*. Du sitzt in der vorletzten Reihe im dritten Rang und hörst, wie der Otello fürchterlich jammert. Du willst aufspringen und dem lächerlichen Bühnengeschehen ein Ende bereiten, du willst den schwarzen Mann über die Intrige aufklären. Aber du schweigst. Weil du die höhnischen Blicke, das Gelächter der Opernfreunde nicht ertragen könntest. Vielleicht auch, weil du mit Jago sympathisierst und dem schwarzen Tor seinen wohlverdienten Untergang wünschst. Du willst das penetrante Belcanto bravissimo beenden, indem du mitsingst. Schief mitsingst. Ist das ein Erlebnis? Nein, das ist peinlich. Du hörst der Musik zu. Der Jago ist zwar böse, denkst du, aber der singt so schön. Der Otello, der langweilige Neger, der muß weg.«

Ein Raunen ging durch den Gerichtssaal.

Dieser Typ, wurde gemurmelt, ist ja ein Rassist, ein Irrer!

Das Publikum war nicht mehr zu halten, und weder der nach Ruhe und Ordnung rufende Richter noch der anwesende Polizist konnte die Menge daran hindern, den Angeklagten zu Tode zu prügeln.

Kuballa wachte auf.

Dieser Alptraum hatte bis zu einem gewissen Punkt auch eine heilende Wirkung. Kuballa befand sich sozusagen in einer sehr intensiven seelischen Reinigungsphase, wobei diese Katharsis nach einer Weile wieder über das Ziel hinausschoß.

Habe ich mich, fragte er sich voller Selbstmitleid, etwa falsch eingeschätzt? Habe ich gar nicht das Zeug zum Verräter? Am Ende bin ich eher der Typ, der verraten wird? Jawohl! Ich kann doch kein Täter sein. Ich bin ein Opfer!

Nun begann Kuballa die Gegenseite zu erkunden. Als das Fieber, das Schwitzen und der Schüttelfrost nachgelassen hatten, ging er umgehend zu den Opferseminaren der Frau Knösel. Er wurde Stammgast bei ihren Volkshochschulvorträgen, und er traf sich wieder häufiger mit Ingo, der ihn ebenfalls ausgiebig an seiner Opfervergangenheit teilhaben ließ.

Kuballa wußte selbstverständlich, daß er, was den Opferstatus anbelangte, niemals auf einer Stufe mit Ingo stehen würde. Weil Kuballa aber auf keinen Fall einfach nur Nichtopfer sein wollte, schob er in die Gespräche mit Ingo ständig irgendwelche Krankheitsgeschichten ein. Ingo erzählte zum Beispiel davon, wie er vor vielen Jahren einmal auf der Polizeiwache verprügelt worden war, und Kuballa beklagte sich über höllische Rückenschmerzen und angeblich immer schlimmer werdende Allergien. Kuballa entwickelte sich zum leidenschaftlichen Hypochonder. Obwohl er kerngesund war, redete er ständig von Erkältungen, die ihn sicher noch umbringen würden. Er verlangte, als bemitleidenswertes und durch all die Krankheiten schwer traumatisiertes Sensibelchen behandelt zu werden.

Ingo zeigte großes Verständnis für seinen Patienten, zumal er Kuballas Krankengeschichten oft zum Anlaß nahm, wieder mal ausgiebig von seinen traurigen Erfahrungen mit der Staatssicherheit zu berichten.

Die wohl bizarrste Begebenheit in diesem Zusammenhang ereignete sich, nachdem Ingo eine Katze gekauft hatte, den Kater Doktor Mutzenbach.

Als Kuballa den Kater zum ersten Mal streichelte, als er mit der rechten Hand über das weiche Katzenhaar glitt, schwollen seine Nasenschleimhäute augenblicklich an. Ich bin ein schwerer Allergiker, schrie er. Kuballa röchelte und rang nach Atem, eine dramatische Situation. Kuballa bat darum, den lieben Herrn Doktor Mutzenbach in ein Zimmer zu sperren. Doch das war vollkommen unmöglich. Ingo hatte nämlich alle Türen ausgebaut. Mit Ausnahme der Wohnungstür, aber auch die war im geschlossenen Zustand leichter zu öffnen, als man zunächst annahm. Ingo hatte am Briefkastenschlitz der Wohnungstür einen Bindfaden befestigt, an dessen Ende ein Schlüssel hing. Immer wenn er nach Hause kam, griff er in den Briefkastenschlitz, zog an dem Bindfaden, hatte bald den Schlüssel in der Hand und schloß die Tür auf. Wer davon wußte, konnte seine Wohnung jederzeit betreten. Natürlich legte Ingo Wert darauf, daß so viele Leute wie möglich dieses System kannten. Und so kam das Gespräch von dem Allergieanfall über die fehlenden Zimmertüren und die mehr oder weniger offene Wohnungstür auch bald schon auf die Staatssicherheit. Ingo hatte den Schlüsselbindfaden nämlich installiert, nachdem seine Wohnung zum ersten Mal von Mielkes Personenkontrolleuren untersucht worden war.

»Das Schloß war beschädigt«, erzählte Ingo. »Ich hätte gar nicht gedacht, daß die sich so dumm anstellen. Also habe ich einen Brief an die Polizeidienststelle in Schöneweide geschrieben, mit der Bitte, ihn an die entsprechenden Stellen weiterzuleiten. Da habe ich denen dann genau erklärt, wie sie ohne Umstände in meine Wohnung kommen können. Und das Schöne ist, die haben sich an meine Anleitung gehalten. Mehr oder weniger. Das letzte Mal kamen sie im November neunundachtzig vorbei, da haben die mit ihren dreckigen Schuhen meinen neuen Teppich ruiniert. Das muß man sich mal vorstellen. Die Mauer war gefallen, und die durchsuchten meine Wohnung. Ich war noch nicht einmal organisiert. Ich war kein Politpromi oder so was. Aber die hatten nichts Besseres zu tun, als meine Wohnung zu durchsuchen. Die haben wahrscheinlich geglaubt, ich sei einer von den vielen kleinen Unruhestiftern, und wenn man denen nicht die Stirn biete, dann würde die Republik bald völlig im Chaos versinken. Die haben nicht begriffen, daß ihre Zeit abgelaufen war. Damals kam ich mit Flugblättern ins Postamt Schöneweide. Genosse Facharbeiter, sagte meine Chefin, ihre Flugblätter kommen von verbotenen Gruppierungen. Ich habe der Genossin Postamtsleiterin gesagt, daß sie ein Abzeichen der SED trage und daß sie das Ding in den Mülleimer schmeißen solle. Demnächst sei nämlich ihre Gruppierung verboten. Das war großartig, der Frau zu widersprechen. Na, die Frau ist dann petzen gegangen, Flugblätter im Postamt, das ist ja auch ziemlich happig. Meine Pamphlete haben die Frau so aufgeregt, daß sie mir sogar etwas anhängen wollte, was ich nun wirklich nicht getan hatte. Die erzählte ihren Verbindungsleuten, daß ich aufblasbare Gummipuppen schmuggeln würde. Die hatte wirklich eine blühende Phantasie, diese Frau. Auf jeden Fall wurde noch mal die ganze Maschinerie gegen mich in Gang gesetzt, zum fünften und letzten Mal. OPK Flugblatt hieß das dann. Man hat schon gemerkt, daß sie nervös waren, daß die Aufregung groß war. Die müssen wirklich überlastet gewesen sein, in diesen Monaten. Auf jeden Fall wurden die Akteneinträge immer kürzer und immer diffuser. Als sie mich das erste Mal observierten, wurde das auf drei Seiten begründet. Für den letzten Durchsuchungsauftrag reichten wenige Zeilen.«

Zielstellung der OPK: Klärung, ob der Mischnik Flugblätter mit hetzerischem Inhalt gegen die DDR herstellte und verbreitete bzw. an der Herstellung und Verbreitung von Flugblättern beteiligt war. Klärung, ob der Mischnik über Kontakte zum politischen Untergrund verfügt und in diesem Rahmen aktiv ist. Klärung, ob der Mischnik, wie IM Seifenblase behauptet, Waren aus dem nichtsozialistischen Wirtschaftsgebiet, insbesondere aufblasbare Gummipuppen, in die DDR schmuggelt. Maßnahmen: Konspirative Durchsuchung des Arbeitsplatzes und der Wohnung mit dem Ziel festzustellen, ob er im Arbeitsbereich oder in der Wohnung Flugblätter und andere operativ-relevante Schriftstücke hergestellt oder aufbewahrt hat, wie und in welchem Umfang der Mischnik aufblasbare Gummipuppen in der DDR vertreibt und vertrieben hat. Bei Feststellung von operativ-bedeutsamen Anhaltspunkten, die auf die Herstellung und Verbreitung von Flugblättern anläßlich gesellschaftlicher Höhepunkte bzw. auf den Schmuggel und den Vertrieb aufblasbarer Gummipuppen durch den Mischnik hinweisen, werden entsprechende Beobachtungsmaßnahmen realisiert, um ihn auf frischer Tat zu ertappen.

Die Personenkontrolle wurde eingestellt. Nicht aus Einsicht in die Notwendigkeit. Nicht aus Mangel an Beweisen.

»Die hätte man schon gefunden«, sagte Ingo, »wenn auch keine Gummipuppen. Aber es kam noch verrückter. Da liefen pausenlos Berichte von IM Seifenblase in der Zentrale ein. Da beschwerte sich meine Chefin ständig über meine anarchistischen Umtriebe am Arbeitsplatz, und dann entschied so ein Oberstleutnant namens Kreutzer, ob es nicht vielleicht besser sei, mich für bestimmte Aufklärungszwecke anzuwerben. Und das, wie gesagt, kurz vor dem Ende der DDR.«

Oberstleutnant Kreutzer machte sich Hoffnungen, so erfuhr Kuballa, weil der staatsfeindliche Ingo in diesen bewegenden Tagen die Staatsgewalt zum ersten Mal zu Hilfe gerufen hatte.

»Das war Ende November neunundachtzig«, erzählte

Ingo. »Ich wurde in meiner Wohnung überfallen und ausgeraubt. Da hatte ich mal wieder einen Typen abgeschleppt, und als wir bei mir zu Hause waren, wollte der Geld. Er drohte mir, daß er bei den Nachbarn klingeln und ihnen erzählen würde, daß ich schwul sei. Na, sagte ich ihm, daß wissen die eh schon, und wenn du sie mitten in der Nacht wachklingelst, rufen meine Nachbarn bestimmt die Polizei. Als ich mich also weiterhin weigerte, ihm Geld zu geben, fiel der Brutalo über mich her, schlug mich zusammen und brach mein Nasenbein. Er nahm das Geld und flüchtete. Blutend bin ich dann zur Polizei und habe Anzeige erstattet. Was gar nicht so einfach war. Der diensthabende Wachtmeister fragte, wie der Mann heiße, aber das konnte ich natürlich nicht sagen. Na, wenn Sie das nicht wissen, können wir auch nicht tätig werden, sagte er. Wie können Sie auch jemanden aufs Zimmer nehmen, den Sie nicht kennen? Ich fragte: Haben Sie das in Ihrer Jugend nie gemacht? Nee, sagte der herablassend. Also habe ich ihm erklärt: Wenn Sie immer schon so ausgesehen haben, ist das ja kein Wunder. Das war ziemlich bescheuert. Ich lästerte über das Aussehen des Bullen, während mir das Blut übers Gesicht lief. Die meinten, ich solle erst mal ausschlafen und morgen wiederkommen. Daraufhin schrie ich in der Amtsstube herum: Jetzt gehe ich ins Krankenhaus, aber spätestens in drei Tagen komme ich wieder, und zwar mit Namen und Adresse des Schlägers.

Nachdem meine Nase geschient und verbunden war, habe ich mich sofort auf die Suche gemacht. In der Kneipe, in der ich den Jungen aufgerissen hatte, gab's einen Hehler. Bei dem landete das Diebesgut von Strichern, die regelmäßig Schwule ausraubten. Das sprach sich rum. Die Szene war bei uns eben bis zuletzt etwas kleiner. Ich fand den Hehler, der natürlich erst mal abblockte. Ich machte ihm klar, daß ich mit dem Kerl eine Rechnung offen hätte und daß die Polizei ihn schon suchen würde. Ich spielte den harten Mann. Wenn er mir nicht sagen würde, wer der Mensch sei, stünden die Bullen auch vor seiner Tür. Ich hatte Glück. Der Hehler gab mir Namen und Anschrift, und ich fuhr zur Polizei nach Schöneweide.

Zwei Tage später meldete sich bei mir ein Herr, der sich als Mitarbeiter des Innenministeriums ausgab. Selbstverständlich, sagte der, sei der Räuber und Schläger festgenommen worden. Er sitze in Einzelhaft. Als ich das hörte, tat es mir schon fast wieder leid, das Arschloch angezeigt zu haben. Der Fall, sagte der Herr vom Ministerium, habe gezeigt, daß ich gute Verbindungen in die schwule Szene hätte. Na, sagte ich, da halte ich mich auch vorwiegend auf, wenn ich nicht gerade im Postamt Oberschöneweide bin. Ob es nicht, hat der Ministerialmensch gefragt, auch in meinem Interesse liege, daß solche Überfälle nicht mehr vorkämen. Ich könnte das Innenministerium doch über die schwer zugänglichen Clubs der Homosexuellen informieren. Das würde meinem und dem Schutz meiner Stammesgenossen dienen. Innenministerium, daß ich nicht lache!

Der Kerl hat nicht schlecht gestaunt, als ich ihm erklärte, daß es doch gerade der Witz dieser Kneipen sei: Niemand erzählt, was dort stattfindet. Ich hab den Mann sofort eingeladen. Kommen Sie doch einfach selbst vorbei, habe ich gesagt. Immer sonnabends, dreiundzwanzig Uhr. Sie müssen eine halbe Stunde anstehen, dann sind sie aber drin. Danke für die Einladung, hat er gesagt und ist gegangen. Das muß eines seiner letzten konspirativen Treffen gewesen sein. Der gab sich richtig Mühe, sprach davon, daß man auch die Homosexuellen in die sozialistische Gesellschaft integrieren müsse. Aber leider verstand er nicht, daß es mir nicht um Integration, sondern um Akzeptanz ging. Das war mein Ansatz. Na ja, das ist lange her.«

Ingo, dachte Kuballa, ist ein Held. Er hätte die ärgsten Repressionen sofort beenden können, den Status ein wenig verschieben, einmal auf der anderen Seite stehen können. Er hätte nur mitzumachen brauchen. Doch das hat er abgelehnt. Ob die Deutsche Demokratenrepublik am Ende war oder nicht, der Ingo wollte sich nicht in Versuchung führen lassen. Überall lauern Versuchungen. Wenn ich über eine Brücke gehe, denke ich oft daran, in die Tiefe zu springen. Wenn der Zug in den Bahnhof fährt, überlege ich, wie es wohl wäre, wenn ich mich auf die Gleise werfen würde. Diesen Versuchungen habe ich bislang widerstehen können. Denn diese Versuchungen sind gewöhnlich. Mit diesen Versuchungen plagt sich fast jeder herum. Als ich aber das Geld des Bankräubers auf der Straße sah, habe ich zugeschlagen; als die Möglichkeit bestand, Akuszewski in die Scheiße reinzureiten, habe ich nicht gezögert. Das war eine ganz besondere Versuchung. Für mich. Verrat, das war doch meine Lieblingsversuchung.

Ich bin kein Held, dachte Kuballa.

Ingo erzählte und erzählte, rollte ein Stück Vergangenheit nach dem anderen auf, und so kam er unter anderem auf ein Gefängnis in Rummelsburg zu sprechen.

»Da habe ich auch mal gesessen. Die haben mich nach Rummelsburg geschleppt, weil ich mich geweigert hatte, zur Wahl zu gehen. Die sind sogar in meine Wohnung gekommen. Mit so einer portablen Wahlurne haben die mich verfolgt. Ich habe dann den Wahlschein genommen und die Kandidaten der Nationalen Einheitsfront durchgestrichen. Da haben die mich einfach eingesperrt. Drei Tage Dunkelhaft. Damit mir ein Licht aufgeht, haben die gesagt. Ab nach Rummelsburg.«

Kuballa war kreidebleich. Er sagte, er habe zum ersten Mal in seinem Leben einen Helden kennengelernt, und er wisse noch nicht, wie er, das Arschloch, damit umgehen solle.

»Du spinnst doch«, entgegnete ihm Ingo, der nicht wußte, was er mit Kuballas Bekenntnis anfangen sollte.

Kuballa hatte mittlerweile die gesamte Ausrüstung aus seiner Täterzeit in den Keller gestellt. Die Abhöranlagen, die Karteikästen und den vollautomatischen Brieföffner wollte er nicht mehr sehen. Weil die vielen Gerätschaften den Keller ausfüllten und für die zahlreichen Staatssicherheitsbücher kein Platz mehr war, plante er eine feierliche Bücherverbrennung, auf deren Höhepunkt auch das Frankensteinbild vernichtet werden sollte.

Frau Kolb hätte beinahe die Feuerwehr geholt, als sie die Flammen im Hinterhof sah. Doch Kuballa konnte sie davon überzeugen, daß es sein Herzenswunsch sei, die Bücher zu verbrennen. Und da Frau Kolb um die Seelenlage ihres kauzigen Nachbarn besorgt war, ließ sie ihn gewähren. Kuballa lud auch den Herrn Überreiter ein, bei der Bücherverbrennung mitzumachen.

»Damit kennen Sie sich doch aus«, sagte Kuballa, doch der Herr Überreiter, vom Alkohol geplagt, begriff gar nicht, worum es ging.

Kuballa tanzte um das Feuer und sagte: »Die Zeiten haben sich geändert. Brenne, Frankenstein, brenne!« Als die Glut erloschen war, gab er die Asche in einen Plastiksack. Er wanderte zur Spree und streute die Überreste der Bücherverbrennung und Kunstwerkvernichtung ins Wasser.

»Vorbei ist vorbei«, sagte er mit weihevoller Miene.

Auf dem Heimweg überlegte Kuballa, was er tun müßte, um nun ein wahres Heldenleben, ein Opferdasein zu führen.

Gar nicht so einfach, dachte er, aber auch das werde ich schaffen.

Kuballa wollte nicht ins maoistische China oder in eine südamerikanische Bananenrepublik fahren, um dort einen demokratischen Aufstand anzuzetteln; er wollte nicht wirklich in einen chinesisch-maoistischen Knast oder in ein südamerikanisches Bananenrepublikgefängnis eingesperrt werden, um auf diese Weise hautnah zu erleben, wie es ist, ein Opfer zu sein. Kuballa zog es vor, sein heldenhaftes Opfertum von Schöneweide aus zu organisieren, und so verbrachte er die folgenden Monate damit, von einem Berliner Staatsicherheitsmahnmal zum nächsten zu fahren. Er besuchte die Schaltzentralen der Spitzelmacht, und er ging zu allen Veranstaltungen von Opferverbänden, die es in Berlin gab.

Im zentralen Staatssicherheitsgefängnis der Deutschen Demokratischen Republik, in der Haftanstalt in Hohenschönhausen, kannte er sich bald besser aus als in Schöneweide. Kuballa meldete sich bei jeder Führung an, die angeboten wurde. Das ehemalige Gefängnis, das mittlerweile zu einer Gedenkstätte umgebaut worden war, wurde zu seiner zweiten Heimat. Am liebsten ging er zu den Führungen einer Studentin, von der er wußte, daß die Staatssicherheit ihren Vater zu Tode gefoltert hatte.

Die Studentin hatte Grauenvolles zu berichten, und Kuballa dachte: Wie authentisch!

Die Studentin zeigte auf die fensterlosen Zellen und sagte, daß es dort tagsüber stockfinster gewesen sei und daß nachts eine fünfundzwanzig Watt starke Birne gebrannt habe. Daß die Häftlinge aber sowieso nicht richtig hätten schlafen können, weder in der Nacht noch am Tag, weil sie viertelstündlich von einem Schließer aufgeweckt worden seien. Daß man die Häftlinge auf jede erdenkliche Weise erniedrigt habe, daß die männlichen Häftlinge von dem weiblichen Aufsichtspersonal und die weiblichen Häftlinge von dem männlichen Aufsichtspersonal untersucht worden seien und daß diese Leibesvisitationen mehrere Stunden gedauert und mehrmals in der Woche stattgefunden hätten. Die Studentin sagte, daß es in den Zellen im Winter zu kalt und im Sommer zu heiß gewesen sei, daß die Häftlinge im Winter wie im Sommer zu wenig zu trinken bekommen hätten, daß sie, um nicht zu verdursten, sogar Klowasser getrunken hätten, daß man sie, wenn ihre Bäuche mit Klowasser vollgepumpt waren, in eine sogenannte Wasserzelle gesperrt habe, in der sie beinahe ersoffen wären, und daß man sie daraufhin, völlig erschöpft, in einen Stehkarzer gepfercht habe, um sie schließlich stundenlang zu verhören, stehend natürlich. Die Studentin sagte, daß in den Gängen vor den Zellen entweder stundenlang ohrenbetäubender Lärm gemacht oder tagelang geschwiegen worden sei, daß die Häftlinge mit niemandem hätten reden dürfen, noch nicht mal mit den Zellengenossen, daß die Wärter nur Befehle gegeben hätten, daß sie den Häftlingen, die sich nach Gesprächen gesehnt, nur *Gehen Se!* und *Stehn Se!* ins Gesicht gebrüllt hätten. Daß die Häftlinge nicht nur von den Wärtern angebrüllt worden seien, sondern auch von den Vernehmern, die dann, wenn die Häftlinge bereit gewesen seien, alles zu erzählen, nur um das Gebrüll zu beenden, den Häftlingen gut zugeredet hätten. Die Studentin sagte, daß man die Häftlinge, die zu allem bereit gewesen seien, in eine Schreibzelle gesteckt habe, in der gefälschte Briefe von Verwandten gelegen hätten, um den Hoffnungslosen wieder Hoffnung zu geben. Die Studentin sagte, daß die Häftlinge, die nichts aufgeschrieben hätten, was äußerst selten vorgekommen sei, daß man diese bockigen Häftlinge dann kreuz und quer durch die Stadt gefahren habe, mit einer Binde vor den Augen, so daß sie nach diesen Irrfahrten ihre Orientierung verloren hätten und daß man sie, die Orientierungslosen, noch einmal in die Schreibzelle gesperrt habe, um sie letztendlich drei Kreuze unter ein Geständnis setzen zu lassen, unter ein Geständnis, das sie ohnehin nicht mehr verstanden hätten.

Kuballa war fasziniert vom Entsetzen der Studentin. Nicht mehr die Verbrechen hatten es ihm angetan, sondern die Betroffenheit über die Verbrechen.

Den Opfern ganz nah sein, dachte er, das tut gut.

z w a n z i g

Kuballas Überidentifikation mit den damaligen Häftlingen des Staatssicherheitsgefängnisses in Hohenschönhausen ging so weit, daß er vor dem Zubettgehen regelmäßig Klowasser trank.

Tagsüber zog er trübsinnig durch die Straßen, und über seine Leidensmiene wurde in Schöneweide bald getuschelt. Hatte Kuballa, als er noch glaubte, auf der Täterseite zu stehen, freche Sprüche geklopft und vor Selbstbewußtsein gestrotzt, sah er nun so aus, als hätte er alle Willkür der Staatssicherheit am eigenen Leibe durchlitten. Er wirkte gebrochen und depressiv.

Er besorgte sich Tonbandaufzeichnungen, auf denen Spitzel zu hören waren, die beim Geheimdienstminister Mielke angerufen und ihre Ehepartner angeschwärzt hatten; Männer und Frauen, denen der eheliche Beischlaf offenbar versagt geblieben war und die sich im nächtlichen Gespräch mit dem Geheimdienstminister befriedigten.

Ingo sagte, als Kuballa ihm die Tonbänder vorspielte, die Staatssicherheit sei wohl eine Sexagentur für die ostdeutschen Triebtäter gewesen. Doch Kuballa mochte keine Witzchen hören. Er litt mit den Denunzierten und fühlte sich von Ingos Hohn beleidigt.

Denn zuweilen stellte sich Kuballa vor, daß er selbst eine der verratenen Ehefrauen gewesen wäre.

Ich, träumte Kuballa in diesen Phasen radikaler Selbstvergewisserung, werde von meinem Gatten verleumdet, also verlasse ich ihn. Aber ich komme nicht weit. Die Staatssicherheit fängt mich und steckt mich in ein Bordell. Wenn ich schon, sagt die Sicherheit, wild herumficken würde, solle ich das auch am richtigen Ort machen. Und wenn ich nicht gehorche, werde ich ins Gefängnis gesteckt. Dort werde ich, sagt die Sicherheit, bestimmt auch vergewaltigt. Im Bordell kann ich mir die Freier aussuchen. Ich gehe in den Puff. Liliput heißt der Laden. Manchmal kommen auch Wessis vorbei. Die sind nett. Die sagen, daß die Ostfrauen einfühlsamer seien. Angst macht einfühlsam. Ich weiß, daß die Staatssicherheit in dem Raum, in dem ich ficke, Mikrophone installiert hat. Aber ich rede mit den Wessis sowieso nicht viel. Sex ohne Worte, das mögen die Wessis. Die Staatssicherheit kann mir gestohlen bleiben. Soll die mich doch in den Knast werfen.

Als Staatssicherheitsopfer war Kuballa, so könnte man sagen, mehr Frau als Mann.

In einem Opferverband lernte Kuballa einen Mann namens Lars Veltinger kennen, der gegen seine ehemaligen Peiniger mit seltsamen Mitteln zu Felde zog. Veltinger hatte viele Jahre im Staatssicherheitsknast in Hohenschönhausen verbracht, und nun sammelte er die Namen und Anschriften seiner Wärter und Vernehmer, er spürte ehemalige Staatssicherheitsmitarbeiter auf, offizielle und inoffizielle, und er stellte die Leute an den Pranger, indem er die gesammelten Namen und Adressen auf Plakate schrieb und diese Listen in Ostberlin an belebten Plätzen aufhängte. Veltinger hatte außerdem ein Buch geschrieben. Er hatte seine Lebensgeschichte, das heißt seine Knastgeschichte, im Selbstverlag herausgebracht.

Für Kuballa war das Werk ein Kultbuch, das der Buchhandel unverständlicherweise ignoriert hatte. Gegen diesen Mißstand wollte er etwas unternehmen, und so ging er abends in die Kneipen am Hackeschen Markt, weil er hoffte, dort interessierte Leser und großzügige Käufer zu finden. Da der Absatz aber zu wünschen übrig ließ, griff er bald zu drastischen Marketingmethoden. Er stellte sich auf Kneipentische, die nicht besetzt waren, und trug aus dem Veltingerbuch, das er mittlerweile genauso schwungvoll aufsagen konnte wie vor einigen Wochen noch die Staatssicherheitssprüche, die wichtigsten Passagen vor.

Das Unglück geschah vor unserer Wohnungstür. Meine Frau wollte sich von mir scheiden lassen. Ich habe das nicht ertragen. Wir haben gestritten, und ich habe sie die Treppe runtergestoßen. Wir wohnten im dritten Stock, in einem Hochhaus auf der Fischerinsel. Ich habe sie die Treppe runtergestoßen, und da hat sie sich ihren Hals gebrochen. Ich habe mich sofort gestellt. Meine Frau arbeitete im Kulturbereich. Bei den Intelligenzlern. Sicherungsbereich Literatur, so oder so ähnlich hieß ihre Abteilung. Da ging es um die Spitzel unter den Schriftstellern. Genaues weiß ich aber nicht. Meine Frau hat selten über ihren Job geredet. Ich habe Hemden und Hosen in einem Exquisitladen an der Stalinallee verkauft. Die Straße hieß später anders, wurde umbenannt, aber ich nenne sie immer noch Stalinallee. Eines Tages sagte meine Frau, daß sie sich in einen Schriftsteller aus Zwickau verliebt hat. Mit den Schriftstellern kann ich nicht mithalten, hat meine Frau gesagt. Dabei war meine Frau, glaube ich jedenfalls, so was wie eine Sekretärin. Ich habe darauf bestanden, daß wir uns nicht trennen. Wegen der Kinder, die waren ja noch so klein. Wenn sie sich, habe ich gesagt, scheiden läßt, werde ich ihr das Leben zur Hölle machen. Wie ich das anstellen will, hat sie gefragt. Ich war völlig fertig mit den Nerven, und da habe ich ihr gesagt, daß ich ihrem Vorgesetzen stecken werde, was für ein Flittchen sie ist. Da hat sie mir eine geknallt, ist losgerannt. Ich hinterher. Meine Nerven sind durchgebrannt, und ich habe sie die Treppe runtergestoßen. Genickbruch.

Die meisten Kneipenbesucher schauten weg, wenn Kuballa auf einem Tisch stehend das Veltingerbuch rezitierte. Was wohl auch daran lag, daß die Läden am Hackeschen Markt in jener Zeit, in der Kuballa als Staatssicherheitsopfer auftrat, vor allem von Internetgeschäftsleuten besucht wurden, die mit der Vergangenheit wenig und mit mittelalterlichen Werbemaßnahmen noch weniger zu tun hatten. Nur einige Touristen hielten Kuballa für ein Berliner Original, für einen super spannenden Typen, mit dem man ins Gespräch kommen mußte. Und so kam es vor, daß Kuballa, wenn ihn nicht ein strenger Hausherr vom Tisch geholt und aus dem Wirtshaus vertrieben hatte, nach seinem Auftritt mit pubertierenden Berlinreisenden aus Paderborn oder Rentnern aus Wilhelmshaven über die schreckliche Staatssicherheit und über die Leiden des Veltinger sprach. Kuballa erzählte den Leuten aus der Provinz die allertollsten Geschichten, und auch das Leben seines Helden Veltinger veränderte er nach Belieben. Einmal hatte Veltinger im Untergrund gelebt, ein anderes Mal hatte ein stalinistischer Richter den armen Mann zu einer lebenslangen Haftstrafe verurteilt und verfügt, daß die beiden Kinder des Verurteilten zur Adoption freigegeben wurden.

»Sie werden es nicht glauben«, sagte Kuballa, »aber der Veltinger sucht bis heute seine Kinder. Deshalb hat er ja auch das Buch geschrieben. Er will seine Kinder wiedersehen. Und mit dem Kauf des Buches unterstützen Sie seine Suche.«

Wenn er seine Kindernummer abzog, bekam Kuballa ganz wäßrige Augen, und eine ältere Dame aus dem Schwarzwalddorf Wieden, die zum ersten Mal Berlin besuchte, war dermaßen gerührt, daß sie gleich zwei Veltingerbücher kaufte.

Diese Erfolge waren allerdings die Ausnahme. Einmal wäre es beinahe zu einer Schlägerei gekommen. Ein Germanistikstudent, der, wie Kuballa meinte, die Weisheit mit Löffeln gefressen hatte, konnte sich die Bemerkung nicht verkneifen, daß der Veltinger gar nicht schreiben könne.

Kuballa wußte durchaus, daß Veltinger kein begnadeter Autor war und daß der Exhäftling seine Probleme mit dem Konjunktiv hatte, aber von einem naseweisen Studenten wollte er sich nicht belehren lassen. Also schrie er den Kritiker an.

»Wenn Veltinger nicht schreiben kann, dann bist du ein Legastheniker.«

Der Germanistikstudent, der offenbar sehr viel auf seine sprachlichen Fähigkeiten gab, wollte gerade zum Faustschlag ausholen, als der Kneipenbesitzer auftauchte und Kuballa vor die Tür setzte.

Ignoranten, dachte Kuballa. Ein Opfer kritisiert man nicht.

Und so redete er sich ein, daß allein der stalinistische Staatssicherheitsrichter, der Veltinger einsperren ließ, verhindert hatte, daß dieser Mann ein großer Dichter geworden war.

Kein noch so peinlicher Rückschlag, keine noch so rüde Beschimpfung konnten Kuballa davon abhalten, seine Verkaufstouren aufzugeben, und manchmal traf er sogar Leute, die sich schon freuten, daß der Mann mit dem Veltingerbuch wieder vorbeikam. Einige Wirte hatten sogar einen kleinen Tisch für Kuballa bereitgestellt, auf dem er seine Veltingersätze verkünden durfte. Bei all den wechselnden Moden und Trends, die in den Kneipen am Hackeschen Markt diskutiert und ausgelebt wurden, war Kuballa tatsächlich ein beruhigender Faktor: Solange es Staatssicherheitstypen wie Kuballa gab, so hörte man die Gäste tuscheln, sei die Welt noch nicht vollends aus den Fugen geraten.

Eines Abends kam Kuballa in eine Kneipe, in der auch Jana saß. Er wollte gerade auf einen Tisch steigen und loslegen, als er sie bemerkte.

»Hallo.«

»Hallo.«

»Was machste denn hier mit den ganzen Büchern unterm Arm?«

»Die verkaufe ich.«

»Biste Buchhändler geworden?«

»Nö.«

»Ich setze mich für die Rechte von Staatssicherheitsopfern ein.«

»Mit den Büchern?«

»Genau.«

»Hört sich ja nach wichtiger Aufgabe an.«

»Und du?«

»Ich bin hier mit Freunden. Ralf, Bettina. Willste dich nicht setzen?«

»Vielen Dank, ich habe zu tun.«

»Zeig mal, was sind das denn für Bücher, die du verkaufst? Das sind ja immer die gleichen.«

Jana schaute auf den Titel des Buches.

»*Die Schweine von der Staatssicherheit*. Scheint ja momentan schwer angesagt zu sein, diese Stasi.«

»Habe ich bislang noch nicht bemerkt.«

»Ja, wirklich. Ich lese gerade auch so ein Buch. Das spielt in der Zukunft, irgendwann in tausend Jahren. Da ist ein Typ, der das Leben auf dem Mars tyrannisiert. Der hat eine Truppe gegründet, die er ebenfalls Staatssicherheit nennt. Als dann aber die Freiheitsarmee der Erde einschreitet und den Marstyrannen ausschalten will, hat der sich mitsamt seiner Stasitruppe kurz vor der Invasion der Freiheitsarmee in Luft aufgelöst. Und auf dem Mars kann sich keiner daran erinnern, daß es auf dem Planeten jemals einen Tyrannen gegeben hat. Ist total gaga, das Buch. Aber irgendwie auch komisch. Habe bei dem Marstyrannen manchmal auch an dich gedacht.«

»Gut, daß wir nicht in der Zukunft leben.«

»Und nicht in der Vergangenheit.«

»Jana, ich muß weiter.«

»Klar, viel Erfolg mit den Büchern.«

»Tschüs.«

»Tschüssi.«

In den nächsten Tagen überlegte Kuballa, ob er sich das Buch von dem Marstyrannen kaufen sollte, aber da seine Aktivitäten im Opferverband zunahmen, hatte er nicht nur das Marstyrannenbuch, sondern auch Jana bald wieder vergessen.

Der Kampf um Gerechtigkeit erforderte alle verfügbaren Kräfte. Veltinger war nämlich von dem Wahn besessen, daß Berlin, Deutschland und Europa auch nach der Auflösung des Warschauer Paktes von Bolschewisten und Tschekisten beherrscht werden. Daß Veltinger von gefährlichen Geheimbünden und dunklen Weltverschwörern redete, hielt Kuballa keineswegs davon ab, den Exhäftling auf seinem Feldzug gegen die Staatssicherheit tatkräftig zu unterstützen.

Kuballa übernahm Veltingers Ansichten, und er übernahm dessen Rachegefühle. Veltinger hatte gesagt, daß man die Staatssicherheitstäter bestrafen müsse, weil die Justiz zu lasch mit ihnen umgehe. Und was tat Kuballa? Er gab seine Buchkampagne auf und zog in den Nächten durch Berlins Ostbezirke, um die Wohnungstüren seiner neuen Gegner mit roter Götterspeise zu bewerfen. Diese glorreiche Idee kam natürlich von Veltinger, der behauptete, daß rote Götterspeise besonders klebrig sei und besonders intensiv färbe. Veltinger sagte, rote Götterspeise sei die gerechte Strafe für die Staatssicherheitsschweine.

Wochenlang zerschellten in Berlin jede Nacht einige Dutzend Plastikbecher mit roter Götterspeise an den Türen der Leute, die auf der Liste des Exhäftlings standen. Kuballa war einer der eifrigsten Götterspeisewerfer. Nach dem Täterleben hatte ihn nun auch das Opferleben angriffslustig gemacht.

Kuballa fand auch heraus, wo der Makler Wesemüller wohnte, und wenige Tage später wurde dessen Köpenicker Einfamilienhaus mit Götterspeise beworfen.

Mit deiner betrügerischen Makelei, dachte er, hast du dir also einiges zusammenverdient und dieses Häuschen gekauft. Die Götterspeise hast du dir verdient. Fahr zum Teufel.

Tagsüber arbeitete Kuballa ehrenamtlich für einen gemeinnützigen Verein, der sich der Gedenkstättenpflege verschrieben hatte. *Bolschewisten nach Bautzen* lautete die inoffizielle Losung des Vereins, dessen Vorsitzender wiederum der Exhäftling Veltinger war. Kuballa war mittlerweile so von seinem Engagement überzeugt, daß er jeden, den er traf, über die, so hieß es in den Werbeblättchen des Vereins, *einzig gute Sache in Deutschland* informierte.

Als Kuballa auch Ingo von Veltingers Ideen zu überzeugen versuchte, wurde Ingo richtig ärgerlich. Er beschimpfte Kuballa, er meckerte über die Gedenkstätten und den, so nannte er das, grauenhaften Gedenkstättentourismus. Den Veltinger nannte Ingo eine tragische Figur und einen Spinner, dem man wahrscheinlich nur helfen könne, wenn er endlich seine Kinder zu Gesicht bekäme.

Das sehe den Deutschen wieder mal ähnlich, sagte Ingo, daß sie Gedenkstätten und Opfervereine brauchen, um sich an den Scheißdreck zu erinnern.

»Mensch, Kuballa«, sagte Ingo, »das ist ja furchtbar, was du da machst.«

Diesen Ingo hatte Kuballa noch nicht erlebt. Den Ingo, der wie ein Lehrer auftrat, der rigoros sagte, was gut und was böse sei. Für Kuballa war Ingo eine Autoritätsperson. Und für Kuballa war das Urteil, das Ingo über ihn fällte, vollkommen demoralisierend. Mit diesem, wie Kuballa empfand, vernichtenden Ergebnis hatte er nicht gerechnet. Ihm war durchaus bewußt, daß es viele Leute gab, die sich gegen jede Art der Vergangenheitsbewältigung wehrten. Kuballa war davon überzeugt, daß er mit einer bestimmten Spezies Mensch, insbesondere mit den geschichtsvergessenen Wessis, niemals über seine Trauerarbeit hätte vernünftig reden können. Hätte Kuballa etwa mit seinen Eltern über die Gedenkstätten diskutiert, wäre er nicht einen Millimeter von seiner Position abgewichen. Er hätte seine Haltung um jeden Preis verteidigt. Aber daß ausgerechnet Ingo ihn nicht unterstützen mochte, daß Ingo ihn wegen seines ehrenamtlichen Engagements sogar zurechtwies, raubte ihm sein sonst so stark ausgeprägtes Selbstbewußtsein.

Kuballa stotterte: »Ja, nein, weiß nicht, du wirst es besser wissen ...«

Das Stottern war ihm peinlich. Also lachte er mit. Sein Lachen aber blieb ihm im Halse stecken und schnürte ihm die Luftröhre zu. Und so lachte Kuballa nicht mehr, er röchelte.

Jetzt ist es aus, dachte Kuballa.

Er hatte Todesangst.

Ingo bemerkte, daß Kuballa blau angelaufen war.

»Fehlt dir was?« fragte er.

»Näääh«, keuchte Kuballa.

»Soll ich einen Arzt rufen? Du siehst ja schlimm aus.«

»Näääh.«

»Wirklich nicht?«

»Nein, geht schon wieder.«

Minuten vergingen, bis Kuballa meinte, er werde demnächst wegziehen. »Wieder in den Westen.«

»Wie kommste denn jetzt darauf?« fragte Ingo.

»Schweineöde«, sagte Kuballa, ohne auf Ingo einzugehen, »dieser Ort hat mich verrückt gemacht.«

»Red keinen Scheiß. Laß dich doch nicht von mir runterziehen. Ich find diese Gedenkvereine eben saublöde.«

»Versteh schon«, murmelte Kuballa.

»Vergiß doch diesen Quatsch«, sagte Ingo. »Such dir einen vernünftigen Job. Schweineöde hin oder her, du mußt unter andere Leute. Mein Gott, ich bin doch nicht deine Mutter.«

Es vergingen einige Wochen, ohne daß Kuballa mit irgend jemand sprach. In dieser Zeit lag er meistens im Bett. Er dachte darüber nach, wie schnell doch die Jahre in Schöneweide vergangen waren. Er erinnerte sich an die Frau von der Wohnungsbaugesellschaft, die behauptet hatte, daß wohl noch viele Wessis nach Schöneweide kommen würden, aber die Sächsin hatte sich geirrt.

Nach Schweineöde, dachte Kuballa, habe nur ich mich getraut.

Mittlerweile war Kuballa zweiunddreißig Jahre alt, und er hatte das Gefühl, daß sich in seinem Leben unbedingt etwas ändern mußte. Kuballa hatte in Schöneweide alles erlebt, was es seiner Meinung nach zu erleben gab: Einsamkeit, Haß, Zuneigung, Liebe, Ablehnung, Gewalt, Erniedrigung, Ohnmacht und Macht.

Die Zeit in Schweineöde, dachte er, hat sich gelohnt. Nun muß ich das Projekt abschließen.

Kuballa stand auf und besuchte die Kolbs, die sich freuten, daß er mal wieder vorbeikam. Fast wie früher, sagten sie, ein Abendessen zu dritt.

Frau Kolb stellte Spreewaldgurken und Bier auf den Tisch, und Herr Kolb redete über sein neues Spezialthema: Die Russenmafia, sagte er, die werde uns noch alle überrollen, überhaupt die Gefahr aus dem Osten. Wenn erst mal die Polen zur Europäischen Union kämen, dann stünden die Russen schon vor der Haustür. Ob er denn nicht, fragte Herr Kolb, von den Leichen an der Glienicker Brücke gelesen habe, von den Autoschiebern und Ikonenhehlern, Waffenverkäufern und Menschenhändlern. Man müsse nur die Zeitung aufschlagen und die Sexinserate von den *Sibirischen Katzen* und *Taigamiezen* anschauen, dann wüßte man schon, wie es um unser Land bestellt sei. Bald werde auch noch die Deutsche Mark abgeschafft, das sei kein gutes Zeichen.

Kuballa nickte und sagte: »Wird schon nicht so schlimm werden.«

Das Gespräch ödete Kuballa an. Und er ging, bevor er sein Bier ausgetrunken hatte.

Daheim setzte er sich an seinen Schreibtisch und überlegte, wie schwierig das Schreiben in der Schreibzelle des Hohenschönhausener Staatssicherheitsgefängnisses wohl gewesen war. Doch er konnte sich den Schreibzwang nicht vorstellen. Er konnte sich nichts mehr vorstellen. Jedenfalls nichts, was die realsozialistische Vergangenheit betraf. Und er war glücklich darüber.

Ich bin, dachte er, wieder ein freier Mensch. Jetzt müßte ich mich nur noch auflösen können. Wie in dem Marstyrannenbuch von Jana.

Wenn er sich auch nicht auflösen konnte wie ein Lebewesen der Zukunft, war Kuballa dennoch glücklich, allein in seiner Wohnung zu sein. Damit nahm er an, daß niemand in seiner Nähe weilte, der seine Gedanken lesen konnte; denn dieser Gedankenleser hätte ihn womöglich gefragt, warum er denn bislang unfrei gewesen sei. So aber genoß Kuballa seine neue Freiheit, indem er ein umfangreiches Geständnis niederschrieb. Er schrieb auf, für welche Taten er sich verantwortlich fühlte.

Dieses Gefühl, dachte er, kenne ich noch nicht. Das ist doch eine anregende Herausforderung, verantwortlich zu sein.

Kuballa gestand, daß er seinem Nachbar Akuszewski eine Tüte mit Hundertmarkscheinen in den Keller gelegt hatte. Kuballa erwähnte seine Hausfriedensbrüche, Diebstähle, Belästigungen und Beleidigungen. Und er klärte die Polizei auch über die ominösen Götterspeisenattacken auf.

Sein Geständnis legte er in einen Umschlag, den er an den Kommissar adressierte, der schon Kuballas Wohnung durchsucht hatte. Drei Tage lang rührte er den Brief nicht an. Dann schickte er ihn ab.

Kuballa ärgerte sich, daß in den folgenden Tagen nichts geschah. Keine Reaktion auf seinen Brief. Niemand kam vorbei.

Kuballa hatte nicht mehr eingekauft, weil er angenommen hatte, daß man ihn umgehend abholen würde, und so mußte er, weil sich die Dinge offenbar anders entwickelten, etwas Eßbares organisieren. Er fuhr nach Köpenick, weil er befürchtete, in einem Schöneweider Supermarkt Leute zu treffen, die er kannte.

Irgendwann muß wirklich mal Schluß sein, dachte er, mit Schweineöde habe ich nichts mehr zu tun.

In Köpenick traf er dann aber Wesemüller, was Kuballa nicht wirklich hätte überraschen dürfen, da er ja wußte, daß der Makler in Köpenick wohnte. Immerhin hatte er dessen Haus mit Götterspeise beworfen. Doch Kuballa gab sich verblüfft, daß er Wesemüller nach all den Jahren wiedergetroffen hatte. Nach einem kurzen Gespräch mit dem Makler fuhr er wieder zurück nach Schöneweide. Er aß die Portion Ravioli, die er in Köpenick gekauft hatte, und nach dem Mahl ging er früh zu Bett, gegen neun Uhr. Er war todmüde. Und er schlief fast elf Stunden.

Als Kuballa, noch immer müde, am nächsten Morgen aufstand, glaubte er, von einer Insektenübermacht verfolgt zu werden.

Überall, dachte er, diese Mistviecher.

Der Sommer war schwülwarm, und er hatte über Nacht das Fenster aufgelassen. Doch statt kühler Luft waren, so dachte er jedenfalls, alle bösen Kerbtiere Schöneweides in sein Zimmer geströmt.

Kuballa trank noch einen Gin Tonic und lutschte wieder an einer Knoblauchzehe, weil er die Hoffnung nicht aufgegeben hatte, mit dem Knoblauchgeruch die Insekten zu vertreiben, und, welch Wunder, die Tierchen verließen, bis auf eine besonders hartnäckige Fliege, fluchtartig den Raum.

Kuballa ging zu seinem Schreibtisch und schaute noch einmal auf die Kopie der Ansichtskarte, die er seinerzeit an den Staatsrats- und Parteivorsitzenden Erich Honecker geschrieben hatte. Er schaute auf die amtliche Nummer, unter der die Karte registriert war. Null. Vier. Zwei. Fünf. Neun. Sechs. Das Papier lag auf einem Stapel von Briefen, die er noch beantworten wollte. Doch er saß reglos da. An diesem achtzehnten August neunundneunzig.

Als die Türglocke schellte, nahm er einen Stift zur Hand und schrieb auf eine Zeitungsseite den folgenden Satz: *Alles hat ein Ende, nur die Wurst hat zwei.* Er schrieb diesen, wie er selbst meinte, blöden Satz in aller Seelenruhe und in schönster Schreibschrift, und sein versteinertes Gesicht machte die lächerliche Szene leicht pathetisch – so als wüßte er, wer da draußen stand.

Es klingelte noch einmal, und Kuballa ging langsam zur Tür.

Vor ihm standen zwei Polizisten.

»Sind Sie Raimund Kuballa?« fragte der eine.

»Einen Moment bitte, kommen Sie doch herein. Möchten Sie einen Schluck Tee?«

»Herr Kuballa, wir sind nicht gekommen, um mit Ihnen Tee zu trinken«, sagte der andere Polizist.

»Was Sie nicht sagen.«

Der Kommissar, dachte Kuballa, hat sich noch nicht einmal die Mühe gemacht, selbst vorbeizukommen.

Der Autor dankt Roland Koch, Daniela Plügge, Barbara Kalender & Jörg Schröder.